로크미디어가
유혹하는
재미있는 세상

ROK
MEDIA
로크미디어

다시 사는 재벌가 망나니 12

2021년 11월 18일 초판 1쇄 인쇄
2021년 11월 23일 초판 1쇄 발행

지은이 맹물사탕
발행인 김정수 강준규

기획 이기헌 왕소현 박경무 강민구
책임편집 김홍식
마케팅지원 배진경 임혜솔 송지유 이영선

발행처 (주)로크미디어
출판등록 2003년 3월 24일
주소 서울시 마포구 성암로 330 DMC첨단산업센터 318호
Tel (02)3273-5135 **편집** (070)7860-2726 **Fax** (02)3273-5134
홈페이지 rokmedia.com **E-mail** rokmedia@empas.com

ⓒ 맹물사탕, 2021

값 8,000원

ISBN 979-11-354-6867-4 (12권)
ISBN 979-11-354-9456-7 04810 (세트)

다시 사는 재벌가 망나니

맹물사탕 현대 판타지 장편소설

⟨12⟩

ROK
MEDIA

로크미디어

Contents

1장

뉴월드백화점을 방문하고 며칠 사이, 내 주변에 이렇다 할 사안은 없었다.

'뭐, 아주 없진 않고.'

이번에도 내가 전교 1등을 따냈다는 정도야 이젠 해가 동쪽에서 뜨는 정도로 당연한 일이니까.

이미 전생의 어렸던 그 시절에도 단순 암기 위주로 평가되는 교과목 성적은 우수했던 나였다.

'차라리 이성진의 눈치를 살피느라 일부러 몇 개씩 틀리는 경우는 있었지.'

오히려 학교 내 학우들 입장엔 '이성진의 부정 시험 의혹'으로 눈에 불을 켜고 있는 상황에 의혹을 종식시킬 한 방을 먹여 준 셈이긴 했다.

'나 참, 초등학교 내신 같은 걸 누가 신경이나 쓴다고.'

그리고 김기환의 홈페이지 제작은 조인영과 최소정이 움직여 준 덕에 무탈하게 흘러가는 중이었다.

나는 그 와중 최소정에게 '졸업 후 우리 회사로 와 줄 수 없겠'는지 공식적으로 물었다.

평소처럼 과외를 마친 어느 날이었다.

"으음, 졸업 후 진로 말이지?"

그러잖아도 이미 재학 시절 및 현시점에도 우리 회사의 외주 업무를 맡아 오는 그녀였으니, 나는 응당 그녀가 내 제안을 수락할 것이라 내심 확신하고 있었는데.

"미안, 제안은 고맙지만…… 그건 조금 어려울 거 같아."

엥, 삼광전자의 자회사이자 순이익으로도 이미 중견 기업에 분류될 SJ컴퍼니의 특채 입사를 거부하다니?

'설마 벤처기업을 염두에 두고 있나?'

하긴, 이 시대엔 아직 그런 장밋빛 전망을 그려 볼 만하긴 하지.

'그 대단한 한국대학교 출신이기도 하고.'

굳이 SJ컴퍼니가 아니라 하더라도 누구든 불러 줄 것임이 분명한 커리어이긴 했다.

IT버블도 조만간이다.

그사이 잠깐 IMF라는 진통을 앓긴 하겠지만, 오히려 그렇기 때문에 갈 곳 잃은 우수한 인재들이 설립한 벤처기업이 우후죽순으로 생겨날 시기이기도 했다.

'그게 아니면…… 한컴에 들어갈 생각인가.'

애당초 나는 한컴의 박형석으로부터 최소정의 소개를 받았고, 그녀 입장에도 굳이 나와 박형석 사이에서 저울질을 한다면 박형석 쪽으로 기울 여지도 충분했다.

'전생에 유행하던 시쳇말론 썸을 타는 느낌이 없지 않았거든.'

한컴이 역삼동에 있을 시절, 박형석은 '그럴 필요가 없다'고 못을 박아 두었음에도 불구하고, 최소정은 구태여 바리바리 간식을 싸 들고 한컴을 찾아오곤 했다.

'어른들이 보면 다 보인다, 이 말이야.'

정작 눈치라곤 먹고 죽으려 해도 없는 박형석은 최소정을 '좋은 후배' 정도로만 생각하고 있는 모양이지만, 아무튼.

'이번만큼은 남녀상열지사를 인정해야겠군.'

나는 속으론 입맛을 다시며 미소 띤 얼굴로 최소정에게 툭하고 물었다.

"하지만 누나, 저 아직 연봉 이야기는 꺼내지도 않았는데요."

아주 절박한 일은 아니었지만, 그래도 최소정은 당장 업무에 투입이 가능한 인재인 것도 사실이었으니, 한번 찔러나 보잔 생각이었다.

별로 쓰일 일이 없다곤 해도 내 컴퓨터 프로그래밍 실력은 쑥쑥 자랐고, 최소정은 한때 '이제 가르칠 것이 없으니 과외를 그만두겠습니다'고까지 말했으나, 결국엔 내 성화에 못 이겨 동반 성장을 이룩하고 있었다.

그 결과 최소정은 지금 그 대단한 한국대 내에서도 학부생 기준, 첨단 IT 기술 및 프로그래밍에 낭중지추(囊中之錐) 수준으로 정통한 입장이었다.

그 정도로 IT 업무에 정통한 신입사원이라니, 이 시대엔 아주 귀중한 인재다.

누구든 탐을 내도 이상하지 않겠지.

"으응, 그게 아니라. 졸업 후엔 집안일을 도와야 할 거 같아서."

엥, 벤처도 한컴도 아니었나?

"집안일이요?"

대체 무슨 일을 하는데 한국대학교 컴공과 졸업생의 커리어까지 필요한 일인가 싶었다.

그러잖아도 최소정은 언젠가 내게 스치듯 '넉넉지 못한 가정 형편'을 언급한 적이 있었다.

'뭐, 그녀가 은수저급도 아니라는 건 진즉 파악하고 있었

지.'

내 컴퓨터 과외 선생으로 일하던 초창기엔 맥도날드 알바를 병행하고 있던 그녀였다.

맥도날드 알바 건은 내 조언도 있고 해서, 얼마 뒤 업장 측에 양해를 구하곤 그만두긴 했지만.

그러면서도 성실하게 발로 뛰어 가며 대타까지 알아봐 준 일화는 최소정의 성격이 어떠한지를 단적으로 보여 주는 예시 중 하나였다.

하지만 나는 그런 최소정에게 아무것도 모르는 척 시치미를 뗐다.

"흠, 잘은 모르겠지만 컴퓨터 프로그래밍이 필요한 일인가 보군요."

"그건 아니야."

최소정은 쓴웃음처럼도 보이는 미소를 지었다.

"그야 컴퓨터를 조금 다루게 될 수도 있긴 하겠지만······ 단순 부기나 서류 정리에만 쓰이는 정도일 거야."

평소 개인사나 가정사에 관해선 언급을 꺼려 하는 그녀였지만, 지난 몇 년간 내 과외 선생 일을 하며 쌓인 신뢰와 우정을 바탕으로, 그리고 사실상 '고백했다가 까인 느낌인' 이번 상황의 심리적 채무까지 구실로 더해서인지 그녀의 입이 열렸다.

"조그만 공장을 운영하고 있어. 아, 그렇다고 해서 아주

크고 대단한 곳은 아니고."

들으니 지방에서 조그맣게 부품 가공 및 설비 제작을 하는 곳이라고 했다.

하긴, 이미 학부생 시절부터 내 과외비에 더해 SJ컴퍼니의 자잘한 외주까지 맡아 온 최소정은 비단 학비뿐만 아니라 그 나이엔 어디 가서 돈 자랑 좀 해도 괜찮을 만큼의 수익을 거두고 있었으나.

정작 그녀의 인상착의는 첫 만남 때 이후 그다지 변하지 않았다.

혹시 꾸미는 법을 몰라서 그런 걸까. 아니면 그런 일에 흥미가 없어서?

그러나 사모가 이래저래 선물로 챙겨 준 화장품이며 옷가지를 이따금 차려입기도 하는 것으로 보아선 그녀도 20대 청춘을 구가하고픈 어디에나 있는 평범한 아가씨였다.

한번 터진 말이어서 그런 것일까, 최소정이 재차 말을 이었다.

"……사실 아버지가 나를 조금 늦게 가지셨거든. 젊으실 적엔 일이 바빠서 결혼할 겨를이 없으셨대."

"외동이신가요?"

"아니야. 밑에 남동생이 하나 있긴 한데, 아직 고등학생이어서. 아, 그러고 보니 인영 군이랑 비슷한 또래구나."

최소정은 새삼스럽다는 듯 덧붙였다.

조인영과는 최근 협업하는 일이 잦았고, 둘은 이미 한컴 쪽 일로 안면을 튼 사이였다.

"아무튼 그래서 이젠…… 사실 아버지도 다른 사람 같으면 벌써 정년퇴직을 하실 연세셔. 당신께선 아직 정정하다고 말씀하셨지만, 방학 때면 이따금 집에 갈 때마다 흰머리가 늘어 가는 것도 보이고. 게다가 동생 학원비도 만만치 않잖아?"

최소정은 여기서 번 돈에서 자신이 필요한 양만 남겨 두고 대부분을 집에 송금하고 있었던 모양이었다.

"그래서 졸업 후에는 아버지 하시는 일을 도와드리려고 해. 그래도 내가 있으면 한 사람 몫은 할 수 있을 거 같고, 적게나마 그간 밀린 집안일도 도울 수 있을 테니까."

나는 고개를 끄덕였다.

'효녀네, 효녀야.'

최소정의 거절 사유가 단순히 금전적인 것이 아닌 한, 내가 어떻게 설득할 수 있는 부분은 아니었다.

'한편으론 그런 최소정이니 높게 평가하고 있었던 것이기도 했지.'

그 평가와 관해선 최소정에 관해 사모와 내게 건너서 전해 들었을 뿐인 이태석조차도 '혹시 과외 선생은 졸업 후 진로가 어떻게 되나?' 하고 내게 은근슬쩍, 삼광전자로 입사할 의향은 없을지 물어보았을 정도이니까.

'안 됐지만 아버지. 최소정은 저희 부자와는 연이 없는 것 같네요.'

나는 어깨를 으쓱였다.

"그러시다면야 어쩔 수 없죠. 저로서는 아쉽지만 누나를 놓아줄 수밖에 없겠네요."

"얘는."

최소정이 눈을 흘겼다가 빙긋 웃었다.

"……그래도 제안해 준 건 고마워. 아마 나중엔 나보다 더 좋은 사람을 채용할 수 있게 될 거야. 장담 하나 하자면, 아마 머지않은 때에 성진이네 회사에 들어가려고 사람들이 줄을 서게 될걸?"

"그럼요, 당연하죠. 성장 가능성이 무궁무진한 회사랍니다."

내 말에 최소정이 웃음을 터뜨렸다.

"후후, 그게 허세가 아니란 걸 아니까 더 얄미워."

최소정이 미소 띤 얼굴로 말을 이었다.

"우리 집도 분발해야겠네. 절삭 및 선반 기계가공 일이니 당장은 성진이네 회사랑은 연이 없지만…… 사람 일은 또 모르는 거잖니?"

"……기계가공이요?"

최소정은 내가 문외한이라 생각했는지 간단한 설명을 덧붙였다.

"응, 자동차나 선박 등에 들어가는 조그만 부품을 만드는 일이야. 성진이가 알아듣기 쉽게끔 설명하자면…… 조금 복잡한 나사를 만드는 거라고 보면 되겠네. 또, 나사처럼 소소하지만 없어서는 안 될 필수적인 거고."

들으니 확실히, 중형 기계가공품을 만드는 최소정네 가업과 전자 제품을 취급하는 삼광 측과는 연이 없었다.

'……군이 따지면 대호나 한대 쪽의 일이긴 하지.'

거기서 문득, 스멀스멀 위화감이 끼쳤다.

'……어라?'

그리고 최소정은 빙긋 웃는 얼굴로 자랑스레 말을 이었다.

"아, 얼마 전엔 대호 쪽이랑 하청 계약도 맺었다? 정확히는 우리가 납품하는 원청 쪽이지만, 아버지는 대호 쪽이랑 일하는 거라고 우기고 계셔. 어때, 이만하면?"

들으니 약간의 농담조를 섞어 가며 말하는 것으로 보아, 부녀 관계도 원만할 뿐만 아니라, 그녀 스스로도 부친이 하는 일에 적잖은 존경과 자부심이 보였다.

하지만.

'……하필이면 대호인가.'

내가 자못 심각해졌음에도, 그러거나 말거나 눈치채지 못한 최소정은 재잘재잘 말을 이었다.

"그래서 얼마 전엔 새로운 기계를 들이느라 은행 대출도

받으셨대. 기계값만 몇천만 원이라니까 우리 형편에도 무리를 한 셈이고. 해서 졸업 후엔 바빠질 거 같아."

"……."

갈수록 태산이군.

내 표정이 눈에 띌 만큼 딱딱하게 굳어 있었던 걸까, 최소정이 웃음기를 거두며 걱정스레 나를 보았다.

"성진아, 왜 그러니? 무슨 걱정 있어?"

IMF 직후, 가장 큰 타격을 받은 업종은 최소정의 가업 같은 하청 중소기업이었다.

1997년 11월 21일 밤 10시, 당시 경제부총리는 국제통화기금(IMF)에 구제금융을 요청했다고 공식 발표했다.

당시만 해도 대부분의 국민은 IMF가 무엇인지도 몰랐던 상황에 발등에 불이 떨어진 건 은행 측이었다.

자본시장 개방 이후 해외 단기자본(기업이 짧은 시일 내에 갚아야 할 자본)이 밀려 들어왔고, 은행은 부족한 외화를 단기자금으로 끌어다 쓴 상황이었다.

이런 와중 태국 바트화 폭락에 이어 대한민국의 원화 가치도 잇따라 타격을 입으며 외국인 투자자들이 자본을 대거 회수하기 시작했다.

이 상황에 IMF는 구제금융 합의서에 서명하면서 은행 측에 자구계획을 요구했다. '통장에 돈이 없었던' 은행은 여느 기업이라면 다들 끼고 있는 '부채'의 때 이른 대출 상환을 요구했다.

그런 상황에 '부채도 자산'이라는 생각으로 경영에 임하고 있던 기업들의 줄도산이 이어졌다.

구조 조정 등으로 어떻게든 돈 샐 곳을 막고 보유 부동산 및 채권을 처분할 수 있는 규모의 기업체라면 모를까, 대부분의 중소기업은 기업 가치에 부채비율이 어느 정도 이상을 차지하는 곳이 태반이었고, 결국 은행에 대출금을 상환하지 못한 숱한 기업의 줄도산이 이어졌다.

'……최소정의 가업이라는 그 회사도 마찬가지의 절차를 밟게 될 거야.'

대기업이라고 해서 다를 건 없었고, 특히 그중 대호 그룹은 IMF로 문을 닫은 대표적인 대기업 중 하나였다.

'그 여파는 한참 뒤에도 후유증이 남아 있었지.'

나는 고개를 돌려 최소정을 쳐다보았다.

"누나, 저 믿죠?"

"……응?"

아, 말하고 보니 뉘앙스가 조금 그렇고 그런 느낌인걸.

최소정도 잠시 잠깐 그렇게 곡해한 모양이나, 이내 연상의 여유로 내 말을 받았다.

"아, 그럼, 물론이지. 성진이는 내가 믿고 신뢰하는 사람 중 하나야."

그러거나 말거나, 나는 내 말이 농담조로 들리지 않게끔 신중히 어조를 골라 말을 이었다.

"그러면 제 말을 새겨들어 주세요. 가능한 빠른 시일……
늦어도 내년 초까지 아버님이 하시는 사업을 정리하는 게 좋
을 겁니다."

"……."

"구실은 아무래도 좋아요. 이젠 정년 은퇴를 할 때라 설득
하셔도 좋고, 누나가 달리 하고 싶은 일이 있다고 우기셔도
좋습니다. 중요한 건, 늦어도 내년 초까지 하고 계신 사업을
정리해야 한다는 겁니다."

최소정의 얼굴에는 어느새 웃음기가 사라져 있었다.

"성진아, 갑자기 그렇게 말하면……."

최소정이 당황하며 내 말을 받는 와중 나는 단호하게 말을
끊었다.

냉정하게 말하면 차라리 최소정의 가업이 IMF의 여파로
몰락하길 기다렸다가, 오갈 곳 없는 그녀를 주워 가는 것이
내게 이득이다.

하지만 그간 그녀가 내게 보여 준 성실함과 진심을 생각하
면, 나 역시도 그에 걸맞은 수준의 의리를 보여 주고 싶었다.

"필요하다면 제가 견적을 짜 드리죠."

최소정은 내 말을 그 자리에서 곧이곧대로 받아들이지는
않았다.

"성진아, 그건……."

그녀는 무어라 반박하려다 말고 말끝을 흐렸다.

하지만 그렇다고 해서 그녀가 내 말을 마냥 허튼소리 취급한 눈치는 아니었다.

다만, 최소정은 그녀 스스로 내 제안에 응할 방법, 혹은 그럴 만한 권한이며 자격이 없다는 것과 방금 전까지 희망찬 어조로 해 온 이야기 모두를 무화해야 한다는 것과 관련해 다소간 언짢은 기색마저 풍겼다.

"……성진이가 왜 그렇게 생각하고 있는지, 혹시 알 수 있을까?"

최소정은 내 말을 마냥 어린아이의 치기 어린 발언 정도로 여기지 않으면서 그간 사업가로서 역량을 발휘해 온 나를 존중해 그렇게 물었고.

나는 IMF와 관한 예언을 곧이곧대로 늘어놓는 대신, 이 상황에서 전망할 수 있는 것들을 입에 담았다.

"현재 한국 금융권에서 유행하고 있는 투자 방법 중에는 동남아시아 등지를 향한 투자가 있어요. 현재 태국은 글로벌 금융시장의 성지로 취급받고 있거든요."

"동남아시아…… 태국?"

이 상황에 동남아시아와 금융 투자가 언급되니 최소정은 어리둥절해하는 기색이 역력했다.

나는 아랑곳하지 않고 말을 이었다.

"그리고 원래 시장가치보다 통화가 고평가받으면 여기저

기서 승냥이가 달려들게 되죠. 정확히는 태국을 향한 핫머니가 움직이는 것인데…….”

이 시기는 한창 태국을 향한 공격적인 투자가 미덕처럼 여겨지던 때였다.

돈이 복사가 된다는데 그 누가 마다하겠는가.

이 과열된 투자 열기는 여기저기서 눈먼 돈을 끌어모았고, 추후에는 급기야 미국 월가의 헤지펀드며 조지 소로스로 대표되는 외환 딜러 조직도 끼어들게 만든다.

이후는 역사대로 흘러간다.

그 여파는 국내에도 적잖은 영향을 끼쳤고, 이는 IMF 사태가 발발하게 된 원인 중 하나로 꼽혔다.

여기서 최소정 앞에 대고 이후 닥칠 IMF를 들먹이는 건 무리가 있으니, 나는 대신 이휘철을 언급했다.

“할아버지 말씀으론 거품이란 건 언제고 꺼지기 마련이라고 하시더군요. 고평가된 자산의 거품이 걷히고 나면, 그때부턴 국내 금융시장에 악재가 닥치게 될 겁니다.”

최소정은 내 말을 곰곰이 생각하다가 입을 뗐다.

“그러면 즉, 성진이가 말했던 것처럼 태국 통화의 거품이 꺼지게 되면…… 은행에서는 그 손실을 만회하기 위해 여기저기 대출해 준 돈을 회수하기 시작할 거란 의미니?”

나는 고개를 끄덕였다.

이는 어디까지나 태국 정부가 통화 방어에 실패하고 바트화가 폭락하리란 전제하에 이루어지는 이야기였지만, 그녀에게 이 바닥의 권위자인 이휘철을 언급한 것이 어느 정도 주효했던 모양이었다.

나는 끄덕임에 덧붙였다.

"그러니 지금으로선 언제 그 거품이 꺼질지 모르는 한 경영에 은행 대출을 끼는 것이 위험할 수 있단 게 제 견해예요."

"……."

나는 그간 SJ컴퍼니를 경영하면서, 이 시점의 낮은 은행 금리를 이용하자는 주변인의 제안에도 불구하고 한사코 은행 대출을 보류해 왔다.

간간이 내 일을 돕고 있는 최소정도 내 경영 방침에 대해 그 정도로 꿰고 있지는 않았다.

"그래서 저도 그간 가능한 부채 없는 경영을 표방해 지금까지 이어 오는 중이고요."

여담이지만 이번 생의 이태석은 클램 등의 성공으로 지금은 물 들어올 때 노를 저어야 할 때라 판단할 법도 하건만, 홀로 깨친 바가 있었는지 아니면 이휘철의 부추김 때문인지 현시점에선 재무제표의 총자산에서 부채를 탕감하는 데 순익을 할애하고 있었다.

'삼광전자의 임원들은 그걸 가지고 욕을 하는 모양이지만.'

나는 최소정을 보며 재차 말을 이었다.

"또, 조금 다른 이야기이긴 하지만, 예전에 신화호텔의 오너인 제 당고모님도 태국에 호텔을 설립하시려다가 관두기도 하셨거든요."

얼마 전 이미라 역시 신화호텔의 태국 진출을 고려하다 내 만류로 이를 보류한 적이 있었다.

'그땐 내실을 다질 때란 구실을 들먹였지만.'

최소정이 거기까지 알 필요는 없었다.

"게다가 지금 대호 쪽이랑 협력 업체로 거듭나는 중이라고, 말씀하셨죠?"

"……응, 그랬지."

대호는 이 시기, 삼광, 금일, 한대와 더불어 명실상부 4대 재벌이자 대기업으로서 그 이름이 드높던 회사였다.

대호 그룹은 1970년대, (조금쯤의 정경 유착까지 포함해서)중동 등지의 건설 붐으로 급성장했다.

지금은 그 휘하에 전자, 중공업, 금융, 화학, 건설, 무역, 조선, 자동차 등에 방위 산업까지 두루 문어발을 뻗어 섭렵하고 있었고, 그 규모만큼이나 위세가 대단했다.

개중엔 그 위로 거슬러 올라가면, '시발(욕이 아니다. '시발, 시발, 우리의 시발 자동차를 타고~'로 시작되는 CM송도 있었다고 하지만, 뭐, 아무튼) 자동차'라고 하는, 국내 최초의 자동차를 생산한 업체로 분류도 가능할 정도로 역사가 깊은 회사로서, 국내에선 한대 그룹의 한대자동차와 쌍벽을 이루는 제조사로 명성이 높았다.

대호의 최중우 회장은 전형적인 '위기를 기회로' 디딤돌 삼아 성장한 인물이었고, 이휘철의 평을 빌리자면 '뒤돌아보는 일 없이 공격적인 수를 놓는' 인물이었다.

「기세 하난 높이 평가할 만하지. 뭐, 있는 거라곤 기세뿐이지만.」

혹시 이휘철은 진즉 최중우 회장의 몰락을 내다보고 있었던 걸까.

그래도 그간 운이 좋았는지, 시대를 잘 타고난 덕인지, 그 전략은 한동안은 잘 통했다고 볼 수 있겠다.

다만 그에겐 이러한 성공의 경험이 시야를 좁게 만들었을지도 모르겠다.

최중우 회장은 대한민국에 불어닥친 IMF 여파 역시 '기회로 바꿀 여지가 있는 위기'로 보며, 그들 역시 경영이 건전하지 못한 당시 경영전략 실패로 위기에 봉착해 있던 이봉자동차(당시 재계 서열 7위)를 무리해 가며 인수하기에 이른다.

그리고 그로부터 얼마 지나지 않아 부채 만기일이 다가왔다.

당시 최중우 회장은 대호 그룹 내의 대호자동차를 팔아넘기기 위해 삼광 측에 물밑으로 접촉을 시도했으나, 그때는 이태석도 그럴 만한 경황이 없었고(전생의 그 시기, 이휘철의 사후 이태석은 조직을 정비하느라 여념이 없었다) 결국엔 금일 쪽으로 접촉을 시도했으나.

금일의 곽한섭 회장은 그것이 분식 회계로 부풀려진 것임을 단박에 눈치챘다고 한다.

'고기도 먹어 봐야 안다는 걸까.'

좀 더 나중에 알려진 이야기이긴 하지만 이때 대호 그룹이 조작한 분식 회계는 41조에 이르렀다고 하며, 이는 오늘날까지 '분식 회계의 교과서(?)'로 불린다.

결국 대호의 최중우 회장은 수십조에 달하는 그 법정 추징금을 감당하지 못하고 해외 도피행을 택했다.

그는 이후 세간에 '세상은 넓고 도망칠 곳은 많다'는 대중의 비아냥 속에서 장기간의 해외 도피 중 쓸쓸히 그 생을 마친다.

나는 최중우 회장의 예견된 몰락을 떠올리며 최소정에게 말했다.

"이러한 범국가적인 위기 앞에서, 그간 공격적으로 사업을 확장해 온 대호 그룹 역시 무사하진 않을 겁니다. 금융시장이라는 것이 여기저기 여타의 것들과 연결 고리가 있는 한, 대호 그룹 역시도 사업체 일부를 정리할지도 모른단 게 제 생각이고요."

내 말에서 최소정은 '범국가적인 위기'라는 대목이 마음에 걸렸는지 눈살을 찌푸렸다.

"성진이가 하는 말을 전부 알아들은 건 아니지만…… 그건 지나치게 비관적인 건 아닐까? 안 그래도 요즘 뉴스에선 우리나라가 OECD 가입국이 될지도 모른다는 소식이 연일 들려오고 있는데."

그것도 국가에 위기를 불러오는 원인 중 하나입니다만.

'마침 레임덕을 앞두고 그럴듯한 가시적인 성과를 내려는 현 정권의 프로파간다가 대중들 사이에선 제법 먹히고 있군.'

나는 쓴웃음을 지었다.

외환 위기의 원인은 다각적이고 복합적이다. 하나를 보면 열을 안다고 하는 하인리히의 법칙에 빗대면, 지금 시점에서 이미 대한민국은 그 외환 위기의 전조를 밝히고 있었던 셈은 아니었을까.

"……맞아요. 어쩌면 누나 말씀대로 제가 지나치게 비관적인 걸지도 모르죠. 하지만 사태를 냉소하려는 건 아니에요. 그 두 가지를 구분해 주세요."

"……."

비관론자에겐 사태를 극복하려는 의지가 있다.

반면 냉소주의자에겐 사태를 관망하는 오만함과 그 와중 이득만 취하고자 하는 비겁함이 있을 뿐이다.

'그리고 이 이상 떠들어 봐야 더 이상 와닿지 않겠지.'

나는 생각에 잠긴 최소정을 보며 말을 마쳤다.

"드리는 제안은 여기까지입니다. 당장 결론을 내지 않아도 좋으니 부디 진지하게 생각해 보세요."

고개를 끄덕이는 최소정이 내 생각에 동의하고 있는지, 아니면 예의상 들은 척만 하고 있을지, 과연 무슨 생각을 하고 있는지는 나도 알 수 없었다.

그것으로 내가 최소정에게 '의리상' 할 수 있는 일은 다 했다.

그녀에게는 내 나름 밝힐 수 있는 한도 내에서의 조언을 해 주었지만, 결국 선택은 최소정, 또는 그 부친의 몫이었다.

내가 가진 능력으론 세상 모든 사람을 구제할 수 없다. 그런 생각은 호혜성을 넘어 오지랖은커녕 망상에 불과할 것이고, 그나마 할 수 있는 건 주변 사람들에게 선택의 여지를 던져 주는 것이 최선이었다.

'오히려 내가 미래에 일어날 일을 꿰고 있다는 것을 밝히면 내 입지는 더더욱 좁아질 테지.'

그런 위험부담을 사서 안을 필요는 없다.

나는 최소정이 포함된 업무 메일을 살피며 고개를 저었다.

'내 한 몸 건사하기도 힘든 상황이니까.'

전예은에게 전화가 걸려 온 건 그즈음이었다.

─사장님, 전예은입니다. 통화 가능하세요? 드릴 말씀이 있어요.

전예은이 괜한 전화를 걸 리는 없었다. 들으니 내용인 즉 강선이 입을 열었다는 것이었다.

'……슬슬 움직일 때로군.'

나는 요한의 집에 방문 중인 전예은으로부터 이야기를 듣자마자 택시를 타고 그곳을 향했다.

'강선이 어디까지 알고 있고, 어느 선까지 입을 열었는지가 관건이군.'

어린애 입에서 나온 어른들의 '이름'은 그렇게까지 큰 의미는 없다.

만일, 설령 강선의 입에서 실종된 모친의 이름과 꽁꽁 감춰 두고 있던 그의 성씨며 부친의 이름까지 나온다 하더라도, 그건 서울에서 김 서방 찾기나 마찬가지.

그 '정순애'와 '박상대'가 한강에서 발견된 변사체와 국회의원 박상대와 관계가 있다는 것까지 알아내야 비로소 실마리를 움켜쥐게 되는 것이다.

'역으로 말해, 반지의 주인이 누구라는 사실조차도 그 자체만 놓고 본다면 그것만으론 증거품으로 유의미한 결과를 내기 힘들지.'

물고기 배 속에서 발견된 반지라는 낭만적인 이야기 외에, 잃어버린 반지와 관련해서도 박상대가 '이미 예전에 끝난 인연이었다'고 발뺌을 해 버리면 그걸로 끝나고 말 이야기였다.

이제부턴 바쁘게 움직일 필요가 있었다.

나는 요한의 집으로 향하는 택시 안에서 정진건 형사에게 전화를 걸었다.

-예. ××경찰서 강력반 정진건 형사입니다.

"안녕하세요, 형사님. 이성진입니다."

전화기 너머 정진건은 잠시 침묵 끝에 말을 받았다.

-아, 그래. 성진이구나. 무슨 일인데?

"예. 다름이 아니라, 강선이가 입을 열었다고 해서요."

-그래?

무언가 제법 분주한 움직임이 오가는 양 부스럭거리는 소리 끝에 정진건이 말을 이었다.

-지금 어디냐?

"지금 요한의 집으로 가고 있어요."

-……흠. 알겠다. 그럼 거기서 보자꾸나.

"예, 형사님."

내가 '반지는 어떻게 됐나요' 하고 물을 겨를도 없이 정진건은 전화를 끊어 버렸다.

얼마 전 뉴월드백화점에서 있었던 일의 보고를 들은 정진건은 강하윤에게 적잖이 화를 냈다고, 강하윤이 내게 전한 적 있었다.

'사실, 보통은 시말서감이긴 하지.'

그래도 일의 경중을 따져 사안이 경찰 조직 내부에 공식으로 남을 시말서 작성까진 흘러가지 않은 듯했지만.

「그런 일은 상사와 상의를 하고 보는 게 먼저이지 않냐, 면서 화를 내셨어.」

강하윤은 그렇게 말하곤, 배시시 웃는 얼굴로 덧붙였다.

「……그래도 나중엔 '그래도 나쁘지 않다'고 말씀해 주시긴 했지만.」

아, 예. 그러십니까.

그래도 결과적으로는 단서를 확보할 실마리의 끄트머리를 쥘 수 있게 되었으니, 이런저런 사정을 헤아려 그나마 조용히 넘어간 준 것이나.

공무원 사회라는 것이 어쨌건 절차와 과정을 중요시하는 집단이니, 벌써부터 편법을 익힌 강하윤에게 정진건도 무어라 한마디 쓴소리를 하지 않을 순 없었을 것이다.

그 절차와 과정을 무시하고 강행했다가 발생한 사건이 '미란다원칙'으로 유명한 체포 건이니.

'나도 그로 인해 이번 일이 무산되는 걸 원하진 않고.'

어차피 반지 자체는 증거물로서 특별한 효력을 띠진 못하리라 짐작 중이니, 해당 건은 정진건도 따로 강하윤을 불러 혼내는 것으로 덮어 두었으리라.

'그래도 그 자리에 정진건까지 있었다면, 서명훈도 협조할 구실을 만들기 어려웠을 거야.'

그러니 이제는 반지가 '강선의 아버지인 박상대'와 '국회의원 박상대'와의 연결 고리를 만들어 낼 때였다.

'반지로 연결 고리를 만든다니, 제법 상징적이군.'

나는 요한의 집에서 비워 둔 저학년 놀이방에서 강선과 함께 있는 전예은을 만났다.

"오셨어요, 사장님."

며칠 새, 요한의 집 원생들이 텃세를 부리는 일도 없었던 모양으로 강선의 얼굴은 예전의 꾀죄죄한 몰골도 사라지고 표정도 밝아 있었다.

하지만 여전히 낯을 가리는 건 매한가지인지 전예은과 함께 웃는 얼굴로 색연필을 가지고 놀던 강선은 내가 방에 들어오자마자 경계하는 눈을 하며 주춤하는 모습을 보였다.

전예은은 그런 강선을 보며 쓴웃음을 지었다.

"괜찮아, 강선아. 누나 친구야. 성진이 형은 저번에 봤지?"

누가 친구래.

강선은 우물쭈물하며 고개를 끄덕이더니 내게 꾸벅 묵례했다.

어차피 애당초 강선과 화기애애하게 하하호호하는 걸 기대한 적은 없었으므로, 나는 의자를 빼고 두 사람 맞은편에 앉았다.

정진건이 도착하기 전까지 취조를 미뤄도 좋겠지만, 그래도 비슷한 연령대 앞에선 입이 쉬이 열릴 것이다.

'더군다나 비밀을 공유하는 집단이 늘어날수록 입이 열리기도 쉬워질 테니까.'

전예은의 생각도 마찬가지였던 듯했다.

"그럼 강선아."

전예은이 웃는 얼굴로 강선을 보았다.

"누나한테 했던 이야기, 성진이 형아한테도 들려줄래?"

"......."

"형아도 강선이 편이야. 누나 친구라고 했지? 형아가 누나랑, 경찰 아저씨랑 함께 강선이 엄마 찾는 일, 도와 줄 거야. 그러려면 강선이가 저 형아한테 강선이가 알고 있는 이야기를 해 줘야 해."

그러면서 전예은이 나를 힐끗 쳐다보아서, 나는 동조하듯 고개를 끄덕였다.

"저 누나 말 그대로야. 나는 네 편이지."

네 아버지의 원수가 될 예정이기도 하지만.

강선은 잠시 망설이더니 전예은의 손을 꼭 쥐곤 떨어지지 않을 것 같던 입을 뗐다.

"제 이름은 박강선입니다. 나이는 일곱 살이고, 사는 곳은 태국 방콕입니다."

퍽 문어적으로 들리는 것이 정순애가 만일을 대비해 혹시라도 강선이 미아가 될 경우를 감안해서 알려 준 문구를 기억해 그대로 입에 담는 것 같았다.

나는 대답 대신 고개를 끄덕여 듣고 있다는 제스처를 취했다.

전예은과 내 눈치를 슬쩍 살핀 강선의 말이 이어졌다.

"우리 엄마 이름은 정순애입니다. 저를 찾으면 02−×××−××××로 전화해 주세요."

낯선 전화번호가 강선의 입에서 나왔다.

'어쨌건 대사관은 아니군.'

전예은은 그에 대해 들은 적 있는 모양인지, 여전히 웃는 얼굴로 물었다.

"그건 누구 전화번호랬니?"

"이모예요."

"이모?"

전예은은 맞장구를 치며 내게 눈짓했고, 강선이 말을 이었다.

"정확히는 엄마 친구인데, 저더러 춘자 이모라고 부르랬어요."

하긴, 정순애라고 해서 갑자기 어디선가 툭 튀어나왔을 리 없으니, 한국에 연고가 없을 리도 없었다.

정순애가 만일을 대비해 알려 준 비상연락망은 우리로 하여금 '증언에 신뢰성이 확보되는' 제3자의 존재를 밝혔지만, 마냥 기뻐하긴 일렀다.

'지금으로선 적인지 아군인지 장담할 수 없는 상황이지. 극단적으로 말해서 박상대와 한통속일 수도 있고.'

전예은이 고개를 끄덕였다.

"그렇구나. 혹시 춘자 이모한테 전화 건 적 있니?"

강선이 고개를 저었다.

"아니요. 엄마가 나갈 때 가만히 있으라고 해서요."

그러면서 강선은 정순애와 헤어지기 전의 마지막 모습을 떠올렸는지 울먹이려다가 애써 울음을 꾹 참았다.

"그랬구나, 잘했어. 우리 강선이 의젓하네."

전예은은 강선의 머리를 쓱쓱 쓰다듬어 주었다.

나는 강선에게 툭 하고 물었다.

"아버지는?"

"……."

내 질문에 강선은 이번엔 대답할 의무가 없다는 양 입을 꾹 다물었다.

'전예은에겐 말했으면서. 아무튼, 예나 지금이나 친해지기 어려운 녀석이야.'

꼬맹이를 상대로 뭐라 할 수도 없고.

그쯤 나는 전예은에게 나가자는 눈짓을 보냈다.

전예은은 짧게 눈을 깜빡인 뒤 강선에게 미소를 지었다.

"누나는 잠깐 성진이 형아랑 이야기 좀 하고 올 테니까, 강선이는 여기서 여기까지 색칠하고 있어. 알았지?"

"네."

강선은 얼른 눈가를 훔치며 코를 훌쩍이곤 색연필을 손에 쥐었다.

나는 복도에 서서 단도직입적으로 물었다.

"방금 전의 그 이모라는 사람은 누구입니까?"

전예은은 내가 관련해서 단도직입적으로 물어볼 줄 알았다는 듯 쓴웃음을 지었다.

"강선의 기억 속엔 모친께서 그분께 '춘자'라고 말하는 기억이 있어요. 강선은 서로 말을 놓는 모습에 다소 안도했고…….."

전예은은 눈을 가늘게 뜨며 강선의 기억을 더듬었다.

"강선에게 몇만 원인가 용돈을 쥐여 주기도 했어요. 또, 그분의 차림새에 제 주관을 넣자면 화류계 종사자로 보였어요."

"화류계 종사자?"

전예은은 그다지 내키지 않는다는 양 고개를 끄덕였다.

"저도 어디까지나 강선이 기억하는 것을 토대로 볼 수 있을 뿐이어서요. 그나마도 당시 강선이가 주스에 정신이 팔린 데다가 자리를 떨어져 앉은 상황이라 자세히 아는 건 아니에요. 다만 만났을 당시 향수 냄새가 짙었고, 화장이 진해서 강선이 조금 무서워했던 기억이 있어요."

나는 고개를 끄덕였다.

사실, 전예은이 '춘자 이모'라는 인물을 화류계 종사자로 생각한 건 마냥 근거 없는 억측은 아니었다.

당시, 정순애가 생존해 있을 때, 김기환이 그녀를 독대하며 알아낸 정보로, 정순애는 원래 연예인 지망생이었다.

그렇다고 해서 제대로 된 시스템 아래서 데뷔를 기다리며 연습하던 그런 형식은 아니었다.

'……말이 좋아 연예인 지망생이지.'

실상은 얼굴 반반한 순진한 소녀들에게 '연예인을 시켜 주겠다'며 접근해 꿰어 내는 삼류 양아치 기획사의 작업에 다름 아니었다.

가출해 거리를 전전하던 그녀는 '언니들'로부터 건너서 알게 된 삼류 양아치 기획사에게 '연예인을 해 보지 않겠냐'며 속아 넘어갔다가 그대로 화류계에 몸을 담게 된 케이스였다.

흔한 일은 아니었지만, 음지에선 비일비재하게 자행되던 일이었다.

마침 당시엔 고등학생이랬다.

그렇다고 정순애가 어릴 적 마냥 세상물정 모르고 순진한 여자로 남았던 건 아니었다.

　정순애는 이미 박상대를 만나기 몇 해 전부터 '소속사'가 제대로 된 곳이 아니었다는 것을 알았고, 박상대를 만날 즈음엔 자신이 '연예인 지망생'이라는 이름하에 젊음을 팔아 왔다는 것을 깨닫고 있었다.

　'(김기환이 그대로 내게 전한 말을 다시금 인용하자면)돈도 없고 빽도 없고 가진 것이라곤 몸뚱이뿐이던' 그녀가 거기서 발을 빼기에는 이미 늦었고, 이제는 '이대로 남아 마담이 되느냐, 돈 많은 손님을 붙잡고 첩이 되느냐, 아니면 섬으로 팔려 가느냐'의 상황에서 마침 손님으로 온 박상대를 만났다.

　당시, 지금보다 훨씬 젊었던 박상대는 퍽 순진했던 모양이었다.

　반면 그녀는 그런대로 교활하고, 자신의 이익을 챙길 줄도 아는 부류였다.

　'춘자 이모라는 인물도 그 시절 알게 되었겠지.'

　정순애의 말에 의하면 박상대는 '첫눈에 반한 것처럼' 그녀에게 홀딱 빠져 있었고, 정순애는 '신분 상승'의 기회를 놓치지 않았다.

　정순애는 화류계에서 배우고 익힌 기술로 박상대를 구워삶았다.

　잘만 하면 미혼에 앞길 창창한 명문가 도련님의 정실이 될지도 모를 상황이었다.

'반지도 그 시절, 박상대가 영원한 사랑을 약속하며 가져다 바쳤겠지.'

그리고 정순애는 박상대와 사이에서 배 속에 아이를 들였다.

박상대가 '정신을 차린' 건 그쯤이었다.

박상대는 정순애에게 낙태를 권했고, 그 권유가 명령으로 바뀌기 전에 정순애는 의도적으로 잠적했다.

그리고 박상대를 다시 만난 건 그녀가 강선을 낳고 '돌이킬 수 없는 지경'으로 만든 뒤였다.

'……그 작업엔 누군가의 성공 사례라도 있었던 걸까.'

마침 미혼에 젊은 박상대였으니, 못 이기는 척 정순애와 강선을 책임질 것이라고 철석같이 믿었던 모양이었다.

'설령 믿지 않더라도, 정치계에 입문하려는 박상대의 입장상 그런 스캔들이 박상대로 하여금 아킬레스건이 되리란 걸 알았겠지.'

정순애의 패착이라면 박상대가 마냥 호락호락한 호구가 아니었단 점이었다.

그간 나름대로 생각을 정리할 시간을 벌었던 걸까, 박상대는 혼란스러워하거나 분노하는 일 없이, 오히려 강선의 존재를 반겼다고 했다.

김기환은 볼펜 끝으로 머리를 긁적이며 내게 전했다.

―……그러면서 자리가 마련되면 함께 가정을 꾸리자고 했다더군요.

그러면서 박상대는 '상황이 정리될 때까지' 생활비를 대주는 조건으로 그녀를 아무런 연고도 없는 외국으로 보냈다.

정순애는 박상대의 제안에 응했다.

당시 나는 '그걸 믿었다고?' 하는 생각에 어처구니가 없었지만.

정순애는 홀로 강선을 키우며 박상대의 연락을 기다렸다.

정순애는 강선을 잘 키웠다.

인터뷰 내내 시종일관 냉소적이었다는 김기환의 전언과 달리, 어쩌면 정순애 역시도 박상대에게 진심이었을지 모른다.

만일 그녀가 강선을 신분 상승의 수단으로 여기고 아이를 이용했을 뿐이라면, 태국에서도 어지간한 노력 없이는 들어가기 힘든 '사립 유치원' 등지에 강선을 입학시키지 않았으리라.

그런 그녀에게 전해진 건, 여당 대표의 예비 사위로 거듭나게 된 박상대의 소식이었다.

전생과 달라진 점이라면, 그 정보를 알게 된 정순애가 한국으로 직접 찾아왔단 점이었다.

사실, 그냥 그대로 태국에 남아 모른 척 양육비를 받아 가며 강선을 키운다는 선택지도 있었을지 모른다.

하지만 그녀는 전생과 달리, 이번에는 그러지 않았다.

전생과의 그 차이는 '그녀가 손쓸 수 없는 일'과 '언론사를 등에 업은 뒷배의 존재'로 인한 차이였을지도 모르고, 그 순정이 냉소로 변하기 전이어서 그런 것일지도 모른다.

아니면 이도 저도 아닌, 그저 단순히 욕망이 눈을 가렸을 뿐인 걸지도 모를 일이었다.

하지만 죽은 자는 말이 없다.

'지금 와서는 아무도 확인해 줄 수 없는 변곡점이 되고 말았지만.'

전예은이 입을 열었다.

"그런데 강선이도 제 앞에서와는 달리, 사장님께는 제대로 말을 하지 않네요. 나중에 형사님들 오셔서도 그러지는 않을지 걱정이에요."

뭐, 강선은 전생부터 그런 구석이 조금 있었지.

하지만 나는 그런 생각을 내색하지 않으며 대수롭지 않게 말을 받았다.

"저나 정진건 형사님께는 입을 다물어도 강하윤 형사님이 계시니, 그건 모를 일이죠."

"음, 그럴지도 모르겠네요. 강선이 기억 속에서 강하윤 형사님은 좋은 인상으로 남아 있으니까요."

나는 고개를 끄덕여 전예은의 말을 흘리곤 그 자리에서 주머니 속의 대포폰을 꺼내 강선에게 들은 번호로 전화를 걸었다.

"……."

몇 차례 신호음이 갔지만, 받지 않았다.

"안 받는군요."

모르는 번호는 받지 않는다는 개념조차 없을 시절이고.

화류계 종사자라면 지금 낮 시간엔 자고 있을지도 모를 일
이었다.

그게 아니면…….

'……아니, 춘자 이모라는 사람에게까지 작업을 쳤을 리는
없겠지.'

나는 언뜻 떠오른 생각을 부정하며 핸드폰을 껐다.

그리고 복도에서 보이는 창가로, 정진건의 차가 보육원에
들어오는 것을 보았다.

'일찍 도착했군.'

나는 전예은에게 들어가 있으라고 말한 뒤, 정진건을 맞이
하러 건물을 나섰다.

'춘자 이모라는 인물의 행방에 대해선 당장은 경찰 측의
탐문 수사에 맡겨 볼 수밖에.'

전예은과 내가 '그러지 않을까' 생각한 대로, 강선은 정진

건 앞에선—이미 구면임에도 불구하고—입을 꾹 다물었다.

결국 정진건과 나는 강선을 강하윤과 전예은에게 맡긴 뒤 복도로 나와야 했다.

"거참. 경찰 아저씨가 무서운 건가?"

"선량한 일반 시민인 저한테도 저러는 걸 보면 그냥 남자를 싫어하는 게 아닐까요?"

"……설마."

정진건은 쓴웃음을 지으며 막대 사탕을 하나 꺼내더니 내게 권했다.

"하나 줄까?"

마치 담배를 권하는 듯한 제스처와 느낌이었다.

"네."

우리는 나란히 복도에 등을 기대고 사탕을 하나씩 입에 물었다.

입안의 레몬 맛 사탕을 굴리고 있으려니 정진건이 툭 하고 말을 건넸다.

"지난번엔 신세를 졌다."

"무슨 말씀이세요?"

"무슨 말이긴, 강 형사 이야기지."

"아."

나는 이제야 알아들은 척 짧게 고개를 끄덕이며 미소를 지었다.

"그치만 저는 그냥 누나랑 따로 만나서 밥 한 끼 얻어먹었을 뿐인걸요?"

"……참 나."

내 대꾸에 정진건은 내가 해 온 걸 탐정 놀이쯤으로 여기는 양 픽 하고 웃더니 미소를 거두며 담담한 얼굴로 말을 이었다.

"네가 이렇게까지 해 주는 건 단순히 호기심이 많아서 그러는 거냐?"

"그것도 있지만 괜히 여기저기에 참견하기 좋아하는 성격이라 그러는 걸지도 모르죠."

그렇게 둘러대긴 했지만, 정작 정진건은 내 말을 완전히 믿는 눈치는 아니었다.

그럼에도 그는 내가 '참견하기 좋아하는 성격'이라는 것을 완전히 부정하지는 않는 듯했다.

'나도 내게 필요한 일에만 참견해 대고 있을 뿐이지만, 그가 알고 있는 나는 그렇게 비칠 수도 있겠지.'

애당초 그와 인연을 맺게 된 조인영 건부터가 그러했고.

아마 정진건은 나를 떠올릴 때면 '호기심 많고 매사에 참견하기 좋아하는 어린애'로 생각할지 모르겠다.

'때 이른 내 성공의 비결을 거기서 찾을지도 모르고.'

하나 정진건은 그런 걸 드러내 놓고 내색하는 성격은 아니어서, 저번 일을 속으로만 '이성진이니 어쩔 수 없지' 하는 정도로 여기고 있으리라.

'차라리 정진건에겐 오지랖 넓은 성격으로 비쳐서 다행이지. 평소 전혀 그러지 않다가 이번 일에만 적극적으로 나서는 것도 모양새가 영 나쁠 테니까.'

잠시 생각에 잠겼던 정진건이 입을 열었다.

"네 비서 아가씨는 어디까지 알고 있냐?"

"물론 한강 변사체 건은 모르고 있어요."

나는 거짓말을 했다.

"예은 씨는 순수한 선의에서 강선이의 부모님을 찾아 주려고 하는 것뿐이거든요."

"뭐, 그 아가씨도 이곳 출신이라고 했으니, 강선을 요한의 집에 맡긴 이상 이 일과 완전히 무관한 입장은 아니겠지."

더욱이 전예은은 열리지 않을 것 같던 강선의 입을 열게 해 준 귀중한 협력자이기도 했다.

정진건이 재차 나를 물끄러미 쳐다보았다.

"……하지만 나는 방금 전에 네가 말한 한강 변사체 건이 강선의 실종된 모친과 관계가 있을 거라곤 말하지 않았는데?"

떠보기는.

나는 미소로 그 말을 받았다.

"하지만 형사님께선 이번 일이 변사체 건과 연결 고리가 있을지도 모른다고 생각 중이시지 않나요?"

정진건은 딱딱한 얼굴로 중얼거렸다.

"······그러지 않길 바라지만."

나로선 바라 마지않는 일인데.

정진건이 품에서 수첩을 꺼내면서 말을 이었다.

"내가 여기 오기 전 무언가 들은 게 있지?"

"네."

"정식 보고가 있기 전 간략하게나마 들을 수 있을까?"

나는 내가 강선에게 들은 내용—정순애의 이름까지 포함한 것을 정진건에게 알렸다.

그중 '춘자 이모'의 이름이 언급되자 정진건의 볼펜이 멈칫했다.

"춘자 이모?"

"강선이는 그렇게 불렀어요. 그리고 전화번호를 외우고 있던데······ 듣긴 했지만 기억은 나지 않아요. 죄송합니다."

물론 외우고 있을 뿐만 아니라 대포폰으로 한 차례 전화를 걸어 보기까지 했지만 나는 '이 일에 단순 호기심 이상 깊이 개입하지 않고 있다'는 인상을 심어 주기 위해서라도 정진건에게 내 기억력이 어떠한지를 감췄다.

정진건은 내가 의도한 대로, 내 대답에서 '이성진이 이일에 필요 이상으로 개입하지 않은 것'을 퍽 내켜 하는 눈치였다.

"아니다. 신경 쓸 거 없어. 그 부분은 강 형사가 알려 주겠지."

"예."

수첩을 덮은 정진건이 나를 보았다.

"그런데, 네 생각은 어떠냐?"

이제는 발을 깊이 들여 완전한 부외자 취급을 할 수 없는 처지여서 그랬는지, 정진건은 단도직입적으로 내 의견을 물었다.

"강선의 모친이라는 정순애 씨가, 과연 상대에 따라선 이익을 위해 그 대상을 죽…… 존재를 세상에서 지워 없애야 할 사람인 거 같으냐?"

나는 확답하는 대신 고개를 저었다.

"그게 누군들 사람이 사람을 죽이는 일이 있어선 안 되죠."

뻔한 도덕적 일반론 뒤에 나는 내 견해를 슬쩍 밝혔다.

"다만…… 그럼에도 불구하고 그래야만 했다면, 누군가에 겐 어쩌면 강선의 존재 자체가 일종의 스캔들이 될지도 모르겠단 게 제 생각이에요."

"음."

"더욱이 만일 잃어버린 반지의 주인이 정순애 씨의 것이라고 가정하면, 어쩌면 강선이의 아버지는 이름만 대면 알 수 있을 법한 사회적 지위가 있는 사람이 아닐까 싶기도 해요. 가운데 다이아몬드가 박혀 있는 반지인 데다가 그게 해외에서 일부러 사 온 거라면 가격도 만만치 않을 거구요."

비록 정진건 앞에선 가설임을 전제로 두었으나, 내가 아는 정보로는 이미 그 주인이 누구라는 것쯤은 기정사실이었다.

사람을 토막 내고 그 시신을 강물에 유기하는 건 어지간한 강심장이라도 해내기 힘들다.

만일 그런 일을 아무렇지도 않게 해내는 사람이 있다면, 그런 것에 익숙하거나, 아니면 그것이 명령이기에 따르는 부류뿐이리라.

'뒤처리의 미숙함으로 보아, 시체 처리에 익숙한 프로는 아니었지. 뭐, 평화롭기 그지없는 대한민국에서 시체 처리의 프로가 있는 것도 이상한 일이지만.'

그리고 반지의 주인은 그걸 남에게 강제할 만한 재력과 능력을 겸비한 인물일 것이다.

「그걸로 이성진을 죽여. 한성진.」

순간, 나는 전생의 내게 살인 교사를 명한 정체불명의 인물의, 변조된 목소리와 손에 쥐었던 권총의 묵직한 감촉을 떠올리는 바람에 표정 관리가 힘들 뻔했다.

'……최소한, 이번 사건에선 프로의 행동이 아니었단 거지.'

나는 표정을 관리하며 덧붙였다.

"그것도 어디까지나 제 생각일 뿐이에요. 그조차도 반지와 변사체 사이에 관계가 있을지 모른단 생각하에 말씀드리는 가정일 뿐이고요."

"······흠."

정진건은 긍정도 부정도, 그 어떤 판단도 하지 않았다.

어쩌면, 그 스스로도 막상 깨닫고 보니 초등학생 앞에서 엽기 살인과 관련한 견해를 입에 담았을 뿐만 아니라 그에 관련한 초등학생의 의견을 물은 스스로에 위화감을 느낀 걸지도 모르겠지만.

우리 둘 사이에 짧은 침묵이 감도는 사이, 이윽고 강하윤이 홀로 드르륵, 미닫이문을 열고 복도로 나왔다.

강하윤은 내게 슬쩍 미소를 던진 뒤, 사무적인 어조를 입에 담았다.

"선배님, 보고드려도 되겠습니까?"

"음."

정진건은 잠시 나를 끼워 이야기를 듣는 것이 타당한 일인지 망설이는 눈치였다가 결국엔 이번 일에 나도 무관한 입장이 아니게 되었단 자각을 했는지 고개를 끄덕였다.

그 끄덕임에 강하윤은 수첩을 넘기며 말을 이었다.

"우선, 강선의 모친은 정순애 씨라고 합니다. 그간 강선은 태국 방콕에 있었으며······."

정진건은 강하윤의 말을 들으며 수첩을 다시 살폈다.

이어지는 내용은 내가 강선에게 들은 내용이었고, '춘자 이모'의 전화번호가 나오는 대목에선 기다렸다는 듯 제대로 번호를 받아 적었다.

정진건은 일단 알았다는 양 고개를 끄덕였다.

"어쩌면 이 사람이 사건의 실마리를 쥐고 있을지도 모르겠 군."

"예."

정진건은 당장 전화를 걸어 보기 전, 따로 춘자 이모의 전화번호를 새 메모 페이지에 옮겨 적은 뒤, 번호가 적힌 페이지를 북 찢었다.

종이를 접어 주머니에 따로 챙긴 정진건이 물었다.

"그 외에 알아낸 건 없나? 그 부친의 이름이라거나."

"아, 예. 부친의 이름은 '박상대'였습니다."

"박상대?"

드디어 이번 사건에 박상대의 이름이 공식적으로 거론되기 시작했다.

한편 정진건은 그 이름을 들으며 고개를 갸웃하더니 혼잣말을 덧붙였다.

"강선의 이름은 외자가 아니었군. 음, 박강선……. 박강선."

박강선이라는 세 글자를 중얼거린 뒤, 정진건은 볼펜 끄트머리로 머리를 긁적였다.

"조금 어거지로 끼워 맞추는 것이긴 하나, 정순애, 박상대

각각 이니셜 중간 글자에 S가 들어가긴 하는군. 그래서 반지에 S&S라고 새긴 거라면 말이 되긴 해. 그런데 박상대라……. 이름만 가지곤 대상을 추정하기 힘든걸."

말마따나 박상대라는 이름이 아주 희귀한 것은 아니었으니, 정진건이 대상을 특정하지 못하고 헷갈려 하는 것도 이상한 일은 아니었다.

'더군다나 조금 신문에 나왔다고 해서 지역구도 아닌 신출내기 0선 정치인의 이름을 단박에 떠올리는 건 쉽지 않을 일이긴 하지.'

하지만 그 박상대가 누구라는 것을 추정하는 건 시간문제에 불과해서, 나는 슬쩍 단서를 흘렸다.

"아, 그 이름을 들으니 생각나는 사람이 있긴 해요."

강하윤과 정진건의 시선이 내게 모였고, 나는 일부러 어깨를 움츠렸다.

"……말해도 될까요?"

정진건의 눈짓을 받은 강하윤이 미소를 띠며 내게 물었다.

"혹시 성진이가 아는 사람이니?"

나는 고개를 저었다.

"아뇨. 개인적으로 아는 사이는 아니지만, 정치인 중에 박상대라는 이름을 들어 본 적이 있어서요."

강하윤이 고개를 갸웃했다.

"정치인? 국회의원?"

"국회의원은 아니에요. 국회의원은 선거에 당선되어야 달수 있는 직함이니까요."

엄밀히 따지면 박상대는 이 시대엔 아직 0선인 신출내기였다.

'나중에야 당 대표를 넘볼 자리까지 오르게 되지만.'

한편 강하윤과 정진건은 투표권도 없는 초등학생이 별의별 걸 다 알고 있다는 게 신기하다는 양 어리둥절한 얼굴로 시선을 교환했다.

나는 그런 두 사람을 보며 덧붙였다.

"그게 말이죠, 얼마 전에, 그러니까 4월쯤 국회의원 총선거가 있었잖아요? 그날 학교도 쉬었고요."

강하윤이 고개를 끄덕였다.

"아, 그랬지. 응. 맞아."

그 와중 정진건은 '우리는 안 쉬었지만' 하고 중얼거렸지만, 어쨌건.

"그때 들은 지역구 후보 이름 중에 박상대라는 분이 계셨거든요."

내 대답에 강하윤이 혀를 내둘렀다.

"성진이는 정말 별걸 다 아는구나?"

나는 보란 듯 어깨를 으쓱였다.

"우연이에요. 저번 선거 때 그분이 출마하기로 한 지역이 마침 요한의 집이 있는 이곳, D구였거든요. 저도 당선자가 누구냐에 따라 요한의 집과 관련한 처우가 바뀌게 될지도 모르니 그 이름 석 자를 머릿속에 넣어 두고 있었을 뿐이에요."

"으응."

나는 여전히 얼떨떨한 얼굴로 고개를 끄덕이는 강하윤을 보며 덧붙였다.

"게다가 그분은 제 기억으론 몇 달 전에 신문에 나오시기도 했거든요. 뭐라더라, 자진 사퇴……였던가요?"

나는 일부러 '초등학생이 입에 담기엔 어려운 어휘라 이번에 처음 입 밖에 내 본다'는 것을 어필했지만, 두 사람에겐 내 평가치가 높았는지 별로 신경 쓰는 눈치는 아니었다.

강하윤이 쓴웃음을 지었다.

"에이, 그래도 설마. 박상대라는 이름이 희귀한 것도 아닌데."

"아니. 그거 공교롭다면 공교로운데."

정진건이 끼어들었다.

"강 형사, 혹시 강선이가 그 부친에 대해 다른 말은 하지 않던가?"

"예? 아, 그게…… 엄마, 아니 모친, 그러니까……."

멍하니 있던 강하윤은 공연히 수첩을 뒤적이며 말을 이었다.

"죄송합니다, 정순애 씨에게 들기로는 '큰일 하는 사람'이랬다고 들었다나 봅니다."

"······추상적이군."

일단은 그렇게 대꾸했지만, 정진건은 용의 선상에 '국회의원 후보 박상대'를 의식하는 듯했다.

그 생각 속엔 박상대가 정순애와 더불어 '반지의 주인일지도 모른다'는 전제가 박혀 있었으므로, 국회의원 후보에 이름을 올릴 정도의 거물일지 모른단 가정이 깔려 있었을 것이다.

정진건은 수첩을 안주머니에 찔러 넣었다.

"수고했어. 이걸로 움직일 만한 단서의 실마리 정도는 확보한 셈이군."

"예, 선배님."

"백화점 측에선?"

"아직 없습니다."

"그렇군."

뒤이어 정진건이 나를 보았다.

"그럼 성진아, 너는 이쯤 해서 경찰에게 일을 맡기도록 해라."

정진건은 내가 서운해하지 않게끔 덧붙였다.

"그동안 도와준 건 고맙지만, 이 뒤부터는 경찰이 움직일 영역이고······자칫 네게 위험이 닥칠지도 모르니까."

나는 일부러 조금 서운하다는 표정을 낯빛에 담으며 고개를 끄덕였다.

"네, 형사님. 아니, 아저씨."

아저씨란 덧붙임에 정진건은 픽 웃었고, 강하윤은 내게 눈을 맞추며 미소를 지었다.

"그동안 도와줘서 고마워. 정말 큰 도움이 됐어."

"아뇨, 뭘요."

"다음에는 시저스 말고 다른 곳에서 한턱 쏠게."

"네, 누나."

나는 수줍어하는 척 그렇게 대꾸하면서 속으로 생각했다.

'이제 경찰이 본격적으로 움직이기 시작할 테니, 슬슬 구봉팔에게 연락을 넣어 봐야겠군.'

경찰 두 사람이 돌아가고, 나는 얼마 뒤 전예은과 함께 강이찬이 운전하는 차를 타고 회사로 복귀했다.

돌아가는 길, 나는 일부러 들으라는 듯 입을 뗐다.

"그동안 수고하셨습니다. 이제 저희가 도울 일은 끝났습니다."

그 말에 조수석의 전예은이 내가 탄 뒷좌석으로 고개를 돌렸다.

"사장님, 그러면 이제 더 이상 강선이와 관련해 요한의 집 방문은 없는 건가요?"

전예은의 물음 속에는 강선을 향한 우려와 걱정이 묻어 있어서 나는 미소를 지었다.

"업무상으로는요. 예은 씨가 따로 요한의 집을 방문하는 건 제가 막을 수도, 그럴 까닭도 없죠."

내 대답을 들은 전예은은 희미한 미소를 지으며 다시 고개를 돌렸다.

"네, 알겠습니다. 앞으로는 본업에 지장이 가지 않는 선에서 개인적으로 찾을게요."

사실, 지금은 전예은도 SBY 컴백 앨범 건으로 바쁠 시기였다.

그뿐이랴, 외주 제작이 한창인 통통 프로덕션과 관련한 업무도 저번에 맡겨 둔 이후론 전예은이 도맡아 해 오고 있다시피 한 상황이어서, 그간 전예은은 요한의 집과 회사를 오가는 일이 잦아 짬을 내기 힘들었을 것이다.

그때 전예은은 아차, 하더니 운전석의 강이찬에게 꾸벅 고개를 숙였다.

"아, 강이찬 기사님. 그동안 저 바래다주시느라 고생하셨어요. 감사합니다."

"괜찮아. 어려운 일도 아닌데."

강이찬은 전예은의 말을 가볍게 받아 흘렸다.

"그동안 책도 많이 읽었고. 아, 사장님 앞에서 이렇게 말하면 좀 그런가."

"괜찮아요. 사장님께선 자기계발을 중요시하는 분이시거든요. 맞죠, 사장님?"

나는 미소 띤 얼굴로 고개를 끄덕였다.

"물론입니다. 고용주 입장에서 부하 직원의 자기계발을 마다할 까닭이 없죠."

문제는 회삿밥을 먹으며 드높인 능력으로 이직을 하는 경우지만, 그것도 불법은 아니고.

"필요하다면 회사에서 지원도 해 드리겠습니다."

"들으셨죠?"

전예은의 맞장구에 강이찬이 피식 웃었다.

"감사합니다, 사장님."

전예은이 다시 고개를 돌려 나를 보았다.

"사장님, 그러면 이 기회에 몇 가지 외부 강사를 영입하는 프로그램을 만들어 봐도 될까요?"

"외부 강사 말씀이십니까?"

"네, 봉효삼광장학재단에서 운영 중인 방과 후 교실에서 아이디어를 떠올렸어요. 회사 내에 설문을 돌려 지원자에 한해 교양 프로그램을 이수해도 좋을 거 같아서요. 또, 그 일에는 마침 경험자이신 윤 실장님께서 도움을 주실 수 있을 거 같은데요."

전예은이 제안한 건 삼광을 비롯한 대기업에서 행하는 복지의 일환으로, 시대를 앞서간 제안이긴 했으나 나에겐 낯설지 않은 이야기였다.

"괜찮군요. 그럼 예은 씨가 바쁘지 않을 때 윤선희 실장님과 상의 후 기획서를 제출해 주십시오."

"네, 사장님."

전예은은 방긋 웃는 얼굴로 강이찬을 보았다.

"강이찬 기사님, 혹시 이 기회에 배워 보고 싶던 건 없으세요?"

강이찬은 부드럽게 코너를 꺾으며 중얼거렸다.

"음…… 생각해 본 적이 없는데."

"악기 같은 걸 배워 보시는 건요?"

"악기?"

"네. 그래서 만약 이번 연말에도 요한의 집에서 자선 행사를 하게 된다면, 사원 일동의 합주를 해 봐도 좋을 거 같고요."

나를 끼운 둘의 대화는 격의 없고 친밀해서, 마치 친남매를 보는 듯도 하였다.

반면, 나는 처해진 입장상 마냥 속을 드러내 놓지만은 못했다.

'전예은이 내게 강이찬의 스파이 혐의를 알리지 않는 건, 둘 사이에 쌓인 개인적인 친분 때문일까?'

이도저도 아니라면 강이찬은 애당초 이휘철의 끄나풀이 '아니었다'거나, 아니면 전예은이 내게 밝히지 않고 있는 여러 정황과 더불어 그녀가 가진 능력에도 내가 알지 못하는 한계가 있을지도 모른다.

'……극단적으로 말해 어쩌면 전예은도 한 패일지 모르지. 어쩌면 이휘철과 나 모르게 따로 접촉을 했다거나…….'

거기까지 생각한 나는 고개를 저었다.

'아니, 그런 식으로 의심을 하기 시작하면 끝도 없지. 신중한 것은 좋지만 그렇다고 그게 부하를 불신하는 것에서 비롯해선 안 될 일이야.'

인생사새옹지마, 전화위복이란 말도 있지 않은가.

결과적으로는 이휘철이 적절한 시기에 운락정을 찾아 준 것으로 인해, 선거기간에 맞춘 그저 그런 찌라시성 마타도어 스캔들로 남을 수 있었던 것이 급기야 살인 사건과 연루되고 있었으니까.

'어디까지나 내 개인에겐 그러하단 의미지만.'

더군다나 이번 생의 이휘철은 내 적이 아니다.

전예은은 그저, 형식상 SJ컴퍼니의 경영고문으로 앉아 있는 이휘철을 동지로 취급하고 내게 관련한 강이찬의 '보고'를 대수롭지 않게 여기고 있는 것에 불과할지도 모르니까.

다만, 그렇다고 해서 이휘철에게 드러내 놓고 '조광이랑 박상대를 박살 내고 올게요' 하고 내 행적을 알릴 필요는 없다.

이제부터는 경찰의 움직임에 맞춰 박상대 주변에 생겨날 변화를 동시에 관찰할 필요가 있었고, 그 과정에 이휘철이 어떤 식으로든 개입할 여지를 방지할 필요는 있었다.

경찰의 수사망이 좁혀질 때마다 박상대는 사건을 무마하기 위해 움직이기 시작할 것이고, 나는 그때 생긴 빈틈을 벌려 그 민낯을 헤집어야 했다.

그러려면 우선 강이찬뿐만 아니라, 전예은도 일단은 손을 떼게 만들어 이휘철의 시선을 돌릴 필요가 있었다.

'일단 마주치지만 않게 하면 된다는 거지.'

얼마 전 김기환을 회사로 불러들였을 때 나는 김기환을 관측한 전예은의 행동에 변화가 없을지 눈여겨보았으나, 그런 조짐은 보이지 않았다.

'게다가 회사에서 내보낼 땐 일부러 전예은과 마주치지 않게끔 했지.'

그녀도 우리가 곽철용의 뒤를 캤다는 건 알았겠지만 그 일로 이휘철이나 곽철용으로부터 견제가 들어오지는 않았고, 본격적인 대화는 전예은이 꿀물 차를 두고 간 뒤부터 시작했으니까.

'살을 내주고 뼈를 깎을 필요도 없었다는 건가.'

상황이 이러니, 마냥 치트키로만 보이는 전예은의 능력에 의존하는 것도 필요에 따라선 자제할 필요가 있었다.

'그러자면 외따로 조광 내부의 정보를 캐야 하는데…… 그 일에는 구봉팔만 한 인재가 달리 없기도 하지.'

나는 전예은과 강이찬이 이런저런 이야기에 정신이 팔린

사이, 주머니 속의 대포폰을 꺼내 구봉팔에게 문자메시지를 넣었다.

그날 오후, 요한의 집에서 돌아온 나는 이른 퇴근과 동시에 카페에서 김기환과 구봉팔을 만났다.

그새 정화물산의 실세로 거듭나 있던 구봉팔은 눈코 뜰 새 없이 바쁜 와중에도 내 부름에 흔쾌히 달려와 주었다.

"부르셨습니까."

오랜만에 만난 구봉팔은 내게 여전히 꼬박꼬박 존대를 해 주었다.

'내가 달리 큰 약점을 쥐고 있는 것도 아닌데.'

그래도 괜한 신경전을 벌일 필요는 없다는 의미에선 환영할 바였다.

내가 가벼운 끄덕임으로 응하는 사이 옆자리의 김기환이 입을 뗐다.

"이사장님, 커피 드시겠습니까?"

얼마 전 낮술에 취해서 헤롱헤롱하던 김기환도 근래 들어선 할 일이 생기니 정신이 말짱했고, 구봉팔이 오기 전에는 '요즘은 아메리카노라는 거에 중독된 거 같습니다' 하며 카페 프랜차이즈 사장이기도 한 내게 너스레를 떨기까지 했다.

구봉팔은 슬쩍 내 눈치를 살피다가 손가락 하나를 펼쳤다.

"그러면 그 아메리카노라는 거에 얼음 넣어서."

"예, 분부대로 대령합죠."

아직 진동벨이 개발되기 전이어서, 김기환이 카운터에 기다리고 서는 동안 그는 내 맞은편에 자리를 잡고 앉았다.

나는 구봉팔이 자리에 앉자마자 기다렸다는 듯 입을 뗐다.

"요즘 바쁘시죠?"

"아닙니다. 괜찮습니다."

빈말은.

구봉팔은 이제 더 이상 모이지 않을 것 같던 운락정 멤버 소집에 하던 일을 마다하고 달려왔을 것이다.

'구봉팔이 정화물산에 몸담고 있는 것도 다 박상대를 향한 복수에 기인한 것이니까.'

다만 얼마 전 소피아의 이야기를 듣고부터는 그것이 과연 '복수'인가 하는 생각이 드는 것도 사실이었다.

'분명 적의가 있긴 해 보이는데…….'

소피아가 내게 밝힌 바에 의하면, 오래전 고인이 된 백설희와 박상대 둘 사이는 원만했을 뿐만 아니라, 내가 살던 시대 기준으론 소위 '썸'을 타는 사이였다.

그러니 유산한 백설희의 아이 또한 박상대를 혈연으로 두고 있을 가능성도 있었다.

'……구봉팔이 박상대를 의식하는 것이 옛날 옛적 해묵은

질투에 기인한 것은 아닐까.'

냉정하게 말해서 내 알 바는 아니었다.

구봉팔이 박상대와 동귀어진을 하건 말건, 나로서는 장래 내 적이 될지 모를 박상대의 인생을 끝장낼 수만 있다면 그걸 이용할 뿐.

하지만 나는 미소 띤 얼굴로 구봉팔의 말을 받았다.

"혹시 SJ컴퍼니와 할 만한 일이 있다면 말씀해 주세요. 최대한 좋은 조건으로 임하겠습니다."

"말씀은 감사합니다만, 당분간은 신세를 질 일이 없을 것 같습니다."

제법 냉정하게 끊어 내는 것으로 보아, 정말 그럴 일이 없거나, 아니면.

'……지금은 그럴 만한 경황이 없다는 의미겠지.'

나는 미소를 유지한 채 물었다.

"최근 조광은 어떻습니까?"

내 단도직입적인 물음에 구봉팔은 고개를 돌려 저 멀리 카운터에 기대어 서 있는 김기환을 슬쩍 살피곤 목소리를 낮춰 내 말을 받았다.

"다소 혼탁합니다. 박상대의 자진 사퇴 이후 여기저기서 신용과 돈을 끌어당긴 조설훈의 입장이 난처해졌고, 그 틈을 타 조지훈이 복귀했습니다."

조금 더 구체적으로는 조설훈이 박상대를 통해 기획 중이던 어용노조 단체가 박상대의 (일시적인)몰락과 함께 무산될 것처럼 보이자, 조광 내 분열이 일어나 낙동강 오리 알 신세인 조지훈에게 달라붙기 시작했단 것이었다.

유상훈 변호사에게 들어 이미 아는 내용이었지만, 구봉팔에게 들은 건 아니었기에 나는 처음 듣는다는 양 고개를 끄덕였다.

'더군다나 암만 유상훈이라곤 해도 내부자 정보만 한 퀄리티는 장담하기 어렵지.'

나는 전생과 달라진 조광 내의 파벌 다툼 흐름과 구봉팔의 처지를 묻는 추측성 발언을 뱉었다.

"이사장님 입장이 난처해졌겠군요."

구봉팔은 내 말을 담담하게 받았다.

"따지고 보면 정화물산은 원래 조지훈이 관리하던 곳이니까요. 조지훈 입장에선 빼앗겼던 걸 다시 되찾는 것이나 다름없는 일입니다."

말인 즉 구봉팔 스스로 조설훈 파벌이 아님을 주장해 축약한 발언이었다.

거기서 '다만' 하고 구봉팔이 말을 이었다.

"조설훈의 사업체 몇 개가 조지훈에게 양도되는 과정에 조지훈은 그 명의를 조세화에게 돌리고 있었습니다."

과연.

'예상대로 조지훈은 조세화를 밀어주려고 하는군.'

나는 속으로 미소를 지었다.

'이런 정보는 유상훈에게서 들을 수 없는 내용이지.'

나는 어리둥절해하는 척하며 물었다.

"조세화라면 저번에 골프도 쳤던, 조세광의 동생 말인가
요?"

"예. 그때 일찍 돌아갔던……. 이후로 만나 보셨습니까?"

나는 고개를 저었다.

그날 내가 처음 '머리를 올렸던' 골프 이후 조세화와 재회
하거나 딱히 개인적인 연락을 주고받은 적은 없었으나, 최근
까지도 종종 어울리곤 하던 조세광은 '동생이 네 안부 묻던
데?' 하고 은근히 나를 놀려 댔다.

말마따나 조세화가 나를 마음에 들어 하는 건지, 아니면
재벌가에 연줄을 만들어 보고자 한 조세광의 수작질인지는
알 수 없었지만.

어느 쪽이건 말이 되는 소리이기도 했다.

'진실이야 어쨌건, 조세화도 야망 하나는 조세광 못지않게
득시글한 녀석이었으니까.'

나는 주스를 홀짝였다.

'참 그런 걸 보면 소문이랑은 달리 그냥 평범한 남매가 아
닐까 싶기도 하단 말이야.'

한편으로는.

'흠. 그래도 어쩌면 전생에 들었던 그 소문이 사실일지도

모르겠어.'

그런 생각도 하면서 나는 컵을 내려놓았다.

구봉팔이 입을 뗐다.

"결국엔 사장님이 말씀하신 대로 조광은 현재 조설훈과 조지훈 두 파벌로 갈리고 있는 상황입니다."

"예, 그런 것 같군요."

박상대의 스캔들과 무관하게, 결국 일어날 일은 일어나는 법이었다.

'원래라면 이 분열이 조성광 회장의 사후, 유언장 공개와 함께 일어났지마는……. 이번엔 전생과 달리 박상대의 실각으로 인해 예정보다 빨리 벌어졌을 뿐이야.'

다만 조지훈이 '조세화'를 의식하며 밑밥을 던지기 시작했다는 건 나로서도 조금 의외였다.

구봉팔이 말을 이었다.

"저번에 사장님께서 제게 말씀하시기로, 조설훈과 조지훈 두 형제간의 파벌 다툼 속에서 조세화의 편을 드는 것은 어떻겠느냔 제안을 하셨죠."

구봉팔의 말마따나, 나는 그가 내게 합류할 당시 장차 일어날 파벌 다툼 속에서 조세화의 편을 들어 보는 것은 어떻겠느냔 제안을 넌지시 던진 적 있었다.

당시엔 조세화를 '욕심쟁이' 운운하며 반쯤 농담처럼 넘기고 있었으나, 구봉팔도 상황이 내가 예견한 대로 흘러가는 중이자 놀라는 기색을 감추지 않았다.

"사장님께서 말씀하신 것도 있고 해서 저도 조세화를 조금 눈여겨보고는 있었습니다만…… 사장님께 여쭙고 싶은 건, 조지훈도 그렇고 왜 하필이면 조세화인가 하는 점입니다."

엄밀히 말해서 현시점의 조세화는 나보다 약간 더 연상인, 까놓고 말하면 아직은 그냥 어린 여자애에 불과한 금수저 아가씨일 뿐이었다.

'뭐, 굳이 차별점을 꼽자면 이른 나이에도 불구하고 조금 남다른 경영 욕심이 있다는 것이 있긴 하지.'

하지만 머지않아, 현재도 정신이 오락가락하고 앞날이 오늘내일하는 조성광 회장의 사후, 그 유언이 공개되었을 때, 조광은 발칵 뒤집히고 만다.

조성광 회장의 유언장에는 그 상속자에 조설훈과 조지훈에 이어 뜬금없이, 조세화의 이름이 떡하니 올라 있었던 것이다.

그전까지만 하더라도 조세화는 설령 이름을 날리게 되더라도 그건 몇 년 후를 기약해야 할, 아직까진 무대 뒤편에 있을 뿐인 존재였다.

그야 조성광이 그 숱한 손주들 중 유독 조세화를 아끼긴 했다.

그는 어느 자리에서건 가능한 한 조세화를 대동하려 했고, 조성광이 거동이 가능하던 시절엔 항상 조그만 여자애가 졸

졸 따라붙어 다니곤 했으므로.

이와 관련해 전생의 조설훈과 조지훈은 '아버지가 말년에 정신이 혼탁하셔서 귀여워하던 손주를 후보에 넣었을 뿐'이라며 항소했으나, 변호사는 '정신이 맑을 적 작성하신 유언'이라며 딱 잘라 항변했다.

법원에서도 이를 받아들여 조세화의 상속을 공식적으로 인정했고, 조세화는 그야말로 조광의 지분 일부를 상속받으며 단박에 조광의 넘버 쓰리에 오르게 된 것이다.

이후 조설훈과 조지훈은 재차 항소하는 법 없이 더 이상 따지고 들지 않으며 입을 꾹 다물었다.

'그러다가 자칫 유전자 검사 같은 거라도 했다간 조광 그룹 전체에 균열이 가는 스캔들로 번지리라 판단했겠지.'

그러니 공식적으로는 그저 '손녀를 아끼는 조성광 회장의 편애'에서 비롯한, 단지 그뿐인(?) 이야기에 그칠 이야기였지만, 소문은 여기에서 나온다.

사실 조광 일가의 집안 사정은 여느 재벌가 못지않게 다소 복잡했는데, 그에 대해 전생의 이성진은 킬킬대며 짧은 평을 남겼다.

「깡패 새끼들 집안 근본이 어디 가겠어?」

조설훈은 재가를 하며 후처로부터 조세화를 얻었다.

말인즉슨 조세화는 따지고 보면 조세광의 이복남매지간이라는 의미였다.

이혼에 이은 재가 그 자체는 그리 희귀한 일도 아니니 스캔들이 될 만한 일이 아니나, 여기서 공교로운 사실은 조설훈이 재가를 든 지 1년도 되지 않아 득녀를 했단 것으로.

이성진이 공유받고 있는 '내부 정보' 중에는 단순 속도 위반이라는 소문이 아닌, 그 조세화가 조설훈의 '친자'가 아닐지 모른단 의혹이 있었다.

그렇다면 조세화의 친부는 누구인가.

여기서 나온 의혹이 조성광 회장의 유언과 맞물리면서, 조세화가 실은 조성광 회장의 늦둥이 자식일지 모른단 추측이 불거지게 되는 것인데…….

그런 상황이니 다들 조세광과 조세화의 관계는 사실 이복남매가 아닌 고모조카 지간이 아니겠느냐, 하고 '근거 없는 소문'을 수군거렸다.

하지만 그 전에도 마냥 '근거가 없지는' 않았다.

조설훈으로선 재가를 통해 젊고 아리따운 아내를 얻었으니 응당(?) 깨가 쏟아져야 할 것임에도 불구하고, 그는 후처와 선을 긋듯 지냈다.

한 지붕 아래에서 살고는 있으나 사실상 별거나 다름없는 상태라고, 그 집을 방문한 적 있는 사람들은 저마다의 주관을 담아 뒷말을 떠들어 댔다.

더욱이 조설훈은 이렇게 얻은 조세화를 무척 데면데면하게 대했다.

그야, 물론 형식적으로는 장자인 조세광과 다르지 않은 애정을 쏟아 주었다.

그럼에도 불구하고 둘 사이에 은근한 차별은 있었고, 조성광 회장이 건강상의 이유로 자리를 비우기 시작했을 무렵부턴 그 차별 대우가 제법 노골적으로 변했다.

하지만 당시만 하더라도 조설훈이 조세화를 대하는 태도는 이 시대에 흔히 있는 아들 딸 구별 정도로 여겨지던 것도 사실이었다.

그러니 조세광이 조세화를 그들 사이에 감도는 묘한 경쟁 심리 속에서나마 제법 아껴 준 건 그 차별받는 '이복남매'를 향한 측은지심에서 비롯한 것인지도 모르겠지만, 어쨌건 조세광은 내 골프 자리에도 그녀를 부를 만큼 우애가 남다른 편이었다.

'그것도 유언장이 발표되기 전까지지만.'

더욱이 지금 상황처럼 넘버 원과 압도적인 전력 차가 나는 넘버 투인 조지훈은 기회가 닿을 때면 조설훈의 지분을 조세화와 조세광에게 분산하려는 시도를 보여 왔고, 그것이 조세화의 친부가 조성광 회장일지 모른단 의혹에 심증을 더한 것이다.

'어쩌면 그냥 평범하게(?) 조설훈과 그 장남인 조세광의

힘을 쪼개려는 적당한 구실에 불과했을지도 모르지만.'

게다가 그건 아무래도 조지훈 본인의 자식들에게 조설훈이 가진 지분을 나눠 달라고 요구하는 것보단 겉보기에 그럴듯했다.

'설령 소문이 사실이 아닐지라도 조세화가 지분을 쪼개 가지면 나중에 삼키기도 쉬워지고.'

다만 조광 일가가 그런 소문을 알고 있는지, 혹은 알면서도 모르는 척하고 있었는지는 아무도 모를 일이었다.

그건 대응하기에도 구질구질하고 격 떨어지는 '야사'에 불과한 이야기일 뿐이니까.

'더욱이 유언장이 공개되기 전인 이 시점에 이미 조세화가 관련해 눈치를 채고 있었는지 아닌지는…… 나도 잘 모르겠군.'

나는 골프장에서 그녀가 내게 보인, 쾌활한 가운데 살짝 보이곤 하던 그늘진 모습을 떠올리며 고개를 저었다.

'그녀와 관련해서 따로 이야기를 나눠 본 적은 없었으니까 말이야.'

하나, 내가 생각에 잠겨 고개를 저은 것이 구봉팔에게는 아까 전 그가 내게 던진 질문과 관련해 '나도 잘 모르겠다'는 것으로 읽혔는지, 구봉팔은 떨떠름해했다.

"사장님께서도 잘 모르신다는 거군요."

"예? 아, 그게 아니라……."

나는 구봉팔을 앞에 두고 잠시 딴생각에 잠겼단 사실을 얼버무렸다.

"일단 조설훈의 힘을 쪼개거나, 조설훈에게 잘 보이는 척이라도 하려면 아무래도 조세광보단 그나마 만만한 조세화가 나을 테니까요."

"흠……. 그렇습니까."

구봉팔은 썩 납득이 가진 않는단 듯 고개를 끄덕였다.

하지만 내가 둘러댄 말도 아주 틀린 건 아니어서, 조세광은 이 시점에도 이미 그 망나니 같은 행보와 달리 마냥 집어삼키기 쉽게 호락호락한 인물은 아니었다.

'골프장에서 나와 거래를 주도한 것도 다름 아닌 조세광 그 자식이었고.'

구봉팔이 납득하건 않건 간에 조세화는 앞으로 있을 조광의 후계자 다툼에서 태풍의눈이 될 것이었다.

'전생에는 결국 결핍된 부친의 애정에 이끌린 조세화가 조설훈의 편을 들게 되면서 그가 넘버 원의 자리를 확고히 굳히게 되지만…… 그 과정에 적잖은 진통이 있긴 했지.'

만약 조세화가 그녀 스스로 자신의 위치를 공고히 하고자 했다면, 상황은 달라졌으리라.

'앞으로가 관건이지.'

그때 김기환이 아이스 아메리카노를 들고 쫄래쫄래 다가와 우리는 자연스럽게 대화를 멈췄다.

"오래 기다리셨습니다."

김기환이 내려놓는 커피를 보며 구봉팔은 방금 전까지 나눈 이야기를 없던 일로 돌리듯 자연스러운 어조로 내게 물었다.

"이 가게는 왜 커피를 종업원이 가져다주지 않습니까?"

내 대신 김기환이 웃는 얼굴로 구봉팔의 말을 받았다.

"이사장님, 이게 요즘 젊은 애들 사이에서 유행하는 '셀프 서비스'라는 겁니다. 소위 말하는 로테리아나 맥도날드 같은 거죠."

김기환의 설명에도 불구하고 구봉팔은 카페 프랜차이즈 대표인 내 앞이어서 관련해 가타부타 불만을 대놓고 표출하지 않았을 뿐, 그다지 내켜 하는 눈치는 아니었다.

그러면서 '그러고도 장사는 됩니까' 하는 구봉팔의 눈짓에 나는 어깨를 으쓱였다.

"다행히 고객님들도 그다지 어색해하시지 않으시더군요."

이 프랜차이즈 카페 '로스트 빈'은 영업 초반 다소 난항을 겪긴 했으나, 지금은 방송빨에 더해 '새로운 문화' 취급을 받아 그럭저럭 순항 중이었다.

구봉팔은 아무래도 '다방' 문화에 더 익숙할 세대였지만 나중엔 '셀프 서비스'를 넘어 무인 편의점에 키오스크 매장도 나오게 될 판국이니, 이는 구봉팔이 어색하고 불편해하더라도 별수 없는 시대의 흐름일 뿐이었다.

'그래도 커피 맛은 나쁘지 않은가 보군.'

나는 구봉팔이 덤덤한 얼굴로 감미료 추가 없이 아이스 아메리카노를 마시는 걸 보며 어조를 바꿔 말을 이었다.

"김기환 기자님, 서류를 보여 주시겠습니까?"

"아, 예. 물론입니다."

김기환이 가방을 열어 서류뭉치를 꺼냈다. 구봉팔은 얼음한 조각을 으적으적 깨물어 삼키며 김기환이 꺼낸 서류에 눈짓했다.

"무슨 서류입니까?"

이 멤버가 한자리에 모인 것에서 그도 어느 정도 박상대와 관련한 일일 것임을 짐작은 했겠지만.

"저번에 무산되었던 박상대의 사생아와 관련한 문건입니다."

구봉팔은 내심 이제 그 일이 운락정에서의 회동 이후 '없었던 일'이 되지는 않았는가 싶은 눈치였다.

그럼에도 구봉팔은 군말 없이 서류를 받아 읽었다.

서류는 정순애의 프로필 사진을 포함해 그녀의 행적을 열거한 문서였다.

생각해 보면 그가 정순애의 이름과 피상적인 정보 외에 구체적인 사안을 살피는 일은 이번이 처음이었다.

사실상 그럴 필요도 없었을 뿐만 아니라, 그간 그는 의식적으로 정순애의 프로필을 살피는 일을 피해 왔는데. 이번엔 자리가 만들어 낸 내 은근한 강압으로 인해 마침내 그도 정순애의 상세한 행적을 알게 된 셈이었다.

우리가 어렵게 구한 정순애의 프로필 사진을 물끄러미 들여다보는 구봉팔의 그 무표정하고 험상궂은 얼굴에서 언뜻 감정적인 면모가 슬쩍 엿보였다.

'혹시 아는 사람이었나? 아니, 그런 것 같지는 않았어. 아니면⋯⋯.'

생김새가 백설희와 닮았거나.

구봉팔이 서류를 내리며 고개를 들어 나를 보았다.

"이 여자는 지금 어디에 있습니까?"

"실종되었습니다."

내 말에 구봉팔이 눈썹을 씰룩였다.

"⋯⋯실종되었다고요?"

"어쩌면 이미 죽었을지도 모르고요."

내가 아는 정보로는 한강의 변사체는 정순애가 확실하지만, 아직 그게 확정 요소는 아니었으니.

"⋯⋯."

구봉팔은 내 단도직입적인 말에 잠시 할 말을 잊었다.

그 뒤 잠깐 생각에 잠겼던 구봉팔이 내게 재차 따지듯 물었다.

"그렇다면 사장님. 저번에 듣기로는 이 여자가 한국에 오면서 애를 데려왔다고 했는데, 그 애는 지금 어디 있습니까?"

"요한의 집에 있습니다."

등잔 밑이 어둡다고 했던가, 구봉팔은 자신이 관리하는 새 마음아동복지재단 아래에 강선이 있었다는 것에 아이러니함을 느낀 기색이었다.

한편으론 '왜 그걸 내게 알리지 않았느냐'는 질문이 나오기 전, 나는 덧붙였다.

"해당 건은 현재 경찰이 수사 중인 사건과 엮여 있기도 하고요."

"경찰……."

구봉팔이 미간을 찌푸렸다.

거기서 구봉팔은 정순애의 죽음 등이 이미 경찰의 손을 탄 내용이라 생각하는 듯했다.

'아주 공식화된 건 아니니 그 추측은 반만 맞는 이야기지만.'

내가 눈짓하자 김기환은 얼굴에 어린 웃음기를 싹 지우며 입을 뗐다.

"이사장님, 지금부터 드리는 말씀은 엠바고가 걸린 일입니다."

"엠바고?"

"아, 보도 통제 지침이 떨어진 내용이라고 보시면 됩니다. 다시 말해 '비밀'이란 거죠."

뒤이어 김기환은 내가 그에게 알려 준 정보를 요약해 구봉팔에게 들려주었고, 구봉팔은 김기환의 이야기를 가타부타 하는 일 없이 잠자코 들었다.

김기환이 구봉팔에게 전해 준 이야기는 강선이 경찰을 거쳐 요한의 집으로 오게 된 경위며 한동안 강선이 입을 꾹 다물고 있었다는 내용이었다.

다만, 나는 앞서 김기환에게 정보를 공유하면서 한강의 변사체의 존재를 밝히지 않았으나—당시엔 내가 관련 정보를 전혀 모르는 입장이어야만 했으므로—그는 스스로 경찰 측이 통제를 걸고 있는 한강 변사체 사건에 접근한 듯했다.

"그런데 요즘 경찰 쪽 움직임이 기묘하더군요."

김기환이 목소리를 낮췄다.

"들리는 이야기로는 최근 한강 둔치에서 시체 한 구가 발견되었다는 거 같습니다."

거기서 구봉팔이 눈을 가늘게 떴다.

"시체?"

김기환은 목이 타는지 커피를 한 모금 마신 뒤 말을 이었다.

"예, 경찰 쪽에서 쉬쉬하고 있는 판국이라 현재로선 '뜬소문' 정도로만 그치고 있습니다만…… 그래도 무언가가 있긴 한 모양입니다."

경찰 측에서는 이번 엽기 범죄 사건과 관련해 정보가 밖으로 새지 않게끔 통제하고 있었으나, 낮말은 새가 듣고 밤말은 쥐가 든다고 했다.

아무래도 사람이 하는 일이다 보니 그 통제가 완전할 수는 없었고, 김기환은 별도의 정보책을 통해 '뜬소문'을 입수한 듯했다.

김기환뿐만 아니라, 아마 다른 몇몇 기자도 관련한 이야기를 들었을 가능성이 있으나, '국민의 알 권리'보다 앞선 '보도 지침'은 사건이 언론에 알려지는 것을 막고 있는 모양이었다.

'아직까진 기사화할 만큼 대단한 정보도 없고…… 하지만 삼류 찌라시에라도 사건이 실리는 일은 결국 시간문제일 거야.'

구봉팔은 덤덤한 얼굴로 커피를 마셨다가 잔을 내려놓았다.

"그리고 자네는 한강에서 발견되었다는 시체가 정순애일지 모른다는 생각을 하는 중이로군."

"아, 예. 어쩌면요. 그게, 이상하지 않습니까? 만일 정순애 씨가 단순 실종 상태일 뿐이라면, 경찰도 굳이 사장님이란 인맥과 편법을 써 가며 강선을 요한의 집에서 보호하지 않을 테고요. 저로서는 마냥 흘려 넘기기에는 시기가 공교롭다는 느낌입니다."

그렇게 말하며 김기환은 슬쩍 내 눈치를 살폈다.

"또, 사장님께서는 방금 전 정순애 씨의 행방에 대해 '어쩌면 죽었을지도 모른다'는 말씀도 하셨고 말입니다."

김기환은 내가 아직 두 사람에게 알리지 않고 독점 중인 추가 정보가 있으리라 확신한 눈치였다.

추론은 나쁘지 않았다.

'더욱이 김기환은 그 자리에서 내가 강하윤과 통화하는 것도 들었으니까.'

김기환이 나를 보면서 말을 이었다.

"사장님. 혹시 사장님께서는 저희가 모르는 다른 정보를 쥐고 계시진 않습니까?"

그러면서 그는 이 자리를 통해 내게서 관련한 추가 정보를 얻어 낼 수 있으리라 생각하는 듯했다.

'내가 의도적으로 이번 일을 숨기려 하고 있었단 추측 섞인 뉘앙스는 내키지 않지만…… 그러잖아도 어차피 말할 생각이었어.'

나는 가방을 뒤적여 서류를 하나 꺼냈다.

"'엠바고'를 전제로 한 자리니 말씀드리죠. 이걸 봐 주시겠습니까."

서류는 뉴월드백화점 측이 제작한 포트폴리오로, 강하윤이 인계한 반지의 정보가 실려 있었다.

김기환은 내가 꺼낸 서류를 보며 어리둥절해했다.

"이게 뭡니까?"

"한강에서 발견된 반지입니다."

"……예?"

나는 자리에 앉은 인물들의 면면을 살피며 입을 열었다.

"기자님 말씀대로입니다. 얼마 전, 한강에서 변사체 한 구가 발견되었다더군요."

나는 한강에서 발견된 변사체는 그 신원을 특정할 수 없게끔 심하게 훼손된 상태였으며, 알아낸 것이라고는 출산 경험이 있는 여성이라는 것뿐이라는 것, 그리고 얼마 지나지 않아 한강 둔치에서 반지 하나가 발견되었다는 것까지 사건과 관련해 내가 알게 된 '표면적인 정보'를 공유했다.

그 뒤를 이어 내가 강하윤을 통해 알게 된 정보를 비롯해 반지가 뉴월드백화점으로 넘어가게 된 경위를 들은 두 사람은 모두 저마다 생각에 잠겨 잠시 동안 아무런 말이 없었다.

구봉팔은 무표정한 얼굴로 다시 한번 정순애의 프로필을 살폈고, 김기환은 새삼스럽다는 듯 반지의 정보가 기입된 서류를 살폈다.

결국 김기환이 침묵을 깨는 침음을 삼켰다.

"그런 일이 있었군요. 한강에서 발견된 변사체, 주인 모를 반지, 그리고 실종 중인 정순애 씨까지……."

세 가지 단서를 읊조린 김기환이 서류를 내려놓았다.

"그나저나 이걸 마케팅으로 치환해 범인을 특정해 내려는 걸 보니 경찰도 제법 융통성이 있어 보입니다."

나는 애써 분위기를 환기하려는 김기환의 말을 담담히 받았다.

"예. 여기서 반지의 구매자가 박상대라는 것까지 특정이 가능하게 되면 좋겠지만요."

"……흐음."

거기서 나는 일단 선을 그었다.

"다만, 이 시점에선 한강에서 발견된 변사체의 정체가 정순애 씨라는 건 특정되지 않았습니다. 경찰 측도 두 가지를 이은 건 어디까지나 가능성의 측면에서 접근했을 뿐이고요."

"아무래도 그렇겠죠. 지푸라기라도 잡는 심정이었을 겁니다."

김기환이 말을 이었다.

"어쩌면…… 정순애 씨의 실종과 한강에서 발견된 변사체 건은 별개의 사건일지도 모르죠. 국과수에서 강선이를 통해 유전자 감식을 하게 된다면 또 모를까, 영장이 나오지 않은 시점에서는 경찰 측도 알 수 없는 일 아니겠습니까."

나는 고개를 끄덕였다.

"하지만 일단 저희는 가능한 모든 가능성을 열어 두고 생각하도록 합시다. 한강에서 발견된 변사체가 정순애 씨고, 그 살해를 사주한 것이 박상대, 그리고 그 일에 도움을 준 것이 조광이라는 전제로 이야기를 풀어 보죠."

잠자코 있던 구봉팔이 고개를 끄덕였다.

"그 시체 처리는 아무래도 혼자서 할 수 있는 일은 아니니, 누군가의 도움을 받았을 겁니다. 말씀하신 시체의 훼손 정도로 보아선 별도의 장소와 약간의 도구가 필요했을 테고…….”

김기환과 내가 구봉팔을 물끄러미 바라보니, 그는 미간을 찌푸렸다.

“……제가 해 봤다는 건 아닙니다.”

누가 뭐래.

김기환이 입을 뗐다.

“관건은 강선이가 어떻게 입을 열지에 달렸군요. 하다못해 그 입에서 정순애 씨의 이름만 나와도 수사에 진척이 생길 거 같습니다만.”

나는 그 말을 태연하게 받았다.

“그렇잖아도 오늘, 강선이 입을 열어 그 부모가 누군지 경찰 앞에서 이름을 밝혔습니다.”

“……예?”

“그러니 이제 ‘공식적’으로 실종 중인 강선의 모친이 정순애 씨임이 언급된 셈이죠.”

나는 재차 말을 이었다.

“어린아이의 입에서 나온 것이라곤 해도 그것이 사건의 열쇠를 쥐고 있는 이상, 정순애 씨가 얼마 전 강선과 함께 태국에서 우리나라로 왔다는 점, 그리고 그 일의 배후에 우리가 있다는 것이 알려지는 것도 시간문제일 겁니다.”

김기환은 떨떠름해하며 고개를 끄덕였다.

"그러면…… 조만간 제게도 경찰의 연락이 오겠군요. 이래저래 정순애 씨가 한국으로 오게 된 경위며 여권, 비행기 티켓을 추적하면 제 쪽에서 요금을 냈다는 것이 알려질 테니까요."

"그럴 겁니다. 하지만 저희로서는 딱히 뒤가 켕길 것이 없는 이야기죠. 그와 관련해 '기자님이 알고 있는 객관적인 사실'만을 고하면 될 일입니다."

'실종 중인' 정순애를 한국에 불러들인 건 우리였지만, 그건 어디까지나 박상대와 관련한 스캔들을 취재하고자 함이었고.

그 과정에 김기환이 취재한 내용이 본의 아니게 '검열되었다'는 것까지 알려지게 된다면 그야말로 금상첨화였다.

'……거기까지 기대하긴 힘들겠지만.'

가만히 이야기를 듣고 있던 구봉팔이 입을 뗐다.

"사장님, 방금 강선이라는 애가 경찰 앞에서 '부모님'이 누군지 이름을 밝혔다고 하셨습니까?"

"예."

"그러면 박상대의 이름도 거론되었겠군요."

나는 고개를 끄덕였다.

"그렇습니다."

"그렇다면 그 애가 박상대의 신변도 알렸습니까?"

구봉팔의 우려는 일견 타당했다.

전국에 박상대라는 이름이 우리가 아는 박상대뿐만은 아닐 테니까.

무턱대고 박상대라는 이름을 뒤지려면 경찰 입장에도 적잖은 수고로움이 발목을 붙잡으리라.

"그렇지는 않은 듯했습니다. 듣기론 정순애 씨도 아들에게 부친의 존재를 '큰일 하는 사람' 정도로만 언급한 모양이고요."

어린애한테 예비 국회의원 후보가 무엇인지 설명하는 건 어려운 일이기도 하고.

구봉팔은 고개를 끄덕이며 김기환을 보았다.

"뭐, 그래도 조만간 수사망이 좁히면 결국 그 박상대가 누구인지는 경찰 측에게도 명백해지겠군요."

구봉팔의 시선을 받은 김기환은 쓴웃음을 지었다.

이럴 줄 알았으면 자신의 명의로 비행기표를 보내지 말 걸 후회하는 눈치였다.

"그러잖아도 취조에는 적극 응할 생각입니다만⋯⋯. 아, 이사장님. 요즘도 설렁탕이 나옵니까?"

김기환의 질문을 구봉팔이 무표정하게 받았다.

"내가 어찌 알겠나."

"아뇨, 그냥. 왠지, 아실까, 해서, 하하."

"뭐가 나올지는 경찰서마다 다르지."

"⋯⋯하하."

"그래도 요즘엔 제대로 입으로 먹게 해 준다고 하니까 걱정할 거 없어."

그걸 위로라고 하나. 김기환의 안색이 파리해졌다.

"무, 물론 이번 일은 저 혼자만 아는 걸로 하겠습니다."

"응당 그리해야지."

"예, 예!"

구봉팔이 사람을 놀릴 줄도 아는군.

'여유가 생긴 건가, 아니면 조급증을 삭이고자 무슨 말이든 해 본 것에 불과할까.'

다만 요즘 시대, 아니 이 시대에도 설마 그런 강압 수사가 가능할 리 없겠지만, 얼마 전 곽철용과 관련한 자료를 들춰 본 김기환에겐 마냥 웃어넘기기 힘든 이야기인 듯했다.

내가 끼어들었다.

"물론 이름만으로는 존재를 특정할 수 없지만, 강선의 입에서 나온 '박상대'가 우리가 아는 박상대일지 모른다는 여지는 경찰 측에 슬쩍 흘려 두었습니다. 마침 박상대는 얼마 전 총선 때 요한의 집이 있던 D구에 출마 예정이었으니 제가 박상대라는 이름 석 자와 존재를 알고 있는 것도 이상하지 않았고요."

"⋯⋯."

내 말이 어떻게 들렸는지, 구봉팔은 잠시 얼떨떨해하는 얼굴로 나를 보았다.

"……왜요?"

"아무것도 아닙니다."

구봉팔은 딱 잘라 말한 뒤, 어조를 바꿔 말을 이었다.

"그러면 경찰도 움직이기 시작했으니, 저희 행동 지침을 정해야겠군요."

"그렇습니다. 여러분을 부른 것도 그것 때문이고요."

분명 경찰의 움직임에 맞춰, 그 수사망이 좁아져 갈수록 박상대는 꼬리를 감추려 할 것이다.

그리고 나는 그에 따른 빈틈이 생길 것임을 짐작했다.

'박상대라면 분명 이 일을 혼자 감당할 수 없다는 것에 당황해서 조력자를 찾을 거야.'

그 상황에 조설훈과의 유착, 살인 교사 및 은폐 정황을 밝혀낼 수 있다면.

박상대의 몰락뿐만 아니라 조광의 분열, 두 마리 토끼를 잡을 수 있으리라.

나는 두 사람에게 앞으로 행해야 할 행동 지침을 하달했다.

우선, 김기환은 만일 경찰의 요청이 온다면 적극적으로 협조할 것.

구봉팔은 당분간 조광 내부의 움직임에 주목하며 이변을 살필 것.

둘은 내 지시를 일단 납득한 눈치였다.

"사장님은 어떻게 움직이시렵니까?"

김기환의 물음에 나는 어깨를 으쓱였다.

"가만히 있어야죠. 저는 입장상 이제부턴 움직이면 안 되거든요. 경찰 측에 협조할 수 있는 건 이미 마쳤고, 이 이상 개입했다간 어린애가 품는 단순한 호기심 이상의 의심을 받게 될 거예요."

"하긴, 그렇겠군요. 뭐, 사장님의 나이가 어떻단 것도 이제 와서는 새삼스러운 이야기입니다만."

내 나이가 어때서.

뒤이어 나는 구봉팔을 보았다.

"아, 그리고 이사장님께는 방금 전 말씀드린 것 외에 따로 부탁드릴 일이 있습니다."

구봉팔이 나를 물끄러미 쳐다보았다.

"제게 말씀입니까?"

나는 메모지를 꺼내 강선이 말한 바 있던 '춘자 이모'의 전화번호를 적은 뒤 페이지를 뜯어 구봉팔에게 건넸다.

구봉팔은 어리둥절해하는 얼굴로 쪽지를 받았고, 나는 그 얼굴에 대고 설명했다.

"정순애 씨가 혹시 강선이 한국에서 미아가 될 때를 염려해 남긴 번호입니다. 정순애 씨의 지인인 듯하고, 강선의 말로는 '춘자 이모'라고 하더군요."

구봉팔이 고개를 끄덕였다.

"혹시 전화는 걸어 보셨습니까?"

"예. 하지만 받지 않더군요."

"……흠."

나는 미간을 좁힌 구봉팔에게 덧붙였다.

"단순히 시간이 맞지 않아서일지도 모르죠. 그래도 혹시 모르니 이사장님께서는 이 사람이 누구인지, 지금 어디에 있는지를 조사해 주십시오."

경찰의 움직임과 별개로, 만일 박상대 측에서 손을 쓰기 시작한 것이라면 이쪽 나름대로 '증인 보호'를 해 둘 필요는 있었다.

구봉팔은 내가 말한 의도를 어렵지 않게 읽어 냈는지, 군말 않고 번호를 챙겼다.

"경찰과 겹치지 않게끔 움직여 보겠습니다."

"부탁드리겠습니다."

이후 큰 틀에서 이어지는 구체적인 행동 지침 및 스케줄 몇 가지를 잡은 뒤, 다른 약속이 있다는 김기환을 떠나보낸 나는 구봉팔에게 슬쩍 말을 건넸다.

"이 뒤에 일정이 있으십니까?"

"아뇨, 달리 없습니다만."

"잘됐군요. 그럼……."

다시 카페로 돌아가기도 뭣하고.

나는 우리가 나온 카페를 힐끗 쳐다보았다가 다시 구봉팔을 보았다.

"조금 조용한 곳에서 이야기를 나눴으면 하는데요. 단둘이서 있을 만한 괜찮은 장소가 없을까요?"

"……흠."

잠시 생각하던 구봉팔은 고개를 끄덕였다.

"차에 타시죠. 저도 경과 보고를 드리겠습니다."

나는 구봉팔이 운전하는 차에 몸을 맡겼다.

그가 나를 안내한 곳은 일찍이 그와 한 번 방문한 적 있던 Y구의 요한의 집 고등 시설이 들어설 예정지였다.

몇 달 전만 하더라도 버려지다시피 하던 폐건물 주위에는 이미 공사가 한창이어서 비죽비죽 올라선 철골이며 그 철골 주위를 파란 비닐지가 감싸고 있었는데, 용적 비율을 보아 하니 구봉팔은 재건축에 더해 확장을 염두에 두고 있는 듯했다.

구봉팔이 건물을 둘러보며 입을 뗐다.

"공사는 순조롭게 진행 중입니다. 별다른 일이 없는 한 올해 안에는 재건축이 끝날 것으로 보고 있습니다."

"전체적인 조망은 어떻게 됩니까?"

"본 건물 주위로 가건물을 몇 채 지어 남녀를 구분하는 기숙사를 늘리려 합니다. 부지를 보니 굳이 고등 시설에 국한하지 않고 타 초중등급 영유아들을 받아도 될 것 같더군요."

구봉팔의 말마따나, 잘만 하면 D구에 있는 기존 요한의 집을 통째로 Y구에 옮기는 것도 가능할지 모르겠단 생각이 들었다.

'D구도 아주 나쁘진 않지만…… 아무래도 그쪽은 내가 개입하기 힘든 지역 유착이 있곤 하니까. 거기에다 아무래도 내 입장에선 그들 손이 닿지 않는 비교적 신도시가 관리하기엔 더 수월할 테지.'

안 그래도 강북에 자리한 D구는 내 활동 구역에선 자주 얼굴을 비치기 힘든 변두리여서, 매번 택시를 이용하거나 강이찬의 손을 빌려야 방문이 가능한 곳이었다.

'그건 내가 살던 근 미래에도 변함이 없어서, 재개발도 항상 뜬소문만 있을 뿐 시행되지 않았으니까.'

반면 강남 인근의 Y구는 장래 지하철과 버스 노선이 중심을 지나는 금싸라기 땅 중 하나로 발전할 가능성으로 충만했고, 따라서 접근성도 훨씬 용이했다.

'……여윳돈으로 부동산을 조금 사 둬도 되겠고.'

나는 고개를 끄덕였다.

"무탈하군요."

구봉팔이 떨떠름해하는 어조로 내 말을 받았다.

"실은 꼭 그렇지만도 않습니다."

나는 발을 딛고 선 야트막한 동산 아래 보이는 Y구를 바라보다가 고개를 돌렸다.

"무슨 일이라도 있습니까?"

"혹시 길가에 붙어 있는 현수막을 보셨습니까?"

차 안에선 서류를 들여다보느라 창밖을 볼 겨를이 없었다.

"아뇨, 무슨 일입니까?"

"고아원이 들어설 예정이라는 것이 알려지고부터 지역 주민들의 반대가 생겨나고 있습니다."

"……그래요?"

"예. 인근에 고아원이 들어서면 땅값이 떨어진다고들 말하는 데다…… 아이들 교육에도 좋지 않은 영향을 끼칠 거라고들 말하더군요."

쯧, 언제부터 그렇게들 잘나가셨다고.

나는 초등 교과서에서나 보았던 님비(NIMBY : Not in my back yard)를 체감하며 혀를 찼다.

"차라리 잘됐군요. 이 기회에 새마음아동복지재단 명의로 아래 땅을 사 두죠."

"……알아보겠습니다."

나는 발걸음을 옮겼다.

"인근 학교는 공립이죠?"

"예."

"혹시라도 잡음이 심해진다 싶으면 지자체장에게 떡값이라도 몇 푼 정도 쥐여 주세요. 필요하다면 삼광장학재단과 연계해 모범 시범 시설로 등재도 가능하단 말을 흘려 주셔도 됩니다. 마침 D구에도 시행 중이니 근거도 있고요."

"······."

구봉팔은 내게 무어라 말하려 입을 벙긋거리다가 고개를 휘휘 저었다.

아마 '어떻게 그런 것까지 알고 있냐'고 물으려던 거겠지.

나는 아랑곳하지 않으며 말을 이었다.

"이 기회에 신규 사업을 추진해 봐도 좋겠군요. 조광 그룹 내에 건축 사업을 하는 자회사가 있지 않습니까?"

"예, 있습니다. 일광건설이라고······."

나는 고개를 끄덕였다.

'일광건설인가. 이 시절에는 아직 남아 있었군그래.'

국내에 한창 건축 붐이 일었을 때, 조광 역시 다른 대기업들과 마찬가지로 건설 사업에 뛰어든 바 있었다.

하지만 그 시절 건축 사업이라는 건 어느 정도 정경 유착의 여지가 있었고, 조광은 줄을 잘못 대는 바람에 사업은 이렇다 할 성과 없이 흐지부지되며 지금은 기껏해야 재보수며 인테리어 정도만 간간이 손을 댈 뿐인 곳으로 남게 되었다.

여기서 조광 그룹의 짤막한 일화가 하나 나오는데.

당시 일광건설의 요직을 차지한 건 조광 내에서도 이름깨나 날리던 자였다.

'내 기억엔 당시 조광 내에서도 손에 꼽을 정도의 서열이랬지.'

그는 기업 설립 초창기만 하더라도 조광이 일광 건설의 뒤를 팍팍 밀어줄 것이란 기대로 가득했으나, 정작 일광건설의 현재가 어떠한지는 익히 알려진 바.

결국 조광 측에서는 이렇다 할 지원 없이 일광건설을 방치했고, 일광 사장에게 '자리를 옮기는 게 어떠냐'고 제안했으나.

그는 이사진이 모인 공식 석상에서 조성광 회장에게 볼멘소리를 뱉었다.

「이제 와서 내 사업을 버리란 말입니까!」

흐음, '내 사업'이라.

그 결과, 그는 조광 그룹에서 사라졌다는 일화가 전해진다.

이는 조광이라는 그룹 내에서 전성기 시절 조성광 회장의 카리스마와 위용이 어떠했는지를 보여 주는 단적인 예였다.

조씨 일가는 조광의 주인이자 왕이었고, 암만 서열이 높다 한들 회장의 한마디에 모가지가 날아갔다.

그런 조광이었으니 그룹은 조성광 회장의 한마디며 헛기침 한 번에 벌벌 떨었으나.

그랬던 그도 지금은 조성광 회장의 전성기도 지나, 지금은 병실에 누워 헛소리나 해 대는 늙은이로 전락했을 뿐이었다.

개인의 카리스마로 지탱되는 그룹은 그 오너의 이빨이 빠지고 발톱이 무뎌지는 순간 위기가 찾아오기 마련이다.

'……삼광도 이휘철이 쓰러졌을 당시 승냥이 떼가 나타났으니.'

그나마 분산이 잘 이루어진 삼광도 이랬을진대, 조광은 오죽할까.

"일광건설은 지금 어느 파벌에 속해 있죠?"

구봉팔은 잠시 무슨 생각을 하는지 알 수 없는 무표정한 얼굴로 뜸을 들이다가 대답했다.

"지금은 조지훈 쪽으로 보입니다."

"하긴, 그도 그렇겠군요."

불만이 없으면 파벌도 생기지 않는 법이다.

조광이 내다 버린 일광건설은 이후 해고된 임원의 오른팔이 그 자리를 차지했지만, 그조차도 허울뿐. 괘씸죄에 연좌제까지 더해 조광에게 버려지다시피 한 그들은 비빌 언덕을 찾아 헤맸다.

'그래서 일광건설은 조지훈에게 붙은 거겠지.'

전생의 결말은 좋지 않았다.

전생에 있었던 조광의 파벌 다툼은 결국 조설훈의 승리로 굳어졌고, 조설훈은 배신자를 모조리 숙청했으니까.

그렇다고 해서 지금의 조설훈이 만만한 상대라는 의미는 결코 아니었다.

조광 내에 분열이 일어나는 중이라고는 하나, 조광의 알짜 배기 사업체 대부분은 아직 조설훈의 몫이었다.

공식적으로 떠들어 댈 건 아니지만 조광 그룹 내에서 가진 바 지분과 발언권을 놓고 서열을 매긴다면 1위가 조설훈, 큰 차이가 나는 2위가 조지훈 순이었다.

더욱이 조광의 이사진 대부분이 조성광에게 충성스러운 이들인 데다가 그들 역시 명분이 조설훈에게 있다는 것을 알고서 이를 지지해 오고 있는 입장.

그러니 지금으로서는 이 '서열'조차 유의미한 줄 세우기는 아니나, 조성광 회장의 사후 이 암묵적인 위계는 본격적인 체제를 갖추게 된다.

비록 조지훈이 조설훈에 비하면 그 능력 면에서 뒤처진다고 하나, 부모 마음엔 깨물어 안 아픈 손가락이 없는 법이다.

전성기의 조성광이라면 잡음이 들리지 않게끔 조설훈에게 힘을 실어 주었겠지만, 그도 나이가 들면서는 유약해지기라도 한 것인지 조지훈에게 가진 바 지분을 양도하는 악수를 둔 것에 이어 조세화에게 힘을 나누는 무리수를 두게 되었다.

'그게 결과론이긴 하지만, 어찌 보면 나쁘지 않은 수였지. 집안싸움으로 정신이 없는 통에 사업 확장을 하지 않아서, IMF라는 위기를 건실한(?) 구조 조정으로 넘겨 버렸으니까.'

더욱이 조성광 회장이 죽을 날은 머지않았다. 지금 조지훈이 기회를 틈타 설쳐 대는 것도, 다들 그러하듯 조성광 회장의 죽음으로 생길 균열을 짐작하고 있기 때문이리라.

'……이번에도 역사가 바뀌어 어떻게 될지는 모르겠지만, 이번 생에 내가 그를 만난 적은 없으니 웬만해선 예정대로 흘러가겠지.'

2인자인 조지훈은 현재 조광 그룹 내의 비주류 잔챙이를 긁어모으는 중이었다.

'그 와중 구봉팔의 입지는 애매하지. 해석하기에 따라선 정화물산의 실세이니 조설훈 쪽이라 해석될 여지도 있지만, 정화물산은 원래 조지훈이 관리하던 곳이었으니까.'

정작 구봉팔은 파벌 다툼에 관심을 두지 않는 중립적인 입장이었다.

그로서는 조광에게 의리를 지킬 필요도 없고, 그에게 있어서도 조광도 어디까지나 수단에 불과했다.

조광 내의 파벌 다툼이라고 해 봐야 결국엔 남의 집안싸움.

'아마 전생에도 그는 중립을 자처하다가 소리 소문 없이 사라지고 말았겠지.'

나는 구봉팔을 쳐다보았다.

"혹시 일광건설 쪽과 친하십니까?"

"……친하고 말고 할 건 없습니다."

구봉팔은 담담히 말을 받으며 시공이 한창인 건물로 고개를 돌렸다.

"다만 요한의 집 개보수 건으로 사장인 유정현과 안면은 트고 있습니다."

구봉팔이 이 상황을 염두에 두고서 한 일인지는 모르겠지만, 밑밥을 깔아 둘 구실로는 나쁘지 않은 수였다.

"이 기회에 이사장님의 입장을 명확히 하는 것도 좋겠군요."

"……."

구봉팔은 대답하는 대신 침묵했다. 나는 그 침묵을 비집고 들어갔다.

"이번 일로 조광은 한차례 크게 흔들릴 겁니다. 지금 상황은 때마침 우리에게도 좋은 기회죠. 만일 박상대에게 도움을 준 것이 조설훈이라고 하면, 또는 박상대와 조설훈 사이의 유착 관계가 드러나게 되면 조광 내부에서 균열이 생기기 시작할 겁니다."

"……."

"덩달아 조설훈도 당분간은 몸을 사려야 할 테니, 한동안 조지훈이 설치는 걸 두고 볼 수밖에 없을 겁니다."

분열에 분열을 가속화하고, 조설훈의 아킬레스건을 끊는다.

"여기에 더해 조성광 회장의 건강이 좋지 않다는 건 이사장님도 잘 알고 계실 겁니다."

"……예."

구봉팔은 담담히 인정했다. 나는 말을 이었다.

"그리고 머지않을 조성광 회장의 사후…… 조광에 생긴 균열엔 커다란 금이 가게 되겠죠."

다소 예언적 성격이 있는 말이었으나, 구봉팔은 따져 묻는 일 없이 고개를 끄덕였다.

조광 내에서도 조성광 회장이 오늘내일하는 상황인 건 다들 꿰고 있는 것이다.

나는 뒤이어 물었다.

"지금 혹시, 조지훈 측에서 조세화에게 힘을 실어 줄 사람을 찾고 있지는 않습니까?"

구봉팔은 부정하지 않으며, 내 의도를 정확히 짚어 냈다.

"사장님께서는 제가 그 역할을 수행했으면 하시는군요."

나는 고개를 끄덕였다.

바야흐로 조광 내부에선 그 누구도 신경 쓰지 않고 있던 구봉팔이 움직일 때였다.

2장

해가 떨어지기 전의 오후, 저밀도 상권이 모인 서울 변두리의 ××동.

듬성듬성 서 있는 가로등이 때 이른 불빛을 밝히는 그 아래, 벽 위로 뜯기고 그 위로 덧붙이길 반복해 쭈글쭈글해진 나이트클럽 찌라시며 철 지난 영화 포스터 따위가 여기저기 붙어 있었고, 고가도로 근처 다닥다닥 자리 잡은 거리는 빠르게 달리는 자동차가 만들어 낸 소음과 저 멀리 공단의 기름 냄새에 뒤섞여 하수구 냄새 같은 지린내가 풍겼다.

인근에 2층을 넘는 건물은 없었고, 주변에는 조그만 감자탕집이며 갈치조림 등을 내는 백반집 등이 들어서 있었다.

그 가게 안에는 타인에게 무관심한 사람이 하나둘, 듬성듬성 앉아 소주병을 옆에 두고 국물을 떠먹거나 노인들이 모여 앉아 무어라 목소리를 높이곤 했다.

도심 개발에 밀려 외곽으로, 다시 한번 더 외곽으로 차츰차츰 밀려난 사람들이 모여 사는 동네는 결국 보증금조차 받지 않을 것처럼 보이는 오래된 공단 동네 근처까지 오고 말았다.

한 줌의 원주민에 뜨내기가 섞이기 시작한 동네는 기분 탓인지 아스팔트조차 축축하고 끈적거리는 것 같은 느낌이 들기도 했다.

차에서 내린 정진건은 종이에 적힌 주소를 살폈다.

"흠."

전화번호를 토대로 찾은 주소는 여기가 맞는데.

정진건은 다시 한번 쪽지를 들여다보며 머리를 긁적였다.

강하윤은 동네를 휘감고 있는 지린내에 살짝 인상을 찌푸렸다가 코를 한 번 훌쩍이곤 입을 뗐다.

"선배님, 저기인 거 같습니다. 장미다방."

"음. 그런 거 같군."

다만, 강하윤이 손가락으로 가리킨 곳은 슬레이트로 굳게 닫힌 채, 촌스러운 간판의 불이 깜빡깜빡 빛나고 있을 뿐이었다.

"……퇴근한 걸까요?"

다방이고, 하며 중얼거리는 강하윤의 말에 정진건은 고개를 저었다.

"아니, 그런 건 아닌 거 같고."

정진건은 슬레이트에 손바닥을 얹은 채 고개를 위로 들었다.

2층짜리 건물의 위층에는 불빛이 새어 나오는 일 없이 검었다.

건물 옆에는 2층으로 향하는 좁고 가파른 시멘트 계단이 있었고, 곁으론 사람 한 명이 비스듬히 몸을 틀어야 간신히 비집고 들어갈 수 있을 법한 골목이었다.

그 옆으로 죽 늘어선 건물 각각 맞은편으론 전봇대가 늘어서 있었고, 그 아래에는 일반 쓰레기봉투가 놓였다.

상권이 생활 시설을 겸한다는 의미였다.

정진건이 입을 뗐다.

"보통 이런 건물 2층은 세를 놓기도 하지만 점주가 사는 경우도 많아."

"그렇습니까?"

"특히 이런 가게는 아침을 제외하곤 대개 열어 두는 법이지."

저녁에 장사를 접는 가게라면 굳이 간판에 불이 들어오도록 꾸밀 필요도 없고.

형사로서 경험이긴 하나, 보통 이런 곳이라 하면 낮에는 커피며 쌍화차 등을 팔고, 밤에는 술과 마른안주를 파는, 이제는 도심 외곽 지역에서나 볼 수 있는 그런 지역 밀착형 다방이었다.

'그렇다고 유흥 시설로 시설을 등록한 것도 아니지만.'

이 정도 편법은 대개 눈감아 주기도 하는 게 동네 장사인 법이었다.

이곳 장미다방 역시도 그런 곳이리라.

정진건은 의미가 없으리라는 생각을 하면서도 혹시 자고 있는 걸지도 모르니 문을 두드려 보기로 했다.

쾅쾅쾅.

정진건이 슬레이트를 두드렸다.

"계십니까?"

쾅쾅쾅, 하고 슬레이트가 흔들리는 소음이 적요한 거리로 퍼져 나갔다.

정진건은 잠시 기다렸으나, 안쪽에선 인기척조차 느껴지질 않았다.

한 번 더.

쾅쾅쾅, 슬레이트를 두드리며 정진건이 목소리를 높였다.

"안에 계십니까?"

이번에도 답은 없었다.

"……혹시 외출 중인 거 아닙니까?"

강하윤의 불안이 깃든 목소리에 정진건은 턱을 긁적였다.

최악의 경우 2층에는 시체뿐이다, 라는 가능성도 염두에 뒤야겠지만…….

얽혀 있는 사건이 사건이다 보니, 마냥 허황된 추측은 아닐지도 모른다.

정진건은 손바닥으로 슬레이트를 가볍게 밀었다. 출렁이는 슬레이트가 야트막한 소음을 내며 출렁였다.

하지만 그 얄팍한 행패가 주위의 시선을 끌기는 했는지, 옆 건물 백반집 문이 딸랑, 종소리를 내며 열리더니 신경질적인 인상의 중장년층 여성이 고개를 디밀었다.

"거 동네 시끄럽……게."

말끝을 흐리며 그녀는 자연스럽게 두 형사의 위아래를 눈으로 재빨리 훑었다.

중년 사내와 젊은 여자.

이 거리에 정진건만 홀로 있었으면 모를까, 살면서 이런 곳에 발길을 할 리가 없어 보이는 젊은 여성인 강하윤까지 동행하고 있으니 상대에겐 그 조합이 퍽 기이하게 비쳤던 모양이었다.

게다가 복색도 세미 정장을 갖추고 있으니, 의심의 눈초리는 더욱 짙었다.

"뉘슈?"

외지인을 향한 토박이 특유의 경계심이 묻어나는 눈이었다.

정진건은 정중하면서도 사무적으로 말을 받았다.

"경찰입니다."

일순간 여인의 눈에 공권력을 향한 경계의 빛이 스쳤다가 사라졌다.

"경찰? 경찰이 여긴 무슨 일로……."

정진건은 수첩을 펼쳐 신분을 확인시켜 준 뒤, 수첩을 도로 주머니에 넣으며 자연스레 말을 이었다.

"여쭙겠습니다. 혹시 이곳 장미다방의 양춘자 씨와 교류가 있으십니까?"

여자가 반사적으로 뱉었다.

"아뇨."

"가게는 언제부터 닫혀 있었습니까?"

"……모릅니다."

"혹시 외출했다면 그 전에 알리거나 하진 않았습니까?"

"아, 저는 아무것도 모른다니까 그러시네."

아무리 그래도 옆집인데, 아무것도 모를 리는 없을 것이다.

그러니 여인의 '모른다'는 말과 침묵에는 외지인과 공권력을 향한 불신에서 튀어나온 조건반사적인 반응일 뿐이었다.

'제대로 된 협조를 해 줄 거 같진 않군.'

정진건도 기대하진 않았다는 투로 고개를 끄덕인 뒤 주머니를 뒤적여 명함을 꺼냈다.

"번거로우시겠지만 혹시라도 기억나는 게 있거나 양춘자

씨가 돌아오게 되면 이쪽으로 연락 부탁드리겠습니다. 말씀
만 전해 주셔도 됩니다."

여자는 그다지 내키지 않는다는 얼굴로 정진건이 내민 명
함을 받았다.

"뭐어, 온다면요."

그 뒤 여자는 작별의 말도 없이 자신의 식당으로 쏙 들어
가 버렸다.

"……거참."

머리를 긁적이는 정진건을 보며, 강하윤이 입을 뗐다.

"어째 비협조적이신 거 같습니다."

"……뭐 대답할 의무는 없으니까."

영장이 나온 것도 아니고.

정진건은 떨떠름해하는 얼굴로 텅 빈 장미다방을 살피다
가 몸을 돌렸다.

"서로 돌아가지. 혹시라도 집 안에 들어갈 방안이 없을지
알아보자고."

"예……."

강하윤은 힘없이 대답하며 주차한 차로 향하려다가 무슨
생각에서인지 발걸음을 멈칫했다.

"아, 선배님, 혹시 시장하진 않으십니까?"

"응?"

곧 있으면 밥때이긴 한데.

강하윤이 헤실헤실 웃으며 덧붙였다.

"점심때 빵이랑 우유로만 때워서 그런지 오늘따라 배가 빨리 꺼지는 거 같습니다."

오늘따라? 아니, 뭐, 오늘은 유독 바빴으니까.

그래서 무슨 말을 하고 싶은 거냐고 묻는 정진건의 시선을 강하윤은 고개를 돌리며 받았다.

"마침 주변에 식당도 많으니까, 밥이라도 먹고 들어가면 어떨까 싶어서 말입니다."

강하윤의 시선이 닿은 곳은 방금 전 비협조적으로 나왔던 여자의 갈치조림집이었다.

강하윤이 빙긋 웃었다.

"또, 겸사겸사 잘하면 정보를 얻을 수도 있지 않겠습니까."

"흠."

일이 그렇게 잘 풀릴 리도, 유의미한 정보를 얻을 것 같지도, 심지어는 허름한 동네 가게가 숨은 맛집일 리도 없었지만.

그렇다곤 해도 저 넉살은 형사로서 나쁘지 않은 소양이었다.

'뭘 먹건 아무래도 상관없기도 하고.'

뭘 먹건 차에서 먹는 빵 우유나 경찰서에서 먹는 컵라면보단 나을 것이다.

"그러지."

"네, 선배님."

강하윤은 싱글벙글 웃으며 정진건의 뒤를 따랐고, 정진건은 문을 밀며 안으로 들어갔다.

딸랑, 문간의 방울이 울렸다.

주인은 이대로 형사들이 돌아갈 것이라 생각했는지, 경계하는 눈으로 둘을 보았다.

"또 뭐요?"

들어오면서 메뉴를 쑥 훑은 정진건은 조그만 테이블 앞 의자에 앉았다.

"갈치조림정식으로 2인분 주십시오."

"……예."

여자는 마지못해 주방으로 들어가며 무어라 구시렁거렸으나, 내용이 들리진 않았다.

그사이 강하윤은 정진건 몫의 수저를 세팅한 뒤 입을 열었다.

"어쩌면 여기도 동네 사람만 아는 숨은 맛집, 이런 거 아니겠습니까?"

글쎄.

정진건은 대답 대신 스테인리스 컵에 물을 따랐다.

그사이 가게에 걸어 둔 TV에서 뉴스가 흘러나오고 있었다.

「다음 뉴스입니다. 정부는 내년부터 초등학교에 전면 급식제를 실시한다고 발표했습니다. 현장에 나가 있는…….」

강하윤이 슬쩍 물었다.

"그러고 보니 선배님, 따님이 다니시는 학교는 이미 급식을 하고 있다지 않았습니까?"

"음. 그렇지. 어디서 들었어?"

"성진이가 그랬습니다."

여기서 그 되바라진 꼬맹이가 언급될 줄이야.

"저 때는 도시락이었지 말입니다. 실은 부모님이 바쁘셔서 도시락 챙기는 일이 조금 힘들었습니다."

"그랬군."

정진건은 강하윤의 재잘거림을 흘려들으며 식당을 둘러보았다.

왠지 모르게, 이성진이라면 살면서 이런 허름한 식당이라곤 인연이 없을 것 같단 생각이 들면서도 한편으론 군말 없이 잘 먹지 않을까, 하는 근거 없는 생각이 들었다.

'왠지 모르게 부잣집 도련님 같지 않단 말이야.'

분명 평생을 부족함 없이 살아왔을 것임에도 불구하고, 이성진의 행동거지는 어딘지 모르게 '서민적'인 느낌이 있었다.

'그런 식으로 교육을 하는 모양이지.'

대수롭지 않게 생각하는 사이, 이윽고 여자가 반찬이며 갈치조림을 내어왔다.

갈치 토막은 살이 얼마 붙지 않아 조그맸고, 양념에선 화학조미료 특유의 감칠맛이 강하게 느껴졌지만 대체로 나쁘지 않은 맛이었다.

'안에 든 조림 무는 제법 괜찮군. 그렇다고 일부러 찾아올 정도는 아니지만······. 어디에나 있는 무난하고 평범한 집이야.'

그 짙은 공산품 맛에 잠시잠깐 아내가 해 준 집밥이 그립긴 했으나, 정진건도 딱히 엄격한 미식가는 아니다. 그는 어쨌건 업의 특성상 손에 잡히는 대로 먹고, 기회가 있을 때 에너지를 꾸역꾸역 밀어 넣는 편이었다.

여자는 그대로 주방에 들어가는 대신 엉거주춤한 자세로 선 채 슬쩍 말을 건넸다.

"혹시 부족하면 말하고······. 워뗘요?"

새삼 깨닫게 된 것이지만, 이곳저곳의 지방 방언이 섞인 말씨였다.

강하윤이 입을 가리며 대답했다.

"맛있네요, 이모님."

"그려요?"

강하윤의 진담처럼 들리는 말에 여자는 조금 기뻐하는 눈치였다.

그런 강하윤의 넉살은 정진건의 천성과 거리가 먼 것이었으나, 부족한 점을 채워 준다는 의미에선 버디로서 나쁘지 않았다.

'경험만 좀 쌓이면 좋은 경찰이 되겠어.'

강하윤의 너스레가 경계심을 풀었는지, 여자는 어느새 옆 테이블 의자에 앉아 미소를 지었다.

"젊은 처자가 복스럽게 골고루 잘도 먹네."

"헤헤, 저 가리는 거 없이 잘 먹어요."

강하윤을 보는 여자의 얼굴이 흐뭇했다.

"어휴, 예쁘기도 하지. 요새 애들은 입이 짧던데, 아…… 글치. 그럼 이것도 먹어 볼랑가. 파는 건 아니고, 나 먹으려 집에서 담근 거신데."

주방으로 간 여자는 식기를 부스럭거리더니 종지에 갈치 젓갈을 조금 내어왔다.

"젊은이들 입맛에 맞을지는 모르겠어."

"감사합니다, 이모님."

강하윤은 여자가 내온 갈치 젓갈을 밥에 쓱싹 비벼 잘도 먹었다.

"와, 이거 팔아도 되겠는데요?"

"에이, 무슨."

"정말이에요, 이모님. 되게 맛있어요."

"또래는 안 좋아하는 줄 알았는데. 그럼 반찬에 넣어 볼 까……."

자연스러운 대화였지만, 그 말을 정진건은 허투루 넘기지
않았다.

'흐음, 또래는 안 좋아하는 줄 알았다, 라.'

마침 '춘자 이모'의 추정 나이는 대략 30대. 강하윤에 비하
면 제법 윗대지만, 중장년이 보기엔 거기서 거기인 분류였다.

'양춘자는 이 집을 단골로 삼았을 거야.'

나이가 30대만 넘어도 끼니를 대충 떼우는 일이 버거워지
기 마련이다.

그렇다고 해서 혼자 먹을 밥상을 차리는 일은 번거롭고 귀
찮은 일이다.

그런 상황에 마침 옆집이 나쁘지 않은 밥집이라면, 아주
내숭을 떨거나 입이 까다롭지 않은 한 혼자서라도 종종 찾아
갈 법했다.

그 짧은 대화에서 경계심이 풀어졌는지, 여자가 목소리 톤
을 슬쩍 높였다.

"나는 처음엔 빚쟁인가 했네. 거기 아가씨만 아니었다면
그렇게 생각했을 거야."

이는 묵묵히 밥술을 뜨는 정진건을 향한 말이었다. 그녀는
정진건에게도 이 '대화'에 끼길 종용하는 눈치였다.

"양춘자 씨에게 빚이 있었습니까?"

가벼운 마음으로 대꾸한 것이 조금 사무적으로 들렸나, 생
각했지만 여자는 대수롭지 않게 여기는 눈치였다.

"그야 모르지. 그래도 이 동네에 빚 없는 사람이 어딨누. 다 하나둘 그렇게 살고 있는걸."

동시에 어느새 자연스러운 하대가 나오고 있었지만, 정진건은 아랑곳하지 않았다.

"근데 형사 양반들이 여까진 무슨 일이우?"

뒤이어 경계심 풀린 동네 아줌마 특유의 하릴없는 호기심이 고개를 들이밀었다.

여자가 은근한 어조로 묻는 듯, 혼잣말인 듯한 말을 이었다.

"TV에 보니까 문도 따고 그러던데, 그러지는 않고."

그 말에 강하윤이 싱글싱글 웃는 얼굴로 입을 뗐다.

"이모님, TV랑 현실은 다르죠. 저희가 여기 온 건……."

거기까지 말한 강하윤은 아차 하며 정진건의 눈치를 살폈는데, 정진건은 계속하라는 무언의 눈짓을 보냈다.

강하윤은 조그맣게 고개를 끄덕인 뒤, 말을 이었다.

"실은 사람을 찾고 있어요."

강하윤의 말에 여자는 고개를 돌려 장미다방이 있는 벽을 보았다.

"쩌어기 옆집 사람?"

"정확히는…… 음, 이모님, 혹시 여기에 어떤 여자랑 남자애가 오지 않았나요?"

여자가 눈을 가늘게 떴다.

"어떤 여자랑…… 남자애?"

"네. 여자는 한 30대가량이고, 남자애는 예닐곱 살쯤 되는 잘생긴 애예요."

여자는 잠시 짝, 하고 손뼉을 쳤다.

"아, 아아. 왔지. 왔었어!"

강하윤은 정진건과 시선을 교환한 뒤, 내색하지 않고 되물었다.

"그래요?"

"여서(여기서) 밥도 먹였다우."

여자는 신이 나서 떠들어 댔다.

"어린 게 입이 짧은지 깨작거리면서 먹긴 했지만서두, 그래도 갈치 젓갈은 입에 맞았는가, 제법 잘 먹더만. 그 엄마나 춘자네랑은 다르게 말이야."

거기서 강하윤은 언젠가 원장에게 안부차 묻고 들었던 내용을 떠올렸다.

아마, 강선이 맞을 것이다.

강선은 입이 짧은 편이었으나, 유독 생선만큼은 가리는 일 없이 잘 먹었댔다.

아마 태국에 살면서 한국 요리를 잘 접해 보지 않은 것이리라.

다만 그런 강선도 생선 요리를 즐기는 태국에서 자라서일까, 생선 젓갈만큼은 제법 입에 맞았던 걸지도 모른다.

'성진이랑 시저스에 가지 않았다면 나도 연관성을 떠올리기 힘들었을 거야.'

강하윤은 얼마 전 이성진과 찾았던 시저스 3호점 방문을 떠올렸다.

마침 오승환 셰프는 실험 메뉴라면서 쌀국수를 대접했는데, 거기서 남플라(Nam Pla)라고 하는 태국 액젓을 넣은 것을 내온 적이 있었다.

'마침 가게에서 타이풍 요리를 내왔던 게 조금 공교롭긴 하지만, 운이 좋네.'

한편 거기까지 말한 여자는 문득 자신이 방금 전까지만 해도 아무것도 모른다며 잡아뗐던 것이 기억났는지, 다소 무안해하는 얼굴로 멋쩍게 웃었다.

"거시기, 아까 임자에게 말했던 건……."

"아니에요. 저라도 그렇게 말했을 거예요."

강하윤이 웃는 얼굴로 여자의 사과를 말렸다.

역시.

정진건의 예상대로 양춘자와 식당은 교류가 있었다. 심지어 단골이기까지 한 듯했다.

강하윤이 넌지시 물었다.

"그러면 이모님, 그 두 사람이 찾아왔던 건 언제쯤인가요?"

"으응? 어디 보자, 좀 됐지비. 벚꽃이 폈다 질 때니까, 아니지, 벚꽃이 피기 전이었나?"

1996년 6월 중순을 바라보는 지금 시기를 생각해 보면, 정순애가 실종되었던 당시를 역산해도 얼추 최소 두 달가량은 한국에 체류했다는 의미였다.

제법 오래전 일이었다.

여자는 고개를 갸우뚱하며 말을 이었다.

"여기서 밥을 먹는 동안, 춘자 걔가 그 애 엄마랑 이년 저년 하고 말하더라고. 조금 싸우는 거 같기도 했는데…… 나중에 물어보니까 옛날 친구라더만. 암튼 여기 어린애가 오는 일은 드무니까, 기억은 하고 있지."

이어서 여자가 은근한 말투로 물었다.

"근데 무슨 일이라도 있남?"

강하윤은 다시 한번 정진건의 눈치를 살핀 뒤, 이번에도 무언의 허락이 떨어지자 재량껏 대답했다.

"방금 전 이야기한 아이의 엄마가 애만 홀로 두고 사라져서요."

"응?"

"마침 그 애가 '춘자 이모'는 기억하고 있어서 찾아온 건데…… 안 계신 모양이네요."

여자가 혀를 찼다.

"에잉, 쯔쯔, 버리고 튀었구먼. 몹쓸 년. 어찌 제 자식을 버리고 가누, 금수도 제 새끼는 챙기는 법인데. 말세야 말세."

"……."

여자의 섣부른 판단에도 강하윤은 미소만 지을 뿐, 이번에는 대답하거나 맞장구치지 않았다.

"하긴, 딱 보니 술집년 같더니만. 내가 사람 보는 눈은 있다우."

그런 사람이 나를 사채업자로 오해한 건가, 하고 정진건은 속으로 생각했다.

"그래서 이번엔 경찰이 나서서 애 엄마를 찾아 주는 거야?"

여자의 말에 강하윤이 고개를 끄덕였다.

"네, 혹시 양춘자 씨가 알고 있는 건 없을까 해서요. 마침 부재중이셔서 다음에 찾아와야 할 거 같긴 합니다만."

"흐으음."

여자는 '그렇다면야' 하며 입을 뗐다.

"헛물이야."

"네?"

"사실 춘자네가 짐 싸서 나간 지는 좀 오래됐거든. 어디보자, 한 몇 주 된 거 같은데……."

몇 주 씩이나?

'……어쩌면 그 시기는 정순애가 실종된 시기와 동시기일지도 모르겠어.'

동시에 한강물에 시체가 담겼을 시기까지도.

'일이 귀찮게 됐군.'

정진건이 생각에 잠긴 사이, 강하윤이 의아한 듯 물었다.

"하지만 이모님, 간판에는 불이 들어오던데요?"

그 물음에 여자는 대수롭지 않은 양 대답했다.

"아, 간판 불은 이 동네 가게짝이 쭉 이어져 있거든. 상가 조합 쪽에서 이왕이면 불을 한 짝에 키는 게 어떤가 하구, 해서."

"그랬군요."

"어딘 꺼지고 어딘 켜진 꼴이 영 을씨년스럽다나, 암튼 그 랬지. 그래서 여짝에 공실이 쪼까 있어도 영 이상커나 어두 침침하지는 않어……."

잰 체하며 떠들어 댄 여자는 문득 생각난 것이 있는지 멈 칫했다가 목소리를 낮췄다.

"근데, 형사 양반들. 이건 댁들이 경찰이라서 하는 말인데 말이우."

바뀐 어조에 정진건과 강하윤은 귀를 기울였고, 여자가 말 을 이었다.

"실은 좀 이상한 일이 있었어. 그거랑 관계가 있는지는 모 르겠는데."

이상한 일이라.

여자가 '갈치 조림 정식'이란 테이프 글자가 거울상으로 붙 은 창밖으로 시선을 옮겼다.

"아까 말했듯 이 동네가 인적은 뜨문해도 조합장 양반이 힘을 쓴 덕에 밤에는 좀 밝은 편이거든."

그녀의 말마따나 창 밖에는 하나둘, 가로등이 켜지고 있었다.

"근데 참 요상도 허지, 춘자네가 나가고 나서 요 동네 사람이 아닌 사람이 왔다 갔다 했어."

"동네 사람이 아닌…… 사람요?"

강하윤의 말에 여자가 고개를 끄덕였다.

"쩌어기에 시커먼 차 한 대가 서더니 사람들이 내렸지? 한 둘쯤 됐나, 인상이 여간 험악한 게 아니던데."

그러면서 여자는 무척 실례되게도 정진건을 슬쩍 쳐다보았다가 고개를 돌리며 말을 이었다.

"근데 갸들이 방금 전 형사 양반이 한 것처럼 쇠짝을 퉁퉁 두드린 것뿐만 아니라, 거시기 2층에도 올라가 보더라고."

"……"

"나는 뭔 일인가 했지, 혹시 도둑놈인가 생각도 났지."

"신고는 하셨나요?"

"아아니, 그럴 겨를도 없었어. 그래도 일단은 내가 딱 가게 문 잠그고 보는데, 그러다가 나랑 눈이 마주치니까 아무 말도 없이 그냥 가 버리대?"

여자가 고개를 저었다.

"해서, 아까 전에 형사 양반들을 빚쟁인가 하고 생각한 것도 그래서여. 그즈음 마침 춘자네가 가게 비우고 짐 싸서 나간 것도 생각났고."

강하윤은 사뭇 진지한 얼굴로 고개를 끄덕였다.

그런 강하윤을 보며 여자가 말을 이었다.

"아, 그리고 있지, 또 왔어."

"또……요?"

"으응, 이번에도 이 동네엔 올 리가 없는 좋은 차였지. 그 양반, 잠깐 멈춰 서서 차에서 내렸어. 그짝도 인상 참 험악하드만. 근데 차에 서서 가게 닫힌 걸 보더니 그냥 가 버리대? 그건 얼마 안 됐어. 어제였나, 아마?"

공교롭군.

'혹시 양춘자가 돌아온 건 아닌지 확인차 들렀던 걸까, 아니면 그냥 길을 잘못 든 차에 불과할까…….'

지금으로서는 알 수 없는 일이지만.

확실한 건 양춘자가 '무언가를 피해 도망치듯' 떠났단 거였다.

정진건이 입을 뗐다.

"혹시 양춘자 씨가 어디로 간다던가, 말을 들은 적은 없습니까?"

"응? 없지……. 아, 혹시 고향으로 갔나?"

"고향…… 말씀입니까?"

"으응, 저번에 들으니까 해남 출신이라더라고. 우리 바깥 양반 고모가 그짝으로 출가를 가서 똑똑히 기억해."

"……"

만일 여자의 말마따나 양춘자의 고향이 해남이라면, 이미 관할구역 운운할 지경이 아니게 된다.

'……조금 까다롭게 됐는걸.'

게다가 하필이면 땅끝 마을로 불리는 해남이라니, 가볍게 들를 만한 곳은 결코 아니었다.

'지역 경찰서에 협조를 요청하고 수속을 밟다 보면 양춘자의 행방을 추적하는 일은 조금…… 오래 걸릴지도 모르겠군.'

이후, 남편 이야기(주로 욕)를 늘어놓는 여자의 이야기를 한 귀로 흘리며 식사를 마친 정진건이 지갑을 꺼냈다.

"잘 먹었습니다. 얼마입니까?"

"어휴, 됐어. 형사 양반들 고생하는데 1인분 값만 받을게."

"……감사합니다."

강하윤이 생글생글 웃는 얼굴로 고개를 숙였다.

"잘 먹었습니다, 이모님."

그리고 정진건을 따라 나오려는 강하윤을 여자가 불러 세웠다.

"아, 잠만 기다리슈."

여자는 주방으로 들어가 부시럭거리더니, 용기에 젓갈을 담아 봉지에 넣어 강하윤에게 건넸다.

"이거 가져가."

"네? 받을 수 없어요, 이모님."

"어휴, 됐다니까. 내 딸 같아서 그랴. 너무 많이 담갔어. 잘 먹는 사람이 가져가야지."

강하윤은 받아도 되나 싶어서 문간을 살폈지만, 정진건은 이미 나가고 없었다.

결국 강하윤은 정진건도 군말 없이 1인분만 계산한 걸 떠올리며, 마지못해 여자가 준 젓갈을 받았다.

"감사합니다. 잘 먹을게요."

여자가 웃는 얼굴로 그 자리에 서서 강하윤을 배웅했다.

"으응, 수고들 혀. 뭔가 있으면 연락할게."

강하윤이 쓴웃음을 지으며 가게를 나섰다.

"선배님, 한사코 주신다기에 받아 왔는데……."

강하윤은 멋쩍은 얼굴로 말하려다가 말끝을 흐렸다.

가게 밖, 정진건이 핸드폰을 든 채 한쪽 귀를 장미다방의 닫힌 슬레이트에 가져다 대고 있었다.

"……선배님?"

정진건은 조용히 하라는 신호를 보낸 뒤, 한동안 한쪽 귀를 슬레이트 안쪽에 대고 있다가 고개를 끄덕였다.

이윽고 정진건이 핸드폰 폴더를 닫으며 몸을 돌렸다.

"됐어. 차로 돌아가지."

"……예."

차에 올라탄 뒤, 강하윤이 물었다.

"방금 전에 뭐 하고 계셨던 겁니까?"

"별거 아니야……. 그건?"

"아, 이거 말씀입니까? 이모님이 주셨습니다. 갈치 속젓인데……. 받아도 되는 겁니까?"

"어른이 주신다는데 사양하는 것도 예의는 아니지."

"네……."

이 시대는 김영란법이 생기기 전이었다.

강하윤이 아차 하며 발치에 내려 둔 봉투를 뒤적였다.

"아, 맞다. 선배님께도 갈치 젓갈 좀 나눠 드립니까?"

"……아니, 우리 집에선 먹을 사람이 없어. 그보단 여기서 어떻게 나눌 건데?"

"아…… 음."

"됐으니까 강 형사가 챙겨 둬."

강하윤은 '맛있는데' 하고 중얼거리며 봉투를 도로 발치에 두었다.

"그러면 선배님, 이번엔 허탕이었습니까?"

정진건은 습관처럼 안주머니를 뒤졌다가 손에 잡힌 막대사탕을 꺼내 쓴웃음을 지으며 포장을 벗겼다.

"아니. 아주 무의미하진 않았어."

"네, 밥도 맛있게 먹었고 말입니다."

그게 아니라…….

정진건은 막대사탕을 입에 물었다가, 문득 생각났다는 양

안주머니로 손을 넣어 사탕을 꺼냈다.

"자."

강하윤은 정진건이 내민 사탕을 보더니 움찔하며 거리를 벌렸다.

"저, 혹시 젓갈 냄새 납니까?"

그런 의미는 아니었는데, 꺼내고 보니 박하맛이었다.

"아니. 그냥 입가심이라도 하란 의미야."

강하윤은 입을 오물거리며 고개를 숙였다.

"……감사합니다."

그녀가 마지못해 받아 든 사탕 봉지를 부스럭부스럭 뜯는 소리 뒤, 둘은 한동안 입안에 넣은 사탕을 음미하듯 침묵했다.

입을 뗀 건 정진건이었다.

"들으나 정순애가 한국에 체류한 지 제법 오래되었더군."

정진건의 말에 강하윤은 식당 주인이 말했던 내용을 떠올리며 고개를 끄덕였다.

"아…… 네, 맞습니다."

"그렇다면 그녀는 어떤 목적하에 장기 체류를 했단 의미인데……."

정진건이 말을 이었다.

"마침 그때는 애들이 학교에 입학할 시기이기도 하지 않나?"

"아, 네. 태국은 어떤지 모르겠지만, 한국은 이래저래 입학 수속 등으로 바쁜 시기입니다."

정진건이 고개를 끄덕였다.

"정순애가 자신의 아이에 보편적인 모성이 있다는 전제하에 하는 말이지만, 그런 시기에 애를 데리고 두 달간 한국에 체류했다는 건……."

정진건이 흐린 말을 강하윤이 받았다.

"정순애 씨도 무언가 또렷한 목적이 있었다는 거군요."

"그렇지. 충동적으로 한국에 온 건 아닐 거야. 어쩌면 이후 '어떤 일을 계기'로 한국에 눌러앉아 살 기회를 살핀 걸지도 모르지. 게다가 이렇다 할 연고가 없다면 한국에 머무는 몇 달간 숙식을 자비로 해결해야 했을 거고, 그 체류비도 만만치 않을 텐데……."

정진건이 차창 밖으로 고개를 돌렸다.

"하지만 정순애는 머무는 동안 지인인 양춘자의 신세를 지거나 하진 않았어. 어쩌면…… 누군가가 정순애의 체류 비용을 지원해 주었거나 했을지도 모르지."

"아…… 듣고 보니 그런 거 같습니다. 하지만 허름한 모텔에서 지냈다고 했으니까 그리 큰돈이 필요하지는 않았을지도 모르겠습니다."

"……그건 장담하기 어려워. 모텔에서 머문 기간은 그리 길지 않았거든. 그조차도 계속해서 모텔을 옮겨 다닌 거라면 또 다른 이야기가 나올 수 있지만…… 그럴 거라면 차라리 장기 투숙으로 월세를 주는 형식의 대여가 싸게 먹히지. 이것저것 고려해 볼 전제가 많아."

"음…… 그렇게 생각하면……."

잠시 생각하던 강하윤이 물었다.

"혹시 방금 전 식당 이모와 양춘자 씨가 야반도주 전 미리 입을 맞춘 건 아닙니까?"

앞에선 살갑게 웃으며 이야기를 주고받더니, 냉정한 면도 있군.

"아니, 증언 자체는 신빙성이 있어."

"……그렇습니까?"

"음. 이 동네는 전봇대 아래 쓰레기를 내놓는 모양이던데, 마침 생활 쓰레기도 없더군. 양춘자가 가게를 비운 지 며칠 이상 되었다는 말도 맞을 거야."

"……어쩌면 그냥 시기에 맞춰 가게를 정리하고 떠난 건 아니겠습니까?"

"……아니. 그러진 않은 것 같고."

정진건이 말을 이었다.

"가게를 비우는 동안에도 전화 요금은 나가기 마련이지 않나? 해서, 아까 전화를 걸어 보았지. 신호음이 가더군."

그제야 강하윤은 차에 타기 전 정진건이 했던, 빈 가게 슬레이트에 귀를 갖다 붙인 영문 모를 행동이 이해가 갔다.

"그래서 빈 가게인 걸 알고서도 전화를 걸어 보셨던 거군요."

"음."

정진건은 짧게 고개를 끄덕였다.

"그렇다곤 하나 아무래도 선수를 친 거 같군."

"선수……."

"현시점에선 다방을 배회하고 문까지 따 보려던 거수자가 누군지는 알 수 없지만."

여자가 말한 거수자를 떠올린 강하윤이 물었다.

"선배님, 혹시 그거, 조폭 같은 거 아닙니까?"

"조폭?"

"예, 들으니까 여기 올 때도 고급 차를 탄 거 같고 말입니다. 아니면 정말로 사채업자거나……."

정진건은 잠시 생각하다가 고개를 저었다.

범죄와의 전쟁이 있은 지 그리 오래되지 않았다. 그 이후 최소한 서울 시내에선, 나 조폭입네 하는 것들이 돌아다닐 수 있는 환경이 아니었다.

'……비합법적으로는 말이지.'

양아치나 저질 건달이야 있지만 그건 어디에나 있을 법한 잔챙이고, 그나마 '조폭'이랍시고 남아 있는 건 번듯한 사업체를 세우고 법인 명의 뒤로 숨은 기업형 조직들뿐.

'흠, 조폭이라. 몇 개 정도 후보가 있긴 한데……. 여간해

선 몸 사리고 있을 조폭이 나설 정도의 일이라면 대체 뭐지?'

그것도 어쩌면 살인 사건과 연루되어 있을지 모를 정도의 일이라 하면…….

문득, 이성진이 말한 '박상대'의 존재가 정진건의 뇌리를 스치고 지났다.

「……그때 들은 지역구 후보 이름 중에 박상대라는 분이 계셨거든요.」

희미하게, 맡아질 리 없는 냄새가 났다.

큰 사건의 냄새였다.

"……냄새가 나는군."

정진건의 혼잣말에 강하윤이 움찔했다.

"여, 역시 그렇습니까?"

"……아니, 그런 의미가 아니라……. 됐어."

정진건은 문간에 바짝 붙은 강하윤을 보다가 고개를 저으며 시동을 걸었다.

6월의 주말 오전 햇살이 제법 따가웠다.

딱, 하는 소리와 함께 이 시대엔 아직 파랗고 맑은 하늘 속으로, 새하얀 골프공이 빠져드는 것처럼 쭉 뻗어 가다가 완만한 포물선을 그리며 떨어져 내렸다.

"나이스 샷."

조세화가 웃으며 내가 비켜선 티 석에 섰다.

"성진이 너, 못 보던 새에 엄청 늘었네. 왜, 이제 나 정도 상대면 이길 수 있다고 생각한 거니?"

"하하, 그럴 리가."

나는 조세화의 말을 웃으며 흘려 넘겼다.

조광이 운영하는 컨트리클럽, 나는 조세화와 둘이서 필드를 도는 중이었다.

오늘만큼은 조세광도, 그 조세광이 의도적으로 배치하곤 했던 험상궂은 캐디(?)도 없이, 퍽 화기애애한 분위기였다.

조세화가 허리를 굽혀 골프공을 놓았다.

"빈말은. 안 그래도 오빠가 너 엄청 잘 치게 됐다고 그러던데, 오빠랑 필드 몇 바퀴 돌더니 골프에 재미 좀 붙였나 봐?"

"이냥저냥. 요즘 운동도 못 했고."

"그런 거 신경 쓰는 타입이구나? 그러고 보니까 성진이 너, 나이에 비해선 몸이 제법 탄탄하네."

조세화의 말마따나, 나는 이 시대엔 아직 상류층 사회에서도 생소한 개인 PT까지 받아 가며 몸을 다듬고 있었다.

'언제 호신술이 필요할지 모르지만 말이야.'

만사불여튼튼, 아직 초등학생에 불과한 이 몸으로는 어른이 가해 올 위협에 대처가 불가능하겠지만 최소한도의 대비를 해 두면 2차성징에 맞춰 어느 정도 시간을 버는 정도는 가능할지 모르니까.

'……그렇다고 해서 총알을 막아 낼 수는 없겠지만.'

딱.

이윽고 조세화는 깔끔한 장타를 날렸다.

"나이스 샷."

예의상 건넨 말이 아니라, 조세화의 샷은 나이를 고려치 않아도 훌륭했다. 그녀는 부족한 완력을 정확한 자세와 호흡으로 극복하면서, 나 못지않은 비거리까지 골프공을 날려 보냈다.

"흐음."

조세화는 별것 아니라는 듯 어깨를 으쓱이곤 우드를 골프백에 찔러 넣었다.

"그러고 보니 너랑 제대로 된 필드 도는 건 처음이네?"

그뿐만 아니라 첫 만남 이후 몇 달 만의 재회이기도 했지만, 조세화는 '그 정도쯤은' 개의치 않는 눈치였다.

"그러게, 저번에는 너도 그냥 돌아갔고."

"그때는 뭐, 적당히 눈치 봐서 빠진 거지. 오빠랑 너, 뭔가 사업 이야기를 할 것처럼 보였거든."

조세화가 카트로 향하며 말을 이었다.

"안 그래도 스크린 골프였나? 그거 연구 개발 비용 대느라 오빠도 등골이 휜대. 엄살은."

아직까진 두 '남매'의 사이가 원만해 보였다.

아직까지는.

"너도 관심 있어?"

슬쩍 찔러본 말에 조세화는 픽 웃었다.

"스크린 골프? 됐네요. 이미 남이 침 발라 놓은 건 사양할 게. 오빠랑 동업하느니, 그냥 아무것도 안 하고 말지."

"그래도 사업에는 흥미가 있는 모양인걸."

나는 조세화 옆자리에 앉았고, 그녀는 기다렸다는 듯 카트를 몰며 어깨를 으쓱였다.

"환경이 그렇잖아? 비단 오빠뿐만이 아니라, 너도 이미 벌써부터 그럴듯한 사업을 하고 있으니까. 이래저래 사업엔 관심이 안 갈 수가 없는 환경이지. 게다가……."

조세화는 자연스럽게 말을 이으려다가 입을 다물었다.

"아니, 아무것도 아니야. 신경 쓰지 마."

그 얼버무림 속에서 나는 지금, 조세화의 주변에서 그녀에게 이런저런 사업 제의가 들어오고 있음을 눈치챘다.

'조지훈이 접촉 중인 모양이군.'

그리고 그녀의 '친모'까지도.

지금은 비록 조설훈의 비호하에 놓여 있다지만, 머지않은 조성광의 사후를 대비한 안배를 깔아 두어야 한다는 생각 중일 것이다.

넘버 투인 조지훈이나 '스캔들'이 있는 조세화의 친모로서는 마냥 낙동강 오리 알이 되기 전 전략적 제휴를 꾀해 두는 것이 좋다는 판단일 테고.

'그러는 그들도 조세화가 유산 상속자 중 하나가 되리라는 건 짐작 못 하는 모양이지.'

조성광의 사망으로 인한 조광의 혼란은 예정된 일이나, 관건은 '어느 정도로' 쪼개질 것인가의 문제였다.

나는 머릿속으로 조성광이 죽을 날을 손꼽아 헤아려 보았다.

'마침 머지않았군.'

미리 조세화의 '사업 파트너'로 침을 발라 두면, 그녀의 행동을 제어하는 것이 수월하리라.

'제3자의 계약으로 묶어 두면, 조세화도 멋대로 사업체를 처분하기 힘들어질 거야.'

나는 생각한 바를 내색하지 않으며 조세화에게 미소를 지었다.

"혹시라도 사업할 생각 있으면 나도 끼워 줘. 괜찮은 아이템이 많이 있거든."

"그래?"

조세화가 의외라는 듯 나를 쳐다보았다.

"아직도 '아이템'이 남아 있어?"

"아이템이야 무궁무진하지. 돈과 인맥이 부족해서 손대지 않고 있을 뿐이야."

조세화가 픽 웃었다.

"그런데 성진이 너는 네 일만으로도 바쁜 거 아니었니?"

나는 조세화 앞에 일부러 떨떠름해하는 표정을 지었다.

"그게, 일이 좀 꼬였거든."

"꼬였다니?"

"SJ컴퍼니의 주력 사업체를 아버지께 빼앗겼어."

조세화가 카트를 멈추며 눈을 멀뚱멀뚱 떴다.

"너네 아버지라면…… 이태석 사장님께?"

"응, 내 불찰이야. 좀 더 꼼꼼히 계약을 살폈어야 했는데."

나는 카트에서 내리며 푸념을 이어 갔다.

"애당초 삼광전자의 멀티미디어 사업부를 받아서 꾸린 회사였잖아? 뭐, 한편으론 지금 클램의 성공으로 삼광전자의 경영도 청신호가 켜진 상황이고 해서……."

나는 캐디로부터 우드를 받아 공이 놓인 곳으로 발걸음을 옮겼다.

"아버지도 이제는 새로운 주력 사업에 집중할 때라고 여기셨나 봐. 그러다 보니 '이제 빌려준 것을 돌려받겠다'는 뉘앙스셨지. 하긴, 신규 직원을 채용하는 것보단 경력직을 복귀시키는 편이 경영상 이득이긴 해."

"그랬구나."

나는 내 공 앞에 서서 방향을 잡은 뒤, 허리를 틀었다.

딱, 하고 골프공이 홀을 향해 날아가 그린 위를 떼구르르 굴렀다.

"……그래서 지금은 이렇다 할 일 없이 한가한 상황이야."

조세화가 웃었다.

"그래서 바쁘기 그지없는 이성진 사장님께서 우리 골프장을 배회하고 계신 거구나?"

"꼭 그래서라기보단, 말했잖아? 운동도 할 겸해서. 게다가 공짜로 골프장 신세를 지는 입장에 매번 세광이 형을 부르는 것도 그렇고."

"마치 내가 오빠의 대타라는 것처럼 들린다?"

나는 씩 웃어 보였다.

"뭐, 이제 너 정도는 이길 수 있을 거란 생각도 들었거든."

조세화가 눈을 흘겼다.

"어쭈, 요 꼬맹이가 아주 기어오르네? 누나가 혼쭐을 내줘야겠어."

"아이구 무서워라."

나는 조세화에게 보란 듯 히죽 웃었다.

"아, 그렇지. 정 뭣하면 내기라도 걸까?"

"내기?"

"응. 아무것도 안 걸면 재미가 없잖아."

조세화가 어처구니없어하며 나를 보았다.

"흥, 얼마 전에 머리 올린 초보자랑 내기라니, 이쪽에서 페널티라도 걸어야 할 거 같은데."

그러면서도 '승부' 자체는 싫진 않은 듯, 조세화가 눈웃음을 지으며 덧붙였다.

"그러면…… 그늘집에서 주스 쏘기, 어때?"

"그런 시시한 거 말고……."

뭘 걸면 좋을까, 생각하는 찰나, 전생의 이성진이 하곤 하던 내기가 떠올랐다.

'어디, 도발을 걸어 볼까.'

나는 빙그레 웃었다.

"내가 이기면 수영복 차림으로 필드 돌기, 어때?"

"……변태."

인상을 찌푸린 조세화가 나를 힐끔거렸다.

"그리고 나는 네 수영복 차림 같은 건 안 보고 싶은걸. 암만 봐도 내 쪽이 손해잖아."

나라고 중학생 따위의 수영복을 보고 싶을 리가 없다.

나는 못 이기는 척 제안을 덧붙였다.

"흠, 좋아. 그러면 이렇게 하자. 네가 이기면 무료로 사업 컨설팅을 해 줄게. 어때?"

이게 본론이었지만.

"뭐야 그게. 너는 안 벗겠다고?"

인상을 찌푸린 조세화에게 나는 어깨를 으쓱였다.

"아무리 그래도 네 수영복 차림보단 내 조건 쪽이 더 손해 같은데?"

"……그래도."

동시에 속으론.

'조금만 더 건들면 넘어오겠군.'

나는 보란 듯 이죽거렸다.

"왜, 쫄려?"

"흥."

조세화가 코웃음을 쳤다.

"좋아, 그럼 네 수영복에 무료 컨설팅에 네 수영복 차림까지 얹어서, 콜?"

"……플러스 알파로 나오면 이쪽의 손해가 큰데. 아니면 내 수영복이 보고 싶은 거야?"

"누, 누가 그렇대? 꼬맹이 주제에 어디서. 나는 그냥 적당한 수치심만 주면 그만이라는 생각일 뿐이고……."

조세화가 헛기침 후, 덧붙였다.

"흠, 흠. 그러면 타석 차이마다 한 꺼풀씩 벗기. 이 정도면 어때? 나도 양심이 있으니까, 수영복은 마지노선으로 둘게."

"……흠."

뭐, 그 정도면 나쁘지 않다. 상황이 최악으로 치달아 조세화에게 내 수영복 차림을 보여 준다고 한들, 본다고 닳는 것도 아니니까.

'어차피 일부러 조금 져 줄 생각이고, 상황은 원원으로 흘

러가겠지.'

내기의 명목은 어디까지나 조세화를 사업에 끌어들이기 위함일 뿐이다.

"좋습니다. 그럼 어디 한번 시범을 보여 주시죠?"

"흥, 두고 봐."

내 도발에도 불구하고, 승부를 앞두고 공을 마주한 조세화의 표정은 언제 농담을 주고받았냐는 듯 진지했다.

그리고 조세화는 방금 전 상황이 무색하게, 나보다 더 멀리, 내가 날려 보낸 곳보다 홀에서 가까운 그린 위로 공을 안착시켰다.

'승부에 임하는 자세를 보니, 사업가로서 자질은 있어.'

이어서.

'……엥?'

휘잉.

순간 홀에 꽂힌 깃발이 펄럭일 정도의 바람이 불더니, 조세화의 공이 떼구르르, 굴러, 홀 안으로 쏙 들어갔다.

"……."

"……."

나는 눈을 껌뻑였다.

'……운칠기삼?'

당황한 건 조세화도 마찬가지였겠지만.

"……봐, 봤지?"

조세화가 씩 웃으며 나를 보더니, 엄지를 아래로 내렸다.

"이게 실력이야. 넌 아직 나한테 안 돼."

나는 시시한 소리 말라며 입을 삐죽였다.

"뭐래, 아직 한 점 차거든."

겉으론 태연한 척하고 있었지만.

등줄기로 식은땀이 주르륵 흘렀다.

'……혹시, 지금이라도 초보자 페널티를 걸어야 하나?'

나는 조세광이 생일 선물로 직접 지어 주었다던 프라이빗
홀의 그늘집 야외 벤치에 앉아 생과일주스를 빨대로 한 모금
마셨다.

신선한 과일을 아낌없이 갓 갈아 만든 생과일주스는 두꺼
운 빨대로 과육을 옮기며 씹는 맛을 더했고, 오도독하게 씹
히는 얼음 알갱이가 청량감을 더했다.

저번에 방문했을 적엔 이제 막 추위가 한풀 꺾인 초봄이었
던 시절이라 몰랐지만, 초여름에 다시 찾은 프라이빗 그늘집
은 능소화가 넝쿨마다 꽃을 피워 담장을 휘감는 등 관리에
적잖은 신경을 써 온 티가 역력했다.

"음."

생과일주스는 맛있고, 그늘 아래는 시원했다.

"……."

다만, 조금 지나치게 시원했다.

그런 나를 향해 조세화가 선글라스를 아래로 슬쩍 내리며 씩 웃었다.

"응? 우리 성진이, 선크림 더 발라 줄까? 그 고운 살결이 햇볕에 타기라도 하면 큰일인데."

"……."

빌어먹을.

'겨드랑이 사이로 바람이 휘휘 부는구먼.'

나는 인상을 구기며 다시 주스를 한 모금 마셨다.

경기 결과는 보다시피 내 패배로 막을 내렸다. 그나마 조세화도 양심은 있어서 벌칙 경기로 18홀 코스를 돌게 하는 대신 이곳 프라이빗 홀 한 바퀴를 도는 것으로 편의를 봐주었다.

혹시 다른 손님이 내 수영복 차림을 보게 되면 그 자체로 조광의 명성에 누가 된다나 뭐라나.

조금은 의도적으로 패배할 것을 염두에 둔 경기이긴 했으나, 나는 애라고 봐주는 일 없이 최선을 다했다.

내기가 성립된 첫 홀에서부터 진심으로 덤볐고, 심지어는 컨디션도 나쁘지 않았던 데다가 몇몇 구간은 나 스스로도 놀랄 만큼의 집중력을 이끌어 냈던 나였으나.

재능 있는 자와 노력하는 자와 즐기는 자는 결국 운 좋은 놈을 못 이긴다고, 하늘의 뜻은 조세화에게 있었다.

'심지어 조세화는 오늘 생애 첫 홀인원을 기록하기까지 했으니까.'

나도 눈앞에서 홀인원을 보게 될 줄은 몰랐다.

그에 비하면 나는 어땠는가, 하니.

역풍 등으로 인해 평소 같으면 빠질 리 없는 벙커 샷이며 숲으로 날아가 OB가 생기는 등 필요 이상의 실책을 범했다.

'나그네의 옷을 벗기는 건 결국 바람이었던 건가.'

심지어 나는 양말 한 짝씩을 이 '벗기기 룰'에 적용하려 했으나, 조세화의 '수영복 차림에 양말? 정말 변태 같겠네' 하는 한마디에 관둘 수밖에 없었다.

'어차피 결과적으론 양말 하나씩 룰을 적용해도 홀딱 벗게 되었을 거고.'

나는 히죽 웃는 조세화를 무시하며 입을 뗐다.

"어쨌든 내기는 내기니까, 약속대로 컨설팅은 해 줄게. 뭐가 좋겠어?"

"응? 벌써?"

"······왜, 설마 한 코스 더 돌자고?"

조세화는 선글라스 너머로 나를 물끄러미 쳐다보았는데, 내 벗은 몸을 감상하는 느낌은 아니었다.

음, 그런 건 아니겠지.

조세화가 입을 삐죽이며 선글라스를 머리 위에 걸쳤다.

그녀는 눈이 부신지 잠시 눈살을 찌푸렸다가 입을 뗐다.

"그건 이제 됐어, 더 돌면 이 날씨에 진짜로 너, 살갗 타니까. 모처럼 좋은 피부를 타고났는데 그건 아니지."

그런 면은 섬세하군.

조세화는 벤치에 등을 기댄 채 주스를 한 모금 마시곤 빨대에서 입을 뗐다.

"나는 그냥, 뭐랄까……."

탁자 위에 잔을 놓은 조세화가 말을 이었다.

"나도 오빠나 아빠처럼 사업을 해 볼까, 줄곧 생각은 하고 있었지만 이렇게 사업을 시작하게 될 줄은 몰랐단 의미야."

"그래?"

"응. 실은 엄마랑 작은아버지도 나한테 내 명의로 사업을 시작해 보는 건 어떻겠냐고 말씀하셨거든. 마침 오빠도 내 나이쯤부터 사업을 간단한 시작했댔고……."

그건 그냥 조세광 명의로 된 자금 세탁용 페이퍼 컴퍼니였을 것이나, 나는 말하지 않았다.

조세화가 어깨를 으쓱였다.

"그래서 저번에 만났을 때, 너한테 한번 물어볼까 했는데…… 그땐 사실 초면이었던 데다가 오빠랑 너, 둘이 뭔가 하려는 느낌이 강해서 내가 끼어들기 어려웠어."

조세화의 말에서 나는 그녀와 만났던 몇 달 전을 떠올렸다.

'당시 내게 무어라 말을 하려다 말던 건 그런 연유였군. 조지훈도 그때부터 이미 시도는 하고 있었던 건가.'

조세화가 싱긋 웃었다.

"그래도 뭐, 결과적으론 내 수영복 차림을 보려던 네 음흉한 계획이 무산된 덕에 내게도 기회가 찾아왔단 거지만."

"……."

그 부분은 멋대로 오해하도록 내버려 두자.

"아, 그러고 보니까, 성진이 너 혹시 연상 취향이니?"

최소한 미성년자는 아니어야 한단 점에선 그렇다만.

나는 대답 대신 되물었다.

"……왜?"

"왜긴, 문득 생각난 건데, 요즘 좀 잘 나간다는 윤아름도 너네 회사 소속이잖아?"

"그렇지."

"윤아름은 나랑 동갑이고."

"그건 그런데, 왜, 혹시 아는 사이야?"

"아니. 그럴 리가. 그래서 어떤데?"

나는 잠시 생각하다가 고개를 갸웃했다.

"대체 무슨 말을 하고 싶은 건지 모르겠는데. 사인 받아 줘?"

"……됐어, 필요 없거든. 애들은 몰라도 돼."

조세화는 입을 삐죽이더니 어조를 바꿔 말을 이었다.

"아무튼 사업을 시작해 보잔 네 말에는 찬성이야. 계속 고민만 한다고 해서 일이 해결될 것도 아니고, 또 이런 기회가 자주 있는 것도 아니니까."

'너 골프 개못하잖아' 하고 놀려 댈 줄 알았더니, 그녀 스스로는 이번 승리에 '운'이 적잖은 작용을 했단 걸 자각하는 모양이었다.

조세화가 말을 이었다.

"만약 사업을 하더라도 있지, 이왕이면 네가 안 하는 사업이면 좋겠는데."

"왜?"

"왜긴, 안 그러면 너랑 꼼짝없이 경쟁해야 할 거 아니야?"

"……."

"그리고 이왕이면 너랑 사업 파트너로서 동업을 했으면 싶거든."

의외의 제안에 나는 거듭 물어볼 수밖에 없었다.

"동업을 하자고?"

조세화가 어깨를 으쓱였다.

"별거 아니야. 사람들은 자기 일이 아닌 남의 일이 되면 건성으로 일을 처리하기 마련이잖아?"

거기까지 말한 조세화가 얼른 덧붙였다.

"아, 성진이 네가 그럴 거라는 건 아니야. 단지, 이번 일을 너한테만 맡겨 놓고 일회성에 그치는 것보단 동업이란 형태

로나마 지속적으로 경영을 이어 갔으면 해서."

나는 고개를 끄덕였다.

다소 갑작스러운 제안이었음에도 이미 조세화의 머릿속에는 대강 그림이 그려져 있었던 듯했다.

'동업이라. 나로서는 땡큐지.'

조세화가 씩 웃으며 손가락을 꼽았다.

"그러니까 흠, 어디 보자. 성진이 네가 하는 건 우선 엔터테인먼트 쪽이랑 소프트웨어 개발 및 유통, 거기에 식당도 하고 있고…… 이것저것 많이도 하네. 심지어 오락기도 만든다면서?"

"플레이스테이션 말이야?"

"응, 그거. 오빠도 갖고 있거든."

나는 고개를 저었다.

"……정확히 하자면 그쪽은 유통이랑 OEM만. 그 OEM도 간접적으로 업체를 관리하고 있을 뿐이야."

현재 SJ소프트웨어의 이름하에 유통 중인 플레이스테이션의 경우, 원래 전(全)멀티미디어 사업부 관할이었으나 이태석이 가져가지 않고 남겨 두고 간 몇 안 되는 사업체 중 하나였다.

'생각해 보면 내가 그때 세가 새턴이 아닌 플레이스테이션을 고르는 것에서 모든 게 시작된 셈이군.'

감회가 남다른 일이긴 했으나, 감상적인 면을 배제하고 본다면 그쪽은 안정적인 수익을 담보하는 캐시 카우 감이 아니었다.

플레이스테이션 유통도 어디까지나 임시 수익에 불과할 뿐, 소니 측도 이 시점에선 게임기 시장의 신흥 강자로서 '해볼 만하다'고 여기기 시작한 눈치였고, 앞으론 더 이상 해외 유통 업체를 끼는 대신 전생에서 행했듯 현지 법인을 설립하는 방향으로 일을 추진해 올 것이다.

'플레이스테이션 진영이 때 이른 승리를 거둔 것엔 내 공도 적진 않지만…… 비즈니스의 세계는 냉정하니까.'

그러니 이제 와서 콩고물이 떨어질 리는 없고, 그저 노하우와 인맥을 챙겨 뒀단 선에서 만족하고 넘어갈 생각이다.

'그쪽은 나중에 기회가 오겠지. 마냥 무시 못 할 시장으로 성장하기도 할 거고.'

나는 담담히 말을 이었다.

"비록 지금은 JDM으로 묶어 두고 있지만 그것도 장기 계약은 아니고, 신제품이 나오면 갱신될 계약에 다름 아니지. 뭐, 당시엔 소니도 발등에 불이 떨어진 상황이어서 거저먹은 거지만 다음에도 가능할 거란 예상은 힘들어."

"……."

제법 구체적으로 설명을 해 주었음에도 불구하고, 내 말을 잠자코 들은 조세화는 다만 눈을 껌뻑일 뿐이었다.

"……왜?"

조세화가 고개를 저었다.

"아니, 아무것도…… 아, 그렇지. DDR도 너네 회사 거잖아? 그것도 오……이엠인가 그런 거야?"

"아, DDR 말이지. 그건 일단 지적재산권으로 개념상으론 SJ컴퍼니 소유이긴 한데, 등록만 해 두고 일부러 내버려 두고 있는 거야. 나로서는 모쪼록 시장이 커지는 걸 기대하고 있는 편이어서."

"시장이 커진다?"

나는 전생에 코나미가 밟았던 전철을 반복할 생각이 없었다.

"응, 브랜드와 개념에 해를 끼칠지 모를 아주 저질 짝퉁만 아니라면 다 허가해 주고 있는 편이야. 뭐, 나도 이제 와서 아케이드 제조사를 차리거나 인수할 생각은 없고, 시장 자체의 파이만 키우면 이쪽도 나쁘지 않은 흐름이 되거든. 그 자체로 다른 인구 유인도 가능하고, 나름대로 성과도 거두는 중이니까."

"……쯧."

조세화가 혀를 내둘렀다.

"그래서야."

"뭐가?"

"너랑 같은 업종은 하고 싶지도, 할 생각도 없다는 거. 왠지 모르게 너랑 겹치는 분야에선 최고가 될 수 없을 거 같거든."

칭찬인가?

'한편으론 조세화 본인의 득시글한 욕망이 삐져나오는 대사이기도 하군.'

이왕 노린다면 최고를 향한다, 그건 사업가로서 나쁘지 않은 자세였다.

'……나도 이 바닥에서 풋내기인 건 마찬가지라 평가할 자격은 없지만.'

조세화는 벤치 팔걸이를 손가락으로 톡톡 두드리더니 말을 이었다.

"흠, 그러면 MP3나 클램도 같은 맥락이겠구나. 대강 알 것 같아."

"뭐, 간접적으로 떠맡긴다는 맥락상에선 그런 느낌이지."

"아무튼 알았어. 뭐, 어차피 제조 기술 기반의 전자 제품 시장엔 뛰어들 생각도 안 해 봤고. 우리 그룹이랑은 거리가 먼 이야기니까."

나는 그 대목에서 조세화에게 슬쩍 찔러보듯이 물었다.

"그러면 넌 이왕이면 조광 그룹에서 하고 있는 사업 중에서 골랐으면 하는 거야?"

"응? 응, 아무래도. 완전 새로운 것을 시작하기보다는 우리 그룹 쪽 걸 하나 받아서 키우는 게 좋지 않겠어?"

"흠."

"게다가 성진이 너도 나랑 동업을 한다면, 겹치지 않는 분야 쪽이 확장할 구실로 충분할 테고."

그녀는 이미 내가 '동업'을 하겠단 전제하에 이야기를 풀어가고 있었다.

실제로도 그럴 생각은 있지만.

"흐으음⋯⋯."

어쨌건 조세화의 생각이 그렇다면 이야기가 빨라진다.

'여기서 찔러볼까.'

나는 잠시 고민하는 척을 하다가 마침 좋은 생각이 났다는 듯 입을 뗐다.

"그러면 건축은 어때?"

조세화가 고개를 갸웃했다.

"건축⋯⋯ 말이야?"

"응. 뭐, 마침 조광의 자회사 중에 일광건설이 있잖아."

조세화는 그런 게 있나? 하는 얼굴로 고개를 갸우뚱했다.

'뭐, 일광건설은 애초에 버려지다시피 한 회사였으니 조세화가 파악하지 못하고 있는 것도 이상하진 않지.'

나는 어깨를 으쓱였다.

"나도 몰랐는데, 이번에 어떤 일을 하다가 알게 됐어."

"어떤 일?"

"새마음아동복지재단, 알지?"

조세화는 잠시 생각하다가 아, 하고 고개를 끄덕였다.

"구봉팔 아저씨가 하는 그거? 그러고 보니까 오빠 말로는 성진이 너도 그쪽이랑 뭔가 있다며."

"응…… 뭐, 거기서 운영하는 요한의 집이랑 이래저래 관계가 있긴 하지. 거기서……."

나는 조세화에게 구봉팔이 요한의 집 확장 및 신축을 진행 중이며, 그 시공업체로 일광건설을 선정했다는 이야기를 들려주었다.

"……흐음. 우리 그룹에도 건설사가 있었구나. 왜 몰랐지."

왜긴, 조성광 회장의 눈 밖에 났으니까 그렇지.

"아무튼 알았어."

하지만 내 이야기를 들은 조세화는 썩 내키지 않는다는 얼굴로 인상을 찌푸렸다.

"그런데 건축은 조금…… 뭐랄까, 별로 안 내키는걸."

엥.

이야기가 여기서 딴 길로 새나?

'……설마, 내가 계획 중인 걸 눈치챈 건 아니겠지?'

나는 속으로 생각하며 조세화의 말을 기다렸다.

조세화가 말을 이었다.

"하지만 건축 사업은 너네 회사에서도 하고 있는 거 아니니? 혹시라도 일이 겹치면 조금 불편하지 않겠어?"

아, 그걸 염려한 건가.

나는 어깨를 으쓱였다.

"그야 우리 쪽에도 삼광물산 쪽에서 건축업을 수주받고 있지만…… 엄밀히 따지면 경영이 분리된 상황이거든."

"그래?"

"응, 너도 진영이 형 알지?"

"너네 사촌 형? 응, 알아. 저번에 필드도 함께 돌았잖아?"

정확히는 육촌 형이지만.

"아무튼 삼광물산 쪽은 그 진영이 형네 집, 그러니까 내겐 당숙이지."

나는 슬쩍 조세화의 오해를 정정하며 말을 이었다.

"거긴 당숙께서 경영 책임자로 계신 데다가 카테고리가 달라. 또, 굳이 세분화하면 일광건설과 삼광물산의 주력은 각각 건설과 토목으로 구분되기도 하고, 설령 일광건설이 방향을 바꿔 토목 사업을 수주하게 된다 하더라도 문제될 건 없어."

조세화는 내 말에 조금 어리둥절해하는 얼굴이었다.

하긴, 그녀도 아직 중학교 1학년생에 불과하니 잘 모를 수는 있겠다.

경쟁 업체가 즐비한 바닥이긴 하나, 토목 사업의 경우는 정부에서 대기업 특혜 의혹을 피하기 위해서인지 '상생 발전'이란 명목하에 중소기업을 협력 업체에 포함하게끔 이를 제도화하고 있다.

뭐, 그것도 하기에 따라서 마음먹자면 원청 측이 페이퍼 컴퍼니를 여러 차례 돌려 하청에 하청을 맡기는 식으로 중간 돈을 갈취해 가는 경우가 있긴 하나, 대기업 입장에선 배보다 배꼽이 더 커질 여지가 있기에 여간해선 그렇게까진 하지 않는다.

상대적으로는 푼돈이기도 하고.

'게다가 토목 사업은 찾아보면 언제나 항상 일거리가 생겨나고 있지.'

그건 불경기에도 다르지 않았고, 아니 오히려 불경기에는 그 나름의 독자적인 수요가 생겨나는 사업이기도 했다.

저수지를 만들거나 산을 깎아 도로를 까는 등의 일은 정권에 따라, 또 정치인들의 공약에 따라 지역 균형 발전이라는 미명하에 꾸준히 시행되던 일이었다.

'미국 경제 대공황 때 뉴딜 정책을 도입한 후버댐이 그 예시로 적절할까.'

포화상태에 이른 수도권에서 조금만 눈을 돌리면 미처 개발되지 못한 지방 면, 읍, 리 등 중소 행정 도시가 즐비했고, 개발 미답지는 국토 어디에나 있었다.

내 설명을 들은 조세화는 담담한 얼굴로 고개를 끄덕였다.

"그러니까 성진이 네 말은 건축 사업은 규모가 작아도 해 볼 만하다는 거구나?"

"바로 그거야. 더욱이 그건 나도 계기가 없으면 끼어들지 않을 시장이기도 하지. 전망도 나쁘지 않아."

"흐음…… 그건 알겠지만."

하지만 조세화가 건축 사업에 떨떠름해했던 건 다른 이유가 있어서는 아니었다.

"뭔가 투박하잖아."

"……엥."

뭐, 조세화의 말이 아주 이해 못 할 철없는 소리는 아니었다. 삼풍백화점 또한 조세화와 비슷한 연유로 기존 건축 자회사와 분리해 삼풍백화점을 경영했으니까.

대외 이미지라는 건 사업가의 사업 동기 중 하나였으니까.

조세화는 그 심리적인 저항 외에 다른 요소도 고려하고 있다는 양 덧붙였다.

"게다가 내가 건설사 대표라고 하면 누구나 나를 그저 명의나 빌려줄 뿐인 바지사장으로 생각할걸."

……그도 그렇겠군.

내가 알기로 조세화가 사업을 하려는 동기는 애정결핍과 인정 욕구에 기인했다.

비록 조세화가 조성광 회장의 총애를 듬뿍 받고 있다고는 하나, 조부—그녀의 생각엔—가 쏟는 애정과 친부가 쏟는 애정은 궤가 다르다.

'어떤 업계에서든 최고를 노리는 건, 한편으론 최선과 다

르지.'

　그랬기에 조세화는 결국 조광 내에서 하나의 세력을 형성
할 만큼의 막대한 유산을 가지고도 이를 조설훈에게 가져다
바치듯 한 것이리라.

　'제대로 일을 진행하려면 조설훈과 조세화 사이를 갈라놓
을 필요도 있겠는데.'

　조설훈에게 집중된 권력은 결국 조성광이 물려받게 되고,
조광이 장래 내 발목을 붙잡을 세력으로 거듭나게 되리란 걸
생각하면 저 애정결핍부터 해결할 필요가 있었다.

　조세화가 어깨를 으쓱였다.

　"뭐, 그래도 아이디어는 나쁘지 않아. 후보군에 넣어 둘
게."

　"후보군?"

　"어머, 아니면 설마 아이디어 하나만 제시하고 말 생각이
었니? 내 수영복에는 그 정도의 가치뿐이야?"

　아예 무가치하다만.

　조세화는 싱글벙글 웃으며 나를 쳐다보더니 시선을 옮겨
머리맡에 주렁주렁 매달린 능소화를 보았다.

　"아, 그렇지, 꽃집은 어때?"

　"……꽃집? 화훼 사업 말이야?"

　"응, 괜찮지 않아? 꽃집 아가씨."

　평범한 중학생이 던진 말이면 시답잖은 소리라며 일축했

겠지만, 상대는 다름 아닌 조세화였다. 아주 생각이 없진 않을 것이다.

'과연.'

나는 고개를 끄덕였다.

"……전국 각지에 퍼진 조광의 유통망을 생각해 보면 나쁘진 않지. 그러면 신선한 꽃을 확보하기도 쉬울 거야."

"응, 맞아. 내 생각도 그래. 게다가 축하 화환이나…… 그런 것들의 수요는 꾸준히 있으니까."

나는 조세화가 의식적으로 생략한 말에서 '근조 화환'이라는 단어를 읽어 냈지만, 내색하지 않았다.

그녀도 어쨌건 조부인 조성광의 죽음이 머지않았음을 은연중 느끼고 관련 사안을 터부하며 입에 담지 않으려는 것이리라.

나는 일부러 사무적인 의견으로 조세화의 말을 받았다.

"하지만 안정적으로 물량을 공급하려면 각지에 전속 계약을 맺은 농가를 확보해 둘 필요가 있어. 그쪽 문제는 장기적으로 접근해야 할 거야."

"응……. 그렇지. 그것도 고려해야겠구나."

내 의견을 다소 건성으로 받으며 말을 마친 조세화는 잠시 생각에 잠겼다.

내가 전예은은 아니지만, 그래도 그 표정에서 조세화가 지금 조성광을 머릿속에 떠올리고 있다는 것쯤은 어렵지 않게 짐작 가능했다.

　이윽고 조세화가 어조를 바꿔 툭 하고 물었다.

　"성진이 너, 혹시 이 뒤에 시간 좀 내 줄 수 있니?"

　"시간?"

　그러잖아도 (이태석에게 경영권을 강탈당해서인 것도 있지만) 요즘은 이래저래 시간이 비는 편이었다.

　'더욱이 조세화의 배려로 두 번째 판은 코스를 다 돌지도 않았으니까.'

　나는 고개를 끄덕였다.

　"괜찮은데. 왜?"

　"잘됐네. 잠깐 동행해 줬으면 하는 곳이 있어서. 너랑 무관하지는 않은 곳이야."

　나랑 무관하지 않은 곳이라……

　조세화가 싱긋 웃으며 벤치에 기댔던 몸을 일으켰다.

　"그럼 수영복 감상은 끝. 옷 갈아입어. 나랑 잠깐 어디 좀 가자."

　나는 차에서 내려 건물 정문을 물끄러미 쳐다보다가 고개를 돌렸다.

　"그래서, 여기가 나랑 무관하지 않은 곳, 이라는 거냐?"

조세화는 홀인원 트로피를 쥔 반대 손의 꽃다발을 얼굴에 붙이며 싱긋 웃었다.

"응, 어떤 의미에서는 그렇지 않니?"

"……뭐, 어떤 의미에서는."

조광 그룹의 회장인 조성광은 삼광병원의 VIP실에 장기 입원 중이었다.

삼광 그룹이 국내에서 어깨를 나란히 하는 여타 대기업과 궤를 달리하는 차이점이 있다면, 삼광은 그룹의 이름을 내건 병원을 경영하고 있단 점이었다.

삼광종합병원은 한국대학병원과 더불어 전국에서 내로라 하는 종합병원 중 한 곳이었다.

하지만 한국대학병원은 국립대학의 부속기관으로 그 예산 운영에 국회의 승인을 받아야 했고―결국엔 경영이 분리된 별도의 법인을 세웠지만―쟁쟁한 의료진의 실력과는 별개 로 그에 따른 나름대로의 애로 사항이 있었다.

그랬기에 특히 재벌, 남의 눈에 띄고 싶지 않은 이들은 사 립 병원으로는 국내 최고를 달리는 삼광병원의 VVIP 시설을 종종 이용하곤 했다―이를테면 총수들이 법정에 출두하기 전 휠체어를 빌려준다거나.

더욱이 얼마 전에는 이휘철 전(前) 회장의 목숨을 구했다는 공로까지 더해져, 삼광병원은 대외적으로나 그룹 내적으로 나 주목을 받는 곳이기도 했다.

여담이지만 이태석의 지인이기도 한 신용주 외과장은 그 공로를 인정받아 삼광병원의 차기 원장으로 내정될지 모른 단 소문이 돌고 있었다.

'그것도 전생보다 이르다면 이른 건데.'

혹시 나중에 한성진이 지금 장래 희망대로 의사가 된다면, 신용주는 괜찮은 멘토가 되어 줄 수도 있으리라.

조세화는 능숙하게 면회 수속을 밟은 뒤 VIP 전용 병실로 향하는 엘리베이터에 올랐다.

나도 얼마 전 이휘철이 입원해 있을 때 방문한 적이 있어서 그런지 아주 낯설지는 않은 곳이었다.

"오늘 홀인원 한 거, 할아버지한테 자랑하려고."

묻지도 않은 말을 하는 걸 보니, 조세화도 내심 나를 대동하기엔 부쩍 '개인적'인 장소였음을 자각하는 모양이었다.

조세화는 그 부친으로부터 결핍된 애정을 조부에게 찾았고, 조성광은 예의 그 소문이 사실인 것마냥 조세화를 아껴 주었다.

"성진이 너 그거 아니? 환자가 의식이 없더라도 꾸준히 말을 걸어 주는 게 중요하대."

"……그래?"

"응, 책에서 읽었어. 그리고…….."

엘리베이터 문이 열리고, 조세화는 움찔하더니 의식적인 재잘거림을 멈췄다.

당혹감에 젖은 조세화.

그건 열린 문 너머의 상대편도, 나도 마찬가지였다.

"……아빠?"

조세화의 입에서 나온 말에도 놀라는 일 없이, 진즉 상대가 누군지 알고 있던 나는 눈앞의 사내로부터 시선을 돌리지 않았다.

'조설훈…….'

전생에도 이성진을 따라 의전을 다니며 먼발치에서나마 본 적 있는 얼굴이었다.

'그때와 지금은 처지와 나이가 다르긴 하지만.'

전성기의 조설훈을 보는 건 나도 이번이 처음이었다.

그는 조세광의 친부답게 미래의 조세광과 그 이목구비는 닮았으나, 인간미라곤 일절 보이지 않는 냉혹한 인상은 언뜻 강철 같은 무기질적인 느낌을 안겨다주고 있었다.

그건 무쇠 덩어리라기보단 한 자루 잘 벼려진 칼처럼 보이기도 했다.

다만, 상대는 그 얼굴에 언뜻 스쳤던 당혹감이란 약간의 인간적인 감정마저 금세 가뭇없이 지우고 말았지만.

'……흠.'

기분 탓일까, 그마저도 예기치 못한 곳에서 지인을 만났다는 인상 외에 아무것도 전해지지 않았고, 어떻게 보든 딸을 바라보는 아버지의 표정은 아니었단 생각이 들었다.

'나도 뒷세계 인간들은 많이 접해 왔지만…… 조설훈보단 전성기의 조세광을 상대하는 게 배는 수월할 거 같군.'

동시에 한강에서 발견된 변사체를 머릿속에 떠올렸다.

그는 말 그대로, 아무렇지도 않게 살인을 교사하거나 시체 뒤처리를 지지할 수 있을 법한 인간이라는 느낌이었다.

'설령 거기 연루되었단 의혹이 드러난다고 한들 미꾸라지처럼 빠져나갈 구멍 몇 개쯤은 뚫어 뒀겠지.'

나는 손에 밴 식은땀을 바지에 슬쩍 문질러 닦았다.

'지금은 상황이 상황이다 보니 적으로 마주하게 됐으나 역시 호락호락한 인간은 아니야.'

조설훈이 사무적인 어조로 입을 뗐다.

"문병 온 거냐?"

"네……. 근처를 지나다가……."

일부러 먼 길을 찾아온 조세화였지만, 그런 그녀가 엉겁결에 거짓말 섞인 핑계를 늘어놓을 만큼, 조설훈을 앞에 둔 조세화는 그를 어려워하는 기색이 역력했다.

조세화는 이대로라면 조설훈이 그냥 이 자리를 스쳐 지나 엘리베이터에 오를 것이라 생각했는지, 쥐어짜 낸 목소리를 얼른 입에 담았다.

"아, 아빠! 소개할게요! 이쪽은 삼광 그룹의 이성진이에요. 아빠도 알죠? 삼광 그룹이랑 SJ컴퍼니……."

소개하기 전까진 길가에 굴러다니는 돌멩이라도 되는 양

내게 아무 시선도 던지지 않던 조설훈이었지만, 조세화의 말에 그제야 고개를 돌려 나를 보았다.

"……그래?"

그런 그도 '삼광 그룹의 장손'이란 내 신분에는 흥미가 동했는지 조설훈의 두 눈에 언뜻 이채가 어렸다.

하지만 그것도 그뿐.

나를 향한 시선도 어디까지나 '딸의 (남자)친구'를 보는 것이 아닌, 내 위상학적인 이용 가치를 재단해 보는 눈이었을 뿐이었다.

'이쯤하면 정말 소문대로 조세화는 조설훈의 친자식이 아닌 걸지도 모르겠군. 뭐, 진위 여부는 아무래도 됐어.'

나는 생각을 내색하지 않고 생긋 웃으며 사교적인 인사를 건넸다.

"처음 뵙겠습니다, 아저씨. 이성진이라고 합니다."

조설훈이 내게 손을 내밀었다.

"조설훈이다. 세광이한테 이야기는 들었다."

"예, 형과 누나에겐 종종 신세 지고 있습니다."

우리는 형식적인 악수를 나누었고, 조설훈은 짧게 고개를 끄덕인 뒤 내 손을 놓았다.

'그마저도 조세화보다는 나를 더 신경 쓰는 느낌이군.'

조세화는 먹이를 받아먹으려 입을 벌리는 둥지 속 아기 새처럼 조설훈의 관심을 갈구하는 목소리를 꺼냈다.

"아빠, 저 성진이랑 사업을 해 볼까 해요."

조세화의 말에 조설훈은 자세히 보지 않으면 눈치채기 힘들 정도로 움찔했다.

"사업?"

······이런.

동시에 그 시선은 명백히 나를 경계하는 눈으로 변하며 내 신분에서 비롯한 일말의 호감마저 갉아 낸 듯 보였다.

이 상황에 그로 하여금 나를 주목하게 만들었다간 긁어 부스럼이 생길 뿐이다.

'혹시라도 이 상황에 내가 일광건설을 주목하고 있었다는 게 밝혀지면······.'

일광건설은 조설훈 파벌이 아니었다.

아니, 좀 더 정확히 하자면, 현재로선 그 누구도 신경 쓰지 않는 위치에서 이름만 남겨 두고 있을 뿐.

그럼에도 불구하고, 썩어도 준치랬다. 한때 조광 그룹의 핵심 사업체로 주목받으며 그룹의 미래를 열어젖힐 곳으로 취급되던 곳이니 마음만 먹으면 얼마든지 그 영향력을 끌어올 수 있는 곳이 일광건설인데.

이는 내가 장래 조세화에게 큰 힘이 되어 줄 조직으로 염두에 두고 있던 곳이기도 했다.

'······의심 많고 머리가 잘 돌아가는 조설훈이라면 그 언급만으로도 내가 하려는 계획을 눈치채겠지.'

거기서, 퍼뜩 생각에 미쳤다.

「응, 괜찮지 않아? 꽃집 아가씨.」

'그럼, 어디.'
나는 얼른 머리를 굴려 생각한 바를 입에 담았다.
"네, 실은 꽃 가게를 생각하고 있어요."
내가 얼른 끼어든 말에 조설훈의 눈에서 경계의 빛이 사라
지고 입가에 희미한, 일견 냉소처럼도 보이는 비릿한 웃음이
지어졌다.
나로서는 전화위복이었다.
만일 '일광건설'이 언급되었다면 조설훈이 나와 조세화를
경계했을지도 모르나, 꽃 가게라는 다소 낭만 가득한 허황된
이야기에는 그도 '별거 없군' 하는 표정이었다.
동시에 업계에선 소문이 파다하게 퍼져 있는 내 사업가적
역량은 오롯이 내 능력이 아닌, 배후의 이휘철이나 이태석의
성과라는 판단까지.
'심지어는 내가 사업에 적극적으로 관여하는 게 아닌, 그
일도 어디까지나 조세화의 변덕일 뿐이라 생각해 주면 더 고
맙고.'
조설훈이 입을 뗐다.
"꽃 가게라. 어디 한번 잘해 봐라."

그가 뱉은 말에서 느껴지는 어조의 뉘앙스는 착각이 아니라, 분명 냉소였다.

'뭐, 지금은 얕잡아 보일수록 이익이지.'

하지만 이미 눈이 흐려진 조세화는 그 정도의 반응만으로도 화색이 돌며 활짝 웃었다.

"네, 아빠!"

조설훈은 조세화를 무시하며 엘리베이터 버튼을 눌러 열린 문 사이로 걸어갔다.

"그럼 바빠서 이만. 네 아버지께 안부라도 전해 다오."

그 형식적인 말 이후의 작별 직전, 조세화가 아차 하며 트로피를 들어 보였다.

"아, 아빠. 저 오늘 홀인원 했어요."

조설훈은 무표정한 얼굴로 조세화가 치켜 든 트로피를 바라보더니 닫힘 버튼을 눌렀고.

엘리베이터 문이 닫혔다.

'……휴우. 여기서 조설훈을 만날 줄이야.'

그 시야에서 벗어난 직후 긴장이 풀리며 다리에 힘이 빠졌으나, 간신히 몸을 비틀거리지 않고 서 있을 수 있었다.

'이 몸뚱이가 전생의 나처럼 한쪽 다리에 장애가 있었다면 크게 한 번 휘청였을 거 같군.'

한편 조세화는 아랫입술을 깨문 채 고개를 푹 숙이고 있다가 헤실헤실 억지웃음을 지으며 나를 보았다.

"바쁘신가 봐."

"······응."

"그래도 바쁜 와중에 일부러 찾아오시는 거 보면, 아빠도 할아버지를 참 좋아하는 거 같지?"

조세화의 성격에 마냥 낙천적인 면모는 없었으니, 그 말도 자기 자신을 위로하는 기만에 불과할 뿐이리라.

'조설훈도 어른스럽질 못하네.'

나는 일부러 텐션을 높인 조세화의 재잘거림을 들으며 복도를 걸었고, 조세화가 다가오는 걸 본 복도 끝 VIP실 앞 로비 의자에 앉아 있던 정장 차림의 남자가 벌떡 일어섰다.

"오셨습니까, 아가씨."

아가씨라.

이런 걸 보면 조세화가 조광 그룹의 장녀라는 게 실감이 난단 말이지.

"안녕하세요, 아저씨. 면회 왔어요. 지금 손이 없어서 그런데 문 좀 열어 주실래요?"

"물론입니다."

사내는 문을 열어 준 뒤, 기립하고 섰다.

나는 조세화의 고갯짓에 그녀의 뒤를 따라 VIP 병실로 들어갔다.

이휘철이 입원했을 때와 같은 급의, 삼광병원에서도 몇 되지 않는 VIP 병실이었다.

"할아버지, 저 왔어요."

적요한 병실에 조세화의 낭랑한 목소리가 퍼졌다.

하루 입원비만 몇백만 원에 달하는 병실이었지만 외향은 괜찮은 급의 비즈니스호텔 수준에 불과했다.

하지만 커튼 친 창가를 마주 보는 침대 곁엔 대당 몇천만 원가량은 될 이 시대 의료 기술을 집약한 각종 기계가 놓여 있었고, 환자는 산소호흡기며 링거를 주렁주렁 매단 채 그 침대에 누워 있었다.

"어휴, 어두워."

조세화는 괜한 혼잣말을 투덜거리며 커튼을 살짝 걷었고, 침대 머리맡 탁자에 상패와 꽃다발을 놓으며 의자에 앉았다.

"할아버지, 저예요, 세화. 오늘은 친구를 데리고 왔어요."

잠에 들었는지 혼수상태인지 모를 조성광은 미동조차 없었다.

조세화는 그런 조성광의 손을 가만히 붙잡으며 멀찍이 서 있던 내게 손짓했다.

"성진아, 우리 할아버지께 인사해."

내가 인사해 봐야 뭔 소용이랴 싶었지만, 최소한 조세화는 조성광이 듣고 있다고 믿는 모양이니 나는 듣는 이 없는 형식적인 인사를 뱉었다.

"……처음 뵙겠습니다. 이성진입니다."

전생을 통틀어 살아 있는 조성광 회장을 보는 건 이번이 처음이었다.

조성광은 맨손으로 조광 그룹을 일으킨 남자였다.

젊을 적부터 장대한 기골을 자랑하던 그는 불같은 인생을 살았고, 정력적인 생을 지냈다.

그 무대포식 경영에는 그가 가진 힘이 적잖은 영향을 끼쳤을 것이고, 실제로도 그는 힘쓰는 일을 마다하지 않았다.

더욱이 그는 그 곰 같은 덩치에도 불구하고 여우처럼 교활했으며 늑대처럼 냉혹했다.

그런 그도 지금은 오늘내일하는 노인에 불과했다. 감긴 두 눈이 불거진 얼굴은 오랜 입원으로 핼쑥해져 광대가 두드러졌다.

이제는 사진으로만 확인할 수 있는 그 몸은 오랜 병환으로 쪼그라들어 내가 피상적으로만 알고 있는 조성광이 맞는지조차 의심스럽다.

콧구멍으로 삽관한 산소호흡기, 그리고 새하얀 이불 밖으로 삐죽 삐져나온, 주름진 살이 축 늘어진 뼈가 앙상한 팔뚝엔 링거가 두세 개 꽂혀 있었는데, 창백한 팔이었음에도 불구하고 혈관을 찾기 힘들어 보였다.

'세월이란 무상하군.'

그 정도면 됐겠지 싶었는데, 조세화는 계속해 보라는 듯 미소 띤 얼굴로 나를 물끄러미 쳐다보면서 무언의 압박을 넣고 있었다.

나 참. 별수 없지.

"세화 누나랑은 친구고, 음…….."

왠지 자기소개를 하는 것 같다고 생각하면서 나는 말을 이었다.

"지금은 SJ컴퍼니라는 조그만 회사를 운영하고 있습니다."

조세화가 끼어들었다.

"얘네 집이 삼광 그룹이에요. 할아버지도 아시죠? 이휘철 회장님. 성진이는 그분 손주예요."

그가 이휘철과 어느 정도로 친분이 있는지는 모르겠지만, 업계가 업계이다 보니 교류는 있었으리라.

'뭐, 이휘철도 그에 관해선 이렇다 저렇다 개인적인 평가를 할 정도였으니.'

나는 조세화의 눈짓에 대강 맞장구를 쳤다.

"예, 뭐어. 그렇습니다. 제 조부님이 이 휘 자 철 자 되는 분이십니다."

"……."

조세화는 건성으로 말하는 나를 흘겨보더니 탁자에 놓은 홀인원 기념패를 힐끗 쳐다보았다.

"할아버지, 있죠, 저 오늘 골프 쳤는데 홀인원을 했어요. 되게 신기하죠? 자랑하고 싶었는데."

들을 리 없는 상대가 들으리라 믿고 내뱉는 말만큼 서글픈 것도 몇 되지 않는 법이다.

"……."

뒤이어 조세화는 코를 훌쩍이더니 의자에서 일어섰다.

"그럼 나는 잠시 꽃 좀 갈고 올게. 성진이 넌 그동안 할아버지랑 이야기하고 있어, 알았지?"

"……무슨 이야기?"

"오늘 있었던 네 패배의 역사라도 이야기하는 건 어때?"

"……."

"농담이야, 편하게 있어."

그렇게 말한 조세화는 자연스럽게 꽃다발을 들고 화병이 놓인 탁자로 갔다.

화병에 꽂힌 꽃은 아직 싱싱한 상태였지만, 조세화는 그게 마치 오랫동안 방치되어 시든 것인 양 덜렁 들고 병실을 나섰다.

조세화가 VIP 병실 안에 비치된 세면대를 이용하지 않고 구태여 바깥 화장실로 향한 건, 그녀 나름대로 감정을 추스를 시간이 필요했기 때문이리라.

달각, 병실 문이 닫히고 조성광과 나, 단둘만 남은 병실엔 쉭쉭거리는 산소호흡기 소리와 간헐적으로 삐, 삐, 거리는 기계 소리만 들렸다.

'……그렇다고 타인에 불과한 나를 여기 홀로 두고 가 버리냐.'

뭐, 내가 여자 화장실까지 따라갈 구실보단 여기 붙어 있는 게 상황상 적확하겠지만.

'흠.'

마침 방금 전, 조설훈이 다녀갔던 병실이었다. 조설훈은 이번 면회에 무엇을 했을까.

노인의 귓가에 저주의 말을 퍼부었을까, 아니면 남들에게 보인 적 없던 효심을 아무도 모르게 표하며 가만히 그 손을 쓸어 주었을까.

'……그야, 도청기를 설치한 것도 아니니 내가 알 수는 없지.'

나는 가만히 앉아 병실을 둘러보다가, 미동 없는 조성광에게 말을 건넸다.

"힘드시겠군요."

조세화의 믿음처럼, 그가 들으라고 한 말은 아니었다.

그가 행했던 일이 옳았건 아니건 간에 이를 주제넘게 판단하는 대신, 그저, 한 시대를 풍미했던 거물이 스러지는 것에 묘한 회한을 느껴 꺼낸 말이었을 뿐이었다.

그의 방만했던 과거를 두고 욕을 뱉을 수도 있었겠지만, 왠지 그러고 싶진 않았다.

"세화 누나는 걱정하지 마십시오. 제가 물심양면으로 도울 테니까요. 아, 그렇다고 남녀 간의 그렇고 그런 느낌은 아니고요, 뭐랄까……."

나는 나 스스로도 무슨 말을 하고 있는 건가, 싶어 쓴웃음을 지었다.

"일종의 동지애 같은 거랄까요? 마침 둘이서 사업도 하나 구상 중인데……."

그때.

스륵, 하고 조성광이 눈을 떴다.

'……깜짝이야!'

놀란 가슴을 진정시키고 보니, 그는 그저 눈을 떴을 뿐이었다.

다만 왠지 모르게, 앞도 제대로 보이지 않을 희뿌옇고 탁한 눈이 나를 뚫어져라 보는 듯했다.

'노인네, 사람 놀라게 하고 있어.'

순간적인 발작일까. 나는 너스콜을 누르려 몸을 일으켰는데.

'……응?'

조성광이 메마른 입술을 오므렸다.

독순술을 익힌 건 아니었지만, 나는 그가 무엇을 말하는지 알았다.

'물.'

……그런데 그렇다고 해서 환자에게 무턱대고 물을 주어도 되나?

그 순간 전생에 아버지가 앓아누웠을 때, 한성아가 하는 것을 본 기억이 났다.

'마침 다 갖춰져 있군.'

VIP 병실 만세였다.

나는 비치된 솜에 물을 적셔 조성광의 입술을 축였고, 그는 사막에서 오아시스를 만난 나그네처럼 맛있게 물을 핥았다.

조성광은 입안을 굴리더니 희미한, 병실에 놓인 기계 소리에 묻히기 십상인 목소리를 끄집어냈다.

"네가…… 봉효……의 손주……냐?"

……처음부터 다 듣고 있었나.

나는 내심 너스콜을 누르지 않길 잘했다고 생각하면서 고개를 끄덕였다가, 조성광이 내 동작을 알아볼 리 없다는 생각에 입을 뗐다.

"그렇습니다."

"……세화……는?"

회광반조인가, 싶었던 나는 차분하게 물었다.

"꽃병을 갈러 나갔습니다만, 부를까요?"

"아니……."

노인은 고갯짓을 할 힘도 없어 보였다.

그는 떠듬떠듬 입을 뗐다.

"베개…… 밑."

베개 밑?

나는 마른침을 꿀꺽 삼켰다.

"실례하겠습니다."

나는 조성광이 누운 베개 아래에 손을 집어넣었다.

나는 다소 딱딱한 침대와 부드러운 베개 사이 툭, 하고 걸리는 이물감을 느끼곤, 조심스레 물건을 꺼냈다.

'……도청기!'

나는 손에 도청기를 들고 물끄러미, 조성광을 바라보았다.

'죽은 공명이 산 중달을 치는 것도 아니고.'

기분 탓일까, 나는 순간 노인이 세상을 향해 비릿한 미소를 짓는 것처럼 느꼈다.

'나 원, 참. 정말이지…….'

정말이지, 저 세대 인간들은 호락호락하질 않다.

3장

내게 도청기를 전해 준 조성광은 그것으로 할 일을 마쳤다는 양 도로 눈을 감았다.

조성광의 존재감으로 가득 찼던 병실은 다시금 고요해졌고, 그 훅 하고 끼친 적요함에 나는 손에 들린 도청기가 아니었던들 그와 짧게나마 대화를 주고받았던 것을 실감하지 못할 정도였다.

'도청기라.'

나는 손에 든 도청기의 정지 버튼을 눌렀다. 딸각 소리와 함께 돌아가던 테이프가 멈췄다.

'전생에는 이 도청기가 누구 손에 들어갔을까.'

조설훈? 조지훈?

이도저도 아니라면, 조세화?

조설훈이 조광 그룹을 장악했던 전생을 떠올려 본다면, 결과적으로는 조성광 회장이 마련해 둔 이 함정도 무용한 것이 되고 말았으리라.

'아니, 어쩌면 조설훈의 손에 들어갔기에 그가 조광 그룹을 장악하는 것이 가능했을지도 모르지.'

그건 뉴스에 실리지도, 또 남의 집안일이나 다름없는 조광 그룹의 일이기에 전생의 기억을 가진 나도 모르는 일이었다. 현시점에서는 유추할 거리를 찾기 어렵다.

나는 조성광이 도청기를 숨겨 두고 있었던 것과 그것을 내게 맡긴 저의를 생각했다.

'편의적으로 생각하자면 정신이 오락가락하는 조성광이 앞뒤 분간 못한 채 내게 이걸 맡겼다……고 여겨도 되겠으나.'

지금 나는 모종의 변곡점을 느끼고 있었다.

'뭐, 그것도 어디까지나 내용물을 확인해야 가능한 이야기이긴 하지만.'

나는 손에 든 도청기를 만지작거렸다.

'……게다가 카세트테이프의 용량을 생각해 보면 그 짧은 시간 내에 유의미한 정보가 담겨 있진 않을 수도 있어.'

시대를 감안하면 어쩔 수 없는 일이었다.

여기에 극단적인 가설을 세우자면 조악한 환경 탓에 도청기 속엔 그럴듯한 것은 아무것도 녹음되지 않았을 여지도 있었다.

'침대와 베개 사이에 들어 있던 물건이니.'

하지만 우리와 엇갈려 조설훈이 막 병실을 빠져나갔단 걸 생각해 보면, 조금은 낙관적인 전망도 가능했다.

더욱이 한때는 시대를 풍미했던 조성광 회장이니, 괜한 일로 제3자인 내게 도청기를 맡겼을 리는 없으리라.

'뭔가 있긴 있을 거야.'

나는 도청기에 녹음된 내용을 확인하고 싶다는 충동에 휩싸였으나, 달각하고 병실 문이 열리는 소리에 도청기를 얼른 안주머니 속으로 집어넣었다.

코끝이 조금 발갛게 된 조세화가 싱싱한 꽃이 담긴 화병을 원래 있던 탁자에 내려놓았다.

"말썽 안 부리고 얌전히 있었지?"

나는 조성광의 입술을 축였던 솜까지 비치된 쓰레기통에 버리면서, 태연함을 가장해 일부러 퉁명스레 그 말을 받았다.

"내가 애냐?"

그녀가 남모르게 울었으리란 지적을 하지 않는 건 물론이고.

"그럼 애지, 어른이니? 아직 국민학생, 아, 맞아. 요샌 초등학생이지? 아무튼 초등학생에 불과한 꼬맹이면서."

"······중1이나 초6이나 그게 그거지."

"차이 있거든?"

짧은 티격태격 뒤 조세화는 내 곁에 앉으며 차분한 어조로 물었다.

"할아버지께 이야기 들려드렸어?"

"응."

뿐만 아니라 짧게나마 대화를 나누기까지 했지만.

조성광은 조세화가 병실을 나갈 때와 마찬가지로 누운 채 미동조차 없었다.

'지금도 듣고 있는 건지 아닌지 알 수가 없군.'

하지만 조세화는 내가 그녀가 시킨 대로 했다는 것에 조금 기뻐하는 눈치였다.

"무슨 이야기?"

"그냥. 너랑 사업을 구상 중이라는 거."

"······얘는, 여기서 무슨 사업 이야기니?"

"그래도 보고는 드려야 하지 않을까, 해서."

"너도 참 별나다."

쿡, 하고 조세화가 웃었다.

"정말인지 아닌지, 할아버지께 여쭤볼까?"

그 말에 나는 순간 조성광과 조세화가 지속적인 커뮤니케이션을 주고받았는가 하고 심장이 철렁했지만.

"네? 정말요?"

조세화는 조성광의 얼굴에 가져간 귀를 떼더니 짓궂게 웃었다.

　"할아버지 말씀으론 너, 안 들리는 데서 내 욕했다는데?"

　"……."

　……도청기를 확 까 버릴까.

　"농담이야, 농담."

　조세화가 내 어깨를 찰싹 때렸다.

　아야.

　"그래도……."

　조세화는 조성광을 힐끗 쳐다보더니 희미한 미소를 지었다.

　"왠지 할아버지 표정이 한결 편안해 보이네."

　"……."

　나는 초면에 불과한 조성광의 얼굴에서 그 차이를 알 수 없었지만 어쩌면, 그건 마냥 기분 탓만은 아닐지도 모른다.

　"……."

　"……."

　미묘하게 어색한 공기가 흘렀다.

　나는 의식적으로 손목시계를 들여다보며 입을 뗐다.

　"이제 면회 시간 끝났겠다."

　평소 같으면 '그런 거 누가 지킨다고 그래?' 하고 볼멘소리를 늘어놓았을 조세화는 의외로 순순히 내 말에 맞춰 주었다.

"가려고?"

"응, 안 그래도 저녁 약속이 있거든."

거짓말이었다.

사전에 정해 둔 '약속'은 없었다.

"치, 모처럼 큰맘 먹고 밥이나 사 줄까 했더니."

나는 조세화의 툴툴거림에 픽 웃고 말았다.

내 손에 도청기가 들어오지 않았더라면 그런 일정도 고려는 해 보았겠지만.

"미안, 그건 다음 기회에 얻어먹을게."

"다음엔 네가 사야 하는데?"

"뭐, 다음엔 사업 관련해서 좀 더 제대로 된 포트폴리오를 챙겨서 만나겠네."

"……응. 그러게."

조세화가 일어섰다.

"바래다줄게. 할아버지, 또 올게요."

나는 조성광에게 작별을 할까 말까 생각하다가 고별을 남겼다.

"이만 실례하겠습니다."

우리는 조성광을 뒤로하고 병실을 나섰다.

아마, 조성광과 만날 일은 두 번 다신 없을 것이다.

'이휘철 때와는 달리, 그의 죽음은 변치 않겠지.'

변하는 건 그의 사후일 것이다.

로비를 걷는 동안 우리는 아무런 말도 하지 않았다. 엘리베이터에 오르고 나서야 조세화가 아차 하며 입을 뗐다.

"아 맞다."

"잊고 온 거 있어?"

그러고 보니 트로피를 두고 왔긴 한데.

조세화는 아니, 하며 고개를 젓더니 내게 히죽 웃어 보였다.

"할아버지께서 오해가 없도록 성진이 너는 남자 친구 같은 거 아니라는 걸 말해 줘야 했는데."

조세화 나름대로의 농담일 것이다만.

"걱정 마. 내가 했으니까."

내 말에 조세화가 눈을 흘겼다.

"말씀드렸다고? 뭐라고 했는데?"

"응, 너랑은 그냥 사업 파트너라고 말씀드렸어."

"……."

"왜?"

"아니, 됐거든."

조세화의 기분이 조금 상한 것 같다. 물론 내 알 바는 아니었다.

조세화가 눈을 흘기며 말을 이었다.

"그러고 보니까 너, 약속 있댔지. 누구랑?"

뭘 캐묻고 그러나, 싶으면서도 나는 태연하게 대답했다.

"내 변호사."

"변호사?"

그 자체는 거짓말이 아니었다.

나는 이 길로 도청기를 들고 유상훈을 만나러 갈 예정이었
다.

"사업을 하다 보면 종종 만날 일이 있거든. 너도 사업을
시작하게 되면 알게 될 거야."

"흐응."

조세화는 그런가, 하며 내 말을 대수롭지 않게 받았다.

"약속 장소랑 멀지 않으면 차 태워 줄까?"

"아니야, 오히려 가까워. 택시 타고 갈게."

"그래? 그러면 그러든가. 아, 그리고 있지…….."

우리는 이런저런 대화를 나누며 병원을 나섰고, 병원 앞에
대기한 택시 중 모범 택시를 골라잡은 내게 조세화가 말을
붙였다.

"오늘 고마웠어."

"뭐가?"

"너는 그럴 필요가 없는데도 여기까지 와 준 거."

그에 대한 감사라면, 오히려 내가 할 말이었다.

'예상치 못한 수확도 있었으니까.'

나는 택시에 올라타며 조세화에게 씩 웃어 주었다.

"또 보자."

다소 갑작스러운 호출이긴 했지만, 택시에서 핸드폰으로 전화를 걸어 보니 유상훈 변호사는.

「사장님이 부르신다면 설령 결혼기념일이라 하더라도 캔슬해야죠, 하하핫!」

하며 수화기 너머 너스레를 떨었다.

'요 근래 결혼기념일을 깜빡했다가 혼쭐이 나기라도 했나 보군.'

엘리베이터에서 내리자마자 유상훈이 허리까지 굽혀 가며 과장된 몸짓으로 나를 반겼다.

"오셨습니까, 사장님."

"오랜만입니다. 유 변호사님. 사무실 좋네요."

유상훈은 나와 함께 일하며 적잖은 콩고물을 주워 먹었는지, 얼마 전 이주를 마쳤다던 그의 변호사 사무실은 삼광병원에서 멀지 않은 강남 한복판, 각종 빌딩이 늘어선 곳에 자리 잡고 있었다.

"하핫, 덕분에요. 누추하지만 들어오시죠."

개업 축하 화환을 보내긴 했지만, 그의 이사한 사무실에 방문한 건 이번이 처음이었다.

내장 공사는 마동철의 부업이기도 한 동철 인테리어에 의뢰했다고 들은 기억이 났다.

'유령회사로 굴리라고 줬더니, 마동철도 이쪽에 제법 진심인걸.'

빈말이 아니라, 사무실 내장은 근 미래의 미의식에 맞춘 내 기준에서 봐도 제법 괜찮아 보였다.

'……그러고 보니 마동철과 유상훈 두 사람, 어느샌가 의기투합했단 말이지.'

용산에서 사기(?)를 칠 때 처음 만난 이후 둘은 종종 술자리를 갖곤 했는데, 왠지 내 뒷담화를 안줏거리 삼아 의기투합하지 않았을까, 싶었다.

사무실 안쪽 개인실로 나를 안내한 유상훈은 자리를 권한 뒤, '사장님은 주스였지요?' 하며 자연스럽게 주스를 따랐다.

"평소 같으면 미쓰 리가 직접 갖다 주겠지만, 오늘은 이 아저씨로 참아 주십쇼, 하하핫."

말마따나 휴일이어서 텅 빈 변호사 사무실은 유상훈 혼자 지키고 있었다.

"휴일인데 출근해 계셨습니까?"

"이런 일이 있을 줄 알았다, 고 하면 거짓말이고요. 뭐, 저도 이래저래 바빠서 말입니다."

나는 아내의 결혼기념일을 깜빡하는 바람에 쫓겨난 거 아닐까 생각했지만, 바쁘단 것도 딱히 빈말은 아닌지 유상훈의 책상 위에는 각종 서류가 높이 쌓여 있었다.

유상훈이 내 맞은편에 자리 잡으며 물었다.

"그나저나 오늘은 어쩐 일로 여기까지 발걸음을 하셨습니까?"

어차피 그도 내가 괜히 '근처를 지나다 들를' 타입의 인간이 아니란 걸 알고 있었기에, 나는 단도직입적으로 대답했다.

"상의드릴 일이 있어서죠. 여기 오기 전까지 조세화와 함께 있었습니다."

내 말에 유상훈은 퍼뜩 떠오르는 인물이 없는지 어리둥절해하는 얼굴을 했다.

"조광 그룹 장녀 말입니다. 그 왜, 조설훈의……."

"아하."

그제야 유상훈이 무릎을 탁하고 쳤다.

"기억났습니다. 그러고 보니 그 아가씨, 중학생이었던가…… 아무튼 사장님 또래였죠. 이거 참, 사장님도 제법인걸요."

"뭐가 말입니까?"

"뭐긴요. 아시면서."

나는 몸을 배배 꼬는 유상훈을 보며 혀를 찼다.

"……계속해도 되겠습니까?"

"어이쿠, 실례했습니다. 경청합죠."

나는 주제를 이어 갔다.

"그리고 지금은 조세화를 따라 조성광 회장의 문병을 다녀오는 길입니다."

"호오, 호오."

"……그 추임새는 뭡니까?"

"아뇨. 벌써 인사까지 드리는 사이가 되었구나, 싶어서요. 대단하시군요. 이야, 이거 참. 조만간 국수 먹을 일이 생길지도 모르겠습니다. 아, 혹시 저를 찾아와 상의하신다는 것도 어쩌면……?"

"……."

능글맞게 웃는 유상훈을 무시하며 나는 탁자 위에 녹음기를 올려놓았다.

달각 하고 탁자 위에 놓인 녹음기를 본 유상훈은 잠시 멈칫하더니, 얼굴 위에 걸린 웃음기를 슬며시 지웠다.

"……웬 녹음기입니까?"

나는 담담하게 말을 이었다.

"갔더니, 조성광 회장이 제게 이걸 맡기더군요."

조성광이 맡겼다.

그 한마디에 농담을 할 때가 아니란 걸 깨달은 유상훈의 표정이 진지해졌다.

"······조성광 회장, 말씀입니까?"

"예. 어쩌다 보니 단둘만 남게 됐는데······ 저를 부르더니 베개 아래에 숨긴 도청기를 주었습니다."

나는 병원에서 있었던 일을 간추려 이야기했다.

조설훈과 엘리베이터 앞에서 만났던 대목에선 유상훈의 미간에 주름이 생겼고, 혼수상태로 보이던 조성광 회장이 눈을 떴다는 대목에선 유상훈도 식겁하며 혀를 내둘렀다.

"그러면 녹음 내용은······."

"아직 들어 보지 않았습니다."

"······괜찮으시면 저도 녹음된 내용을 들어 봐도 되겠습니까?"

나는 고개를 끄덕였다.

"예. 그러려고 가져온 거니까요."

"잠시만 기다려 주십시오."

자리에서 벌떡 일어선 유상훈은 책상으로 가더니 서랍을 뒤적거린 후 이어폰을 가지고 와서 내 곁에 앉았다.

우리는 이어폰을 한쪽씩 나눠 꼈고, 녹음기 테이프를 뒤로 감은 유상훈이 재생 버튼을 눌렀다.

녹음기를 틀고, 잠시 후.

카세트테이프는 부스럭거리는 소음—아마도 녹음기를 베개 사이에 집어넣는 동작—과 달각, 문이 닫히는 소리를 재생했다.

이후, 한동안 정적이 있고 나서 달각, 다시 문이 열리는
소리가 들렸다.

자박자박, 병실 안으로 들어오는 발걸음 소리.

끼익, 하고 의자에 앉는 소음.

잠시 동안의 침묵 뒤 조설훈의 목소리가 흘러나왔다.

ㅡ「……아버지도 여전하군요.」

그건 조세화처럼 환자가 듣고 있다는 것을 전제로 한 것이
아닌, 혼잣말에 불과했다.

조설훈의 목소리가 이어졌다.

ㅡ「아직 생에 미련이 남으셨습니까?」

짧은 침묵.

ㅡ「……그렇게까지 해서 얻어 낸 건 고작해야 이 병실뿐이로군요. 이
런 걸 두고 사필귀정이라 하지 않겠습니까.」

그의 중얼거림은 저주도 축복도 무엇도 아닌, 말 그대로
혼잣말에 가까운 것이었다.

「하긴, 몇 년 전만 하더라도 누군들 상황이 이렇게 되리라고 짐작이나 했겠습니까마는……. 얼른 일어나셔서 회사 좀 제대로 잡아 주십쇼. 이게 대체 뭡니까. 이 상황에 지훈이 이놈은 사사건건 트집만 잡아 오고…….」

그때 우웅, 하고 진동음이 울리며 조설훈이 입을 다물었다. 핸드폰이 울린 모양이었다.

「……쯧.」

조설훈의 짧게 혀 차는 소리 뒤 딸각, 하고 폴더 열리는 소리가 들렸다(조설훈은 삼광의 최신 휴대전화. 클램의 고객님이기도 한 모양이다).
통화는 이후 맥락을 건너뛴 조설훈의 목소리로 재개되었다.

「……놓쳤다고?」

목소리가 멀어졌다.
아마, 통화를 하러 넓은 VIP 병실을 서성이기라도 한 듯했다.

「긴말은 않겠다. 전국 팔도를 뒤져서라도 찾아내.」

딸각. 신경질적으로 핸드폰 폴더 닫는 소리 이후, 조설훈의 혼잣말.

「무능한 놈들. 제대로 하는 게 없어.」

그 중얼거림 뒤, 멀찍이서 조설훈이 말을 이었다.

「아버지가 소개한 박영호랑 박상대 그 개자식 때문에 일이 꼬이는 군요. 보십쇼, 결국엔 그 뒷바라지를 제가 하고 있지 않습니까.」

그리고 희미한 중얼거림.

「경찰도 꼬리를 밟은 모양이고. 흠, 지금이라도 잘라 내야 하나…….」

조설훈의 목소리가 가까워졌다.

「그렇게 됐으니 잠깐 현장에 얼굴이라도 비쳐야겠습니다.」

발소리. 조설훈의 멀어진 목소리가 들렸다.

┌「그러면 아버지는…… 뭐가 최선일지 알아서 생각해 보십시오. 조만
간 다시 찾아뵙겠습니다. ……뭐, 듣고 있을 리도 없나.」

달각, 문이 닫히는 소리.
그 뒤, 한동안 정적이 있은 후 달각, 문이 열리며 조세화
의 목소리가 나왔다.

┌「할아버지, 저 왔어요.」

그쯤해서 더 들을 것이 없다는 판단에 나는 재생 버튼을
껐다.
"……엥."
어리둥절해하는 유상훈을 보며 나는 어깨를 으쓱였다.
"이후는 저랑 조세화의 별거 아닌 이야기여서요. 들으시
겠습니까?"
"아닙니다. 괜찮습니다. 아무리 저라도 그런 풋풋하고 달
콤한 이야기를 훔쳐 듣는 취미는 없거든요, 하핫."
"……."
애써 농담을 하는 유상훈을 나는 말없이 째려보았고, 유상
훈은 헛웃음으로 얼버무렸다.
"흠, 그나저나 이거 참."
유상훈은 귀에 꽂았던 이어폰을 내려놓으며 짧은 감상을

늘어놓았다.

"요새 녹음기는 성능이 좋군요. 하긴, 이러니 닉슨의 워터
게이트 사건 같은 게 터졌겠죠. 아, 사장님도 알고 계십니
까? 워터게이트 사건. 사장님께서 태어나시기 전의 일이긴
합니다만."

"……대강은요."

"역시 사장님이십니다. 배움에 소홀함이 없으시군요. 뭐
어쨌건……."

유상훈이 너스레를 떨며 소파에 등을 기댔다.

"게다가 들으니 조설훈도 생각보단 망나니가 아니었고,
의외로 인간미도 있지 않습니까, 하하."

"……."

내 침묵을 지켜본 유상훈이 몸을 앞으로 기울이면서 표정
과 어조를 진지하게 고쳤다.

"다만 이렇다 할 유의미한 내용은 없는 거 같군요. 그야
도중엔 조금 의미심장한 통화 내용이 있긴 했지만…… 그것
만으론 뭐가 어떻단 가치판단을 내리기 어려운 일이니 말입
니다."

유상훈의 말마따나.

비록 그 입에서 '박상대'라는 이름이 흘러나왔고, 몇 가지
그럴듯한 키워드도 있었던 데다 우리에겐 그 입에서 나온
'박상대'가 '박영호'라는 이름과 더불어 '정치인 박상대'라는

것을 추정할 정황도 있지만.

'고작 이 정도' 혐의만으로는 조설훈을 감방에 집어넣을 수 없다. 기소하더라도 증거 불충분으로 풀려날 뿐만 아니라 이를 트집 삼아 물고 늘어지면 괜히 조설훈의 경계만 사게 될 뿐이었다.

더군다나.

당사자의 협의 없이 녹음된 도청기 내용은 법정 증거물로 효력이 없다.

유상훈은 그런 전제를 바탕으로 이야기를 풀어 갔다.

"혹시라도 통화 상대의 내용이 들리면 모를까…… 그런 기술은 없습니까? 목소리를 키워서 수화기 너머의 목소리까지 들리는…….''

통화 내용이 자동으로 녹음되는 스마트폰이라면 모를까, 그런 건 근 미래에도 없다.

"……없나 보군요."

"예. 여기선 확장해 봐야 지직거리는 노이즈만 더 커지겠죠."

유상훈이 턱을 긁적였다.

"이 정도로 워터게이트 사건 같은 걸 기대한 건 무리였나 봅니다."

"흠."

유상훈이 어깨를 으쓱였다.

"그나저나 조성광 회장도 꽤나 별난 분이시군요. 두 부자 사이가 원만하지 않다는 건 들리는 소문으로 알음알음 알고 있었지만…… 그렇다고 보통, 병실에 녹음기 같은 걸 설치해 둡니까?"

나는 쓴웃음을 지었다.

"조광이니까요."

"그래도 그렇죠. 뭐, 거동도 힘든 영감님이 이런 걸 준비 했다는 건 그것만으로도 대단하다고 해야 할지."

거기서 나는 무언가 위화감을 느끼곤 멈칫했다.

'거동도 힘든 영감님……이라?'

생각해 보면, 애당초 녹음기를 준비한 것이 조성광이었을 까?

손가락 하나 까딱하기 어려운 노인에겐 도청기의 녹음 버튼을 누르는 것조차 힘겨운 일일지 모른다.

더욱이 이 시대의 녹음기라고 해 봐야 저장 시간이 한정적인 카세트테이프, 몇 시간이고 줄곧 틀어 놓고 미끼에 사냥감이 걸려들기를 기다리는 일은 지난하다.

'방문 시간에 맞춰 도청기를 설치하고 회수하는 인물이 있어야 해. 그러자면…….'

나는 병실 입구를 지키고 있던 장정을 떠올렸다.

'그놈이겠군.'

거기서 나는 무대에 등장하지 않은 인물 한 사람을 간과하고 있었음을 깨달았다.

그리고 녹음기 설치와 그것을 지시했을 만한 인물까지도.

'조지훈, 이 곰 같은 놈이…….'

각각의 파벌이 번갈아 가며 병실을 지키고 있는 건지, 아니면 누구 한 사람이 전담하고 있는 건지는 모르겠지만.

'자세한 건 구봉팔을 통해 알아볼 수 있겠지.'

즉, 조지훈은 사람을 심어 두고 조설훈의 입에서 '실수'가 나오길 기대하며 함정을 파 둔 것이리라.

'그렇다면…….'

이 모든 암약을 지켜보았을 조성광이 내게 도청기를 맡긴 건 무슨 연유였을까.

혼수상태의 인물도 병실에서 오가는 모든 대화를 듣고 있다는 조세화의 지론에 동의하는 건 아니었지만, 사실 조성광은 그 상태에서 병실을 오가는 해프닝을 모두 새겨듣고 있었다.

'그렇다는 건 조성광 역시도 박상대로부터 비롯한 한강 변 사체 건을 알고 있었단 이야기……일까.'

그런 그도 내가 박상대를 끼고 조설훈과 적대 중이라는 건 눈치채지 못했겠지만.

한편으론 그렇기에 나를 정보를 공유해도 무방할 제3자로 여기고 도청기를 맡긴 것이리라.

'일이 복잡하게 흘러가는군.'

지금쯤이면 조지훈에게 '도청기'가 사라졌다는 보고가 올라갔을 것이다.

또, 그에겐 조세화와 내가 병문안을 갔다는 것도 보고가 올라갔으리라.

조지훈이 상상할 수 있는 최악의 상황은 조설훈이 도청기를 찾아냈다는 것일 것이고, 조세화에게 도청기가 흘러갔다고 하더라도 바람직한 상황은 아니다.

'그 후보 중엔 나도 포함할 수 있겠고……'

망할 영감탱이.

끝까지 도움이 안 되는군. 귀찮은 일에 휘말리고 말았다.

'생각할 수 있는 선택지는 몇 가지인가 있어.'

첫째, 조설훈의 편을 든다.

내가 도청기를 가지고 조설훈을 방문한다면, 조설훈에게 한 가지 빚을 지우는 셈도 된다. 하지만 이는 조설훈의 힘을 쪼개 두어야 할 나에겐 바람직하지 않은 이야기였다.

같은 이유로, 조세광이나 조세화에게 맡기는 안건도 기각된다.

조세광은 물론이고, 조세화조차도 사실상 조설훈의 편이나 마찬가지였다.

유언장의 내용을 알고 있는 나로선 조세화의 편을 들어 그녀와 비밀을 공유하는 동업자로 거듭나는 방안도 생각해 봄직하나, 지금의 조세화는 조설훈으로부터 결핍된 애정을 충족하기 위해 무슨 짓이든 할 것이다.

'내가 말한 즉시 쪼르르 달려가 일러바친다는 것도, 충분히 예상 가능하지.'

둘째, 조지훈의 편을 든다.

조광이라는 조직 내에서 힘의 균형을 생각하면 조지훈의 편을 드는 것도 나쁘지 않은 선택지였다.

하지만 그렇게 될 경우 공개적으로, 또 본격적으로 조설훈과 척을 지게 된다.

설령 도청된 녹음본이 공개된다 하더라도 조설훈에게는 큰 피해가 가지 않을 것이 분명했고, 조지훈에게 도청기를 건넨 시점엔 어린애의 아무것도 몰랐다는 변명도 통하지 않을 것이다.

'오히려 조지훈 그놈에게 일을 맡겼다간 약점 아닌 약점을 잡힐지도 모르고.'

조지훈은 그 덩치에 어울리지 않은 교활함을 겸비한 사내였다.

필요에 따라선 조지훈과 손을 잡는 때가 올지도 모르나, 그렇다고 전적으로 그 손을 들어 줄 수는 없는 일.

나는 어디까지나 집안싸움에 개입하지 않는 제3자이자 방관자로서 각각의 파벌 다툼에 손을 빌려주어야 했다.

'우선은 조성광이 내게, 또는 그 자식들에게 바라는 바가 무엇인가를 찾는 것에서 출발해야겠군.'

부모로서 바람직한 것이라면 조설훈, 조지훈, 조세화 세 자녀가 힘을 합쳐 그룹을 끌어 나가는 것이겠지만, 그런 이상적인 일은 동화 속에서나 가능한 이야기다.

조성광이 조세화를 세 번째 상속자로 택한 동기는 이해가 갔다.

유언장을 작성할 시기만 하더라도 한 번도 '아버지'라고 불린 적 없던 조세화가, 당신의 사후 집안에서 내팽개쳐지지 않게끔 안배한 것이겠지만.

'그런 그도 지금 와서는 판단을 잘못했다며 아차 하고 있겠지.'

하지만 말 한마디조차 제대로 뱉기 힘든 이제 와서는 유언장을 정정할 수도 없다.

그리고 조성광은 나에게 도청기를 맡기며, 도청기의 존재가 조세화를 통해 조설훈의 손에 들어가게끔 의도한 것일 터이다.

또, 조설훈의 역량이라면 도청기를 설치한 배후에 누가 있을지 어렵지 않게 찾아낼 것이고……

'즉, 이 시점의 그는 조설훈에게 모든 힘을 실어 주겠단 의도를 갖고 있겠군.'

생각해 보면 이 모든 일은 내가 삼풍백화점 붕괴를, 정확히는 그로 인한 인명 피해를 막은 것에서부터 출발한 나비효과였다.

만일 전생의 일처럼 삼풍백화점이 붕괴되고 숱한 인명 피해를 야기했다면, 역사에서처럼 서울 시장이 연거푸 교체되며 박상대가 지금처럼 힘을 키우는 일도 없었을 것이다.

하지만 이번 생에선 내가 개입함으로 인해 역사가 바뀌었다.

이번 생의 서울 시장은 무사히 임기를 마쳤고, 그 과정에서 서울 시의원은 여당 측이 틀어쥐며 여기까지 왔다.

거기서 박상대를 통한 조광의 투자가 빛을 보게 될까 싶었더니, 박상대의 '자진 사퇴'로 인해 이 일도 뒤집어졌다.

또한 '한강의 변사체' 건을 처리하기 위해 박상대는 조설훈에게 '개인적인 빚'을 졌고, 조설훈은 '0선 의원'인 박상대와 계속 함께해야 할지를 고민하는 중이었다.

'이제 슬슬 일을 매듭지어야 할 때야.'

다소 도박수이긴 하나.

지금부터는 시간 싸움이었다.

나는 우선 유상훈에게 슬쩍 물어보았다.

"유 변호사님, 혹시 조성광 회장의 변호사가 어떤 사람인지 알고 계십니까?"

유상훈은 내 말에 잠시 갸우뚱하더니 고개를 주억거렸다.

"조성광 회장의 변호사라, 음, 저보다 한참 윗 기수분이시긴 한데……. 뭐, 그래도 같은 한국대 동문이어서 한 번 인사는 나누었습니다."

"그러면 조성광 회장의 변호사는 믿을 만한 사람입니까?"

유상훈이 싱긋 웃었다.

"아, 그건 혹시, 그분께선 누구 파벌에 속해 있는가 하는 궁금증인 겁니까?"

나는 고개를 끄덕였고, 유상훈이 웃는 얼굴로 말을 이었다.

"제가 아는 건, 그분은 누구의 파벌에도 속하지 않고 계실 거란 겁니다."

"그래요?"

"예에. 일단 그분은 조광 측에서 전관예우 용도로 거금을 들여 고용한 분이시니 말입니다."

전관예우 용도.

명시적으로 나와 있는 것은 아니었으나 법조계에는 고약한 습성이 한 가지 있었는데, 그건 사법계에 몸담았던 인물이 변호사로 개업하고 난 뒤부턴 '전관예우 찬스'라는 것이 생긴단 점이었다.

"변호사가 되기 전엔 꽤나 높으신 분이셨나 보군요."

내 말에 유상훈은 공연히 멋쩍어하는 얼굴로 대꾸했다.

"뭐어, 오랜 시간 고등법원 판사를 역임한 분으로 알고 있습니다. 그럴 만한 자격은 충분하신 셈이죠."

소위 말하는 '검사 출신 변호사'나 '판사 출신 변호사' 같은 사람이 누군가의 변호를 맡게 되면 이 '전관예우 찬스'를 통해 형량을 줄이거나 기소유예 판결을 끌어내게 되는데, 이를 게임으로 말하면 화면의 모든 미사일과 총알을 지우는 '필살기' 내지는 '폭탄' 정도의 위력을 발휘했다.

'횟수 제한이 있다는 점에선 정말로 폭탄이군.'

특히 언제 무슨 일로 법정에 서게 될지 모를 조광 그룹이라면 더더욱 필요한 인재였을 것이다.

'결국은 그 폭탄을 아끼고 아끼다가 무덤까지 가져가고 말겠지만…… 그래도 안 쓸 수 있다면 안 쓰는 게 좋지.'

그러는 편이 최종 스코어에도 도움이 될 테고.

유상훈이 말을 이었다.

"게다가 조성광 회장과는 개인적인 친분……이랄지 은원 관계가 있어서 잠시 맡고 계신 것일 뿐이고, 이번 일을 끝으로 은퇴하실 예정이라고 모임에서 건너 건너 들은 기억이 납니다."

"음."

유상훈이 웃는 얼굴로 물었다.

"그나저나 사장님은 정말 별의별 걸 다 알고 계시는군요."

"아뇨, 저도 어디선가 주워들어 우연히 알고 있었을 뿐입니다."

확실히.

전생에도 유언장 공개 때 별다른 잡음이 없었던 것에서부터 어느 정도 짐작은 하고 있었지만, 유상훈의 입에서 들으니 그럴듯하단 확신이 강해졌다.

유상훈이 물었다.

"그러면 사장님께선 그 도청기를 조성광 회장의 변호사에게 맡기실 생각이군요."

"예. 지금 시점엔 그러는 편이 안전할 테니까요."

"음."

유상훈도 내 의견에 동의하듯 고개를 끄덕였다.

"다만."

나는 어조를 바꿔 말을 이었다.

"건네기 전에 2차 가공은 해야 할 거 같습니다."

"……2차 가공이요?"

나는 탁자에 놓인 도청기를 물끄러미 바라보았다.

일반적인 녹취와 달리 당사자의 동의 없이 이루어진 도청은 분명, 법정 증거물로 증거 능력이 존재하지 않는다.

하지만 그럼에도 불구하고, 그 존재 자체가 무의미하진 않다.

도청을 통한 녹음 내용은 '법정 증거물'이 아닐 뿐, 그 외제3자의 판단에 영향을 미치지 않는 건 아니므로.

"예. 조성광 회장의 변호사에게 건네는 건 몇 가지 밑 작업을 마친 뒤 실행하는 것으로 하죠."

"……그게 됩니까?"

'그래도 되는지'가 아닌 '그게 가능한 건지'를 묻는 건 유상훈다웠다.

"뭐, 이래 뵈도 나름 아이돌 그룹의 사장이니까요. 음원에 몇 가지 조작을 가하는 건 어렵지 않습니다."

"하하……."

유상훈은 쓴웃음을 지었다.

"그렇다는 건 도청기의 녹취 내용을 만천하에 공개하실 예정이군요."

"만천하까진 아니고."

나는 주스를 한 모금 마신 뒤 말을 이었다.

"알아 둬야 할 사람들에겐 알려 줄 생각입니다."

"흐으으음."

유상훈은 머리를 굴리다가 눈을 반짝하고 떴다.

"과연, 얼추 알 거 같습니다. 하지만……."

유상훈이 말끝을 흐렸다.

"그렇게 되면 결과적으로는 조설훈에게 힘이 실리지 않을까 하는데요."

그 지적은 일견 타당했으나, 그건 어디까지나 유상훈도 조성광의 유언장이 어떤 내용일지 알 리 없기 때문일 뿐이었다.

그래서 나는 미소로 그 말을 받았다.

"어쨌건 제가 도청기를 쥐고 있어도 좋은 일은 없으니까요. 폭탄은 터지기 전에 빨리 넘기는 게 상책 아니겠습니까?"

"하긴, 엄밀히 따지면 남의 집안싸움에 끼어들고 만 형편이니까요. 자고로 군자는 남의 싸움에 끼어들지 않는 법 아니겠습니까, 하하."

유상훈은 내 말을 대수롭지 않게 넘겼다가 턱을 긁적였다.

"그나저나 사장님, 듣기로는 조성광 회장에게 무어라 혼잣말을 하셨다고 했는데, 2차 가공 때는 그걸 지우실 생각입니까?"

"아뇨, 그걸 지우면 혹시라도 조광 일가가 저를 의심……."

거기서 문득, 나쁘지 않은 생각이 났다.

'흠, 이거 잘만 하면…….'

그날 늦은 시각, 택시를 타고 집으로 돌아오니 저택 입구에 웬 남자가 서성이고 있었다.

'누구지?'

눈에 비치는 연배는 이휘철보다 약간 아래.

하지만 노인들이 늙어 가는 것은 개인차가 컸기 때문에 이렇다 추정하기 어렵다.

품이 넓은 아메리칸 스타일 양장은 이 시대에도 유행에 뒤처진 모양새였으나 깨끗하게 잘 다린 느낌이 경조사가 있을 적마다 아껴 입는단 느낌으로, 이 자리에 어울리지 않는 시골 신사, 라는 기색이 다분했다.

한 손에는 이 시대에 방문 선물용으로 쓰는 주스 포장지가 들려 있었고, 다른 한 손엔 쪽지가 들려 있었다.

'더욱이 오늘따라 입구에 경비가 서 있군.'

그는 가로등에 의지해 쪽지를 살폈다가, 다른 한편으론 웅장한 저택을 흘린 듯 살피고는 발걸음을 떼며 주위를 서성였는데, 그는 입구 구석에 놓인 CCTV가 그 움직임을 따라 움직이는 것도 눈치채지 못한 모양이었다.

'거수자가 서성이고 있으니 경비가 나와 있는 것도 이상하진 않아. 그렇긴 한데…….'

아마 경비와 한 차례 무어라 이야기를 주고받은 모양이지만, 아마 경비는 그 묻는 말에 아무 대꾸도 하지 않았을 것이다.

삼광 일가의 경비 스타일은 여간해선 그림자처럼 움직인다는 것이 신조였으니까.

'더욱이 노인이니 위협이 될 리도 없다고 판단했을 것이고.'

뒤이어 남자는 느릿느릿 다가오는 모범택시를 눈치채곤 한 걸음 뒤로 물러섰다.

'위험인물은 아닌 거 같으니…….'

나는 택시에서 내리며 내게 슬쩍 다가오려는 경비에게 가만히 있으란 손짓을 한 뒤, 남자에게 말을 건넸다.

"안녕하세요."

내 목소리에 사내는 쪽지를 주머니에 찔러 넣곤 중절모를 벗어 내게 인사했다.

"아, 예. 안녕하십니까."

그는 상대의 나이가 어리다고 해서 함부로 대하지 않았다.

'내가 이 집안 관계자라는 걸 눈치채서인 건 아니야. 예의와 격식이 얼추 몸에 밴 것이겠지.'

사내는 묵묵히 서 있는 경비를 힐끗 살핀 뒤 말을 이었다.

"실례지만 길 좀 묻겠습니다. 혹시 이곳이 삼광 그룹의 이휘철 회장님 저택입니까?"

이휘철의 손님인가, 싶기엔 그런 느낌은 아니었다.

행색의 남루함이야 곽철용 같은 케이스도 있으니 속단은 금물이지만, 이번 생에서 익히기론 왠지 모르게 거물들 사이엔 거물들 나름의 오라가 느껴지기 마련이었다.

반면 남자에게서 느껴지는 인상은 그런 육감이 동하질 않았다.

"예, 저희 집입니다만. 무슨 용건이신가요?"

내 대답에 남자는 눈을 가늘게 뜨곤 잠시 내 인상착의를 살폈다.

"그러면 혹시 귀군이 이성진 군입니까?"

"예, 그렇습니다."

남자의 얼굴이 조금 환해졌다.

나를 아나?

그는 오른손의 선물을 왼손으로 바꿔 쥐며 내게 악수를 청했다.

'……아, 혹시?'

문득 나는 그 정체가 누군지 얼추 눈치를 채며 내민 손을 받았다.

"반갑습니다. 저는 최국현이라는 사람으로……."

남자가 내 손을 가볍게 흔들며 말을 이었다.

"이 저택에 신세를 지고 있는 최소정의 아비 되는 사람이올시다."

역시.

방금 전 얼추 그렇지 않을까, 생각했는데 그는 역시 최소정의 아버지였다.

'예상치 못한 의외의 방문이긴 하나…… 초면의 나이 지긋한 인물이 내 이름을 알고 내게 용건이 있다면 최소정의 아버지밖에 없지.'

그러잖아도 얼마 전, 나는 최소정을 통해 가업을 접으란 권유를 한 적이 있었다.

'최국현……이랬나? 어쨌건 최소정이 이야기를 전한 모양

이군. 그리고 다짜고짜 사업을 접으란 이야기에 내 얼굴이라도 볼까 찾아온 것이겠지.'

그래도 나는 그 소개에 일부러 깜짝 놀란 척을 했고, 경비 역시도 최국현의 입에서 나온 말에 조용히 고개를 끄덕였다.

경비들도 이 집을 몇 년째 방문 중인 최소정과 안면이 있는 사이였으니까.

"그러셨군요."

"허허, 아닙니다. 제 불민한 여식을 좋게 봐주셔서 감사할 따름이지요."

형식적이라곤 해도 말씨가 상당히 예스럽다.

"아, 그리고……."

최국현이 손에 든 선물을 내게 건넸다.

"별것 아닙니다만 받아 주십시오."

이 저택에서는 입에 대지도 않을 공산품이었지만, 거절하는 것도 예의가 아니니 받았다.

"감사합니다."

나는 그가 선물을 내게 건넨 시점에서 예상한 바이긴 했으나, 그래도 예의상 물었다.

"여기서 이야기를 나누기보단, 들어오시겠습니까?"

차마 내 입으로도 '누추하지만'이란 형식적인 말을 더하긴 어려웠다.

"아닙니다. 늦은 시간에 방문하는 것도 예의가 아니어서요. 오늘은 잠깐 서울로 올라온 김에 인사라도 드리려 했을 뿐입니다."

나 역시도 그를 집 안에 들이는 건 내키지 않는 일이었다.

'까딱하다가 그 이야기가 이휘철이나 이태석의 귀에 들어가기라도 하면 퍽 귀찮은 일이 될 거거든.'

나는 '아쉽지만 어쩔 수 없죠' 하는 얼굴로 최국현을 보았다.

"그러시군요. 그럼……."

순간, 지잉- 하는 소리와 함께 굳게 닫힌 저택 문이 철커덩, 열렸다.

그리고 거기서 모습을 드러낸 건, 수행원을 대동하지 않은 이휘철이었다.

'쓥……. 댁이 왜 여기서 나오고 그래?'

타이밍 한번 공교롭군. 설마 어느 영화 속 악역처럼 방 안에서 CCTV 영상을 돌려 보거나 그러는 건 아니겠지?

"실례지만 남의 집 앞에서 무슨 일이시오?"

이휘철은 그 한마디만 뱉었을 뿐이었지만, 중절모를 벗은 최국현의 허리가 필요 이상의 각도로 기울었다.

그건 이휘철의 매스컴에서 보이곤 하던 모습과 실물을 비교해 그 정체를 눈치챈 것보다 앞선 본능적이고 반사적인 반응에 가깝다.

요즘은 익숙해진 편이라지만, 그는 일거수일투족이 존재

감으로 한 공간을 가득 채울 만한 거물이었으므로.

최국현 역시 별다른 말을 하지 않아도 눈앞의 이휘철이 누구든 간에 '거물'임을 본능적으로 알아챈 것이리라.

그리고 그 반사작용은 자연스럽게 내면에서 소화되면서 인식의 저변에 저도 모르게 한 수 접고 들어가는 무의식적인 합리화를 이룬다.

그게 카리스마라고 하는 것의 정체라면, 그런 것이겠지.

"실례했습니다. 저는 최국현이라는 사람으로 댁에서 과외 선생을 하고 있는 최소정의 아버지입니다."

최국현의 소개를 들은 이휘철의 근엄한 얼굴이 살짝 풀어졌다.

아마, 이 순간 머릿속으로는 수십 가지 경우의수를 계산하고 있겠지만.

"아, 최 선생의 부친이셨구려. 옹은 이 집 주인인 이휘철이라 하오."

최소정도 제법 오랫동안 이 집을 들락거렸으니, 당연히 이휘철과도 면식이 있을뿐더러 식사도 몇 번 함께했다.

'……그때마다 소화불량에 걸려서 내켜 하는 눈치는 아니었지만.'

이휘철이 입을 뗐다.

"식사는 하셨습니까."

"아, 예. 여기 오기 전 먹고 왔습니다."

"그러시면 들러서 간단히 차라도 한잔하시지요."

그의 강압에 가까운 은근한 제안에 최국현은 얼른 손사래를 쳤다.

"아닙니다. 시간도 늦었으니 이만 돌아가려 합니다."

이휘철은 빙그레 미소 지었다.

"하면, 이 집을 찾아 준 객을 밤늦게 돌려보내는 것 역시 예의가 아니라 생각하오만."

그는 필요에 따라선 얼마든지 사교적인 융통성을 발휘할 수 있는 인물이다.

"그러면…… 사양하는 것도 예의가 아니니 실례하겠습니다."

최국현은 별수 없다는 듯, 이휘철의 제안을 따랐다.

"하하핫. 좋소. 그럼 누추하지만 들어오시구려. 그래도 차 맛은 나쁘지 않으니까."

이휘철 기준에선 누추한 건가.

뭐, 재벌가 기준으론 검소한 편이긴 한데.

'……괜한 트러블이 없으면 좋겠군.'

나는 털레털레, 두 사람의 뒤를 따라 집으로 들어갔다.

최국현의 방문에 사모는 호들갑을 떨었고, 한성진과 한성아는 꼬박 인사를 했다.

최국현은 그 환대에 면목이 없다는 듯 행동하면서도 최소정이 이 집에서 받는 대우가 나쁘지 않구나, 하는 생각에 적잖이 마음을 놓은 표정이었다.

개인 서재에서 기다리고 있겠다는 이휘철의 말에 나는 방에서 옷을 갈아입고 금방 1층 서재로 가겠노라 대꾸해야 했다.

'아예 내 존재를 배제하는 것보단 낫지만.'

그나마 이태석이 아직 집에 돌아오지 않았다는 것은 내게 마음의 위로가 되었다.

방에 올라온 나는 옷을 갈아입으며 최소정에게 연락을 할지 말지 잠시 망설였다.

'최소정의 성격상 그녀의 아버지가 여기 온다는 걸 알았다면 내게 귀띔이라도 했을 건데.'

최국현은 최소정에게 알리지 않고 서울로 올라와 나를 만나려 했을 것이다.

그렇다고 해서 최국현의 이번 방문은 충동적인 성질의 그것은 아니었다.

아마, 사업을 접기 직전 마음을 다잡고자 온 것이리라.

'겸사겸사 평생의 사업을 접게끔 종용한 장본인 얼굴도 한번 볼까 했겠지.'

이휘철의 개입만 아니었던들 무방하게 끝날 일이었는데, 세상사란 내 뜻대로 흘러가질 않는다.

옷을 갈아입고 방을 나서자, 마침 2층 복도에선 한성진이 안동댁을 도와 손님방을 정리하는 중이었다.

아직 말이 나오진 않았지만, 최국현은 아마 이휘철의 권유를 이기지 못하고 저택에서 하룻밤 묵어 갈 것이다.

양손 가득 이불을 든 한성진이 내게 눈인사를 했다.

"서재로 가는 중?"

"응."

"흐음, 소정이 누나 아버지께서 방문하실지 몰랐는데. 혹시 알고 있었어?"

"그럴 리가."

나는 어깨를 으쓱였다.

"그분도 내 얼굴이나 보고 가려고 하셨던 거 같아."

"응. 하긴, 다른 짐도 안 갖고 오셨고. 아마 누나네 집이나 호텔에 짐을 풀고 잠시 들르신 거 같긴 해."

한성진은 잠시 생각하다가 말을 이었다.

"그런데 그분도 왠지 누나한테 아무 말씀도 않고 오신 거 같은데……. 왜 그러셨을까?"

"……그야 모르지."

한성진의 눈썰미도 초등학생치곤 제법이었다.

"그러고 보니까 성진이 너, 소정이 누나한테는 아버지 오신 거 연락했어?"

"아니."

"그럼 내가 할까?"

"아니야. 필요하면 아버님이 하시겠지. 신경 쓸 거 없어."

한성진은 고개를 갸웃하다가 끄덕였다.

"흐음. 알았어, 성아한테도 말해 둘게."

한성진은 왠지 내가 뭔가를 감추고 있다는 걸 눈치챈 모양이었지만, 관련해 별다른 말을 꺼내기보단 오늘 있었던 안부를 묻는 것으로 대신했다.

"아참, 골프는 어땠어?"

"무참히 깨졌지."

"하하하, 누군가에게 졌다니, 왠지 너답지 않네. 나도 그 누나 얼굴 한번 보고 싶은데?"

아서라, 그 바닥 인간들은 상종도 않는 게 좋아.

나는 대답 대신 한성진의 어깨를 툭툭 두드려 주었다.

"못 도와줘서 미안. 할아버지가 부르셔서 이만 내려가 볼게."

"신경 쓰지 마."

노크를 하고 이휘철의 서재로 들어가니, 둘은 이미 대화가 한창이었다.

"그러면 사업을 오래했구려."

최국현은 맞은편에 앉는 내게 눈인사를 하며 이휘철의 말을 받았다.

"예. 기술공으로 일하던 때를 포함하면 거의 한평생을 매진해 온 일인 셈입니다."

이휘철은 내 앞에 차를 따라 주며 그 말을 받았다.

"기계가공도 좋은 일이지. 이 사회가 제대로 굴러가게끔
하는 동력이 되는 일이지 않소이까."

싱긋 웃으며 말하는 이휘철에게 최국현은 멋쩍은 웃음을
지었다.

"어르신께서 하시는 일에 비하면 보잘것없습니다."

"어허, 무슨. 나도 어디까지나 운이 좋아 규모가 큰 사업
을 했을 뿐이지, 일에 귀천을 두고 택한 건 아니었소. 처음엔
먹고살자고 시작한 일이었던 것이 주변 사람을 배불리 하고
자 하던 것으로 변해 여기까지 왔을 뿐."

이휘철은 담담하게 뱉은 것에 후룩, 차를 한 모금 마시곤
어조를 바꿔 재차 말을 이었다.

"기계가공도 여러 분야가 있는데, 정확히는 어떤 쪽의 일
이오?"

"프레스 및 절삭 쪽 일을 하고 있습니다. 주거래 업체는
자동차 부품을 납품하는 일이고, 한번은 방위산업 쪽에서도
의뢰를 받았지요."

겸손한 말씨이긴 했으나, 그 속에선 은연중 자부심이 느껴
지기도 했다.

"아하……."

이휘철은 고개를 끄덕였다.

"그러면 최근 바쁘시겠소이다. 그러잖아도 요즘 대호가

사업을 확장하려는 기미가 보이고 있으니 말이오. 선생이 하시는 일도 마침 그쪽이고 하니."

"아, 예. 때마침……."

최국철은 자연스럽게 '얼마 전 대호와 납품 계약을 맺었다'는 것으로 유추되는 대답을 하려다가 잠시 뜸을 들이곤 이를 얼버무렸다.

"……동종 업계에선 그런 움직임을 보이고 있습니다. 어르신도 잘 알고 계시는군요."

"흐흐. 어디서 얕게 주워들은 걸 아는 척하고 있을 뿐이오. 파고들면 밑천이 드러나기 마련이니 그쯤 해 둡시다, 하하."

농담조 뒤 이휘철이 말을 이었다.

"그러면 일부러 바쁜 걸음을 한 건 아니란 거군요."

"예, 그렇습니다. 오랜만에 제 딸 얼굴이나 볼까 해서 왔다가, 이 집에 신세를 지고 있단 걸 간과하기 힘들어 염치없이 찾아왔습니다."

당연히 최소정의 얼굴이나 보러 왔다는 건 구실에 불과할 것이다.

'뭐, 초등학생이 사업을 접으라 했단 말을 전해 듣고 여기까지 찾아 왔다는 것도 남 앞에선 밝히기 꺼려질 일이긴 하지.'

이휘철이 손사래를 쳤다.

"괘념치 마시오. 최소정 선생은 이미 집안 식구나 다름없는 사이니까."

그 말 직후 이휘철은 몸을 슬쩍 앞으로 기울였다.

"오히려 어떻게 그런 훌륭한 따님을 길러 내셨는지 저도 한번 뵙고 싶단 생각을 하고 있었소."

이휘철은 고개를 돌려, 묵묵히 앉아 있는 나를 보며 짓궂은 웃음을 지었다.

"보다시피 우리 성진이만 하더라도 영 천둥벌거숭이라서 말이오, 하하하."

손주 자랑은 돈 내고 해야 한단 말도 있긴 하지만, 그렇다고 남 앞에서 손주 욕을 하고 그러시나.

최국현이 쓴웃음을 지었다.

"아닙니다. 저도 간간이 딸에게 이야기를 듣고 있습니다만, 나이를 잊을 만큼 영특한 소년이라 하더군요. 오히려 가르치는 일이 버거울 지경이라고 하니, 이런 아이를 손주로 둔 어르신께서야말로 지복이실 듯합니다."

이휘철이 자세를 바로하며 너털웃음을 터뜨렸다.

"하하하. 그건 선생이 몰라서 하는 말씀이오. 저 아이는 제 잘난 맛에 살아서, 이 할애비의 눈이 닿지 않는 곳에선 못된 짓만 하고 다닌다오."

말하며 나를 보는 이휘철의 말은 왠지, 마냥 농담처럼 들리진 않았다.

'……이 능구렁이 같은 영감은 대체 어디까지 알고 의뭉을 떠는 건지. 짐작도 못 하겠군.'

피차 언급을 꺼리곤 있지만, 얼마 전엔 운락정 건도 있었으니까.

만일 그때 이휘철이 개입하지 않았다면, 상황은 제법 귀찮고 복잡하게 흘러가고 말았으리라.

'……어쩌면 역사대로 박상대가 국회의원으로 스타트를 끊게 되었을지도 모르고, 심지어는 그 상태에서 경계를 샀을 거야.'

최국현이 웃었다.

"성진 군이 그럴 리 있겠습니까. 저도 사람 보는 눈이 없진 않습니다. 하하."

다행히도 최국현은 그 말을 농담처럼 취급한 모양이지만.

정작 당사자인 나는 등골이 싸한 채였다.

이휘철은 다시 한번 차를 한 모금 마셨다가, 빙그레 웃으며 입을 뗐다.

"그러면 내일은 따님과 서울 구경을 하실 예정입니까?"

"예에. 그 애가 바쁘지 않다면 말이지만요. 느긋하게 63빌딩도 보고, 남대문도 한번 가 보려 합니다. 현판에 쓰인 것이 남대문인지 숭례문인지 제 눈으로 확인을 해 봐야 성이 찰 거 같아서 말이지요."

"서울에 오신 지 얼마 안 되신 모양입니다."

"예, 이제 막 호텔에 짐을 풀고 온 참입니다. 내일 저녁에는 내려가려고 했는데 월요일에는 성진 군도 등교를 해야 할테니, 부득불 결례인 것을 알면서도 댁을 방문하고 말았습니다."

"하하, 괘념치 마시라니까 자꾸. 다시 말하지만 따님은 이미 이 집안의 식구나 다름없는 아이니 말이오."

"신경 써 주셔서 감사합니다."

표면상으론 화기애애한 한담에 불과해 보이는 것이었지만, 나는 이휘철이 사교적인 가면을 쓰고 정보 수집을 하고 있다는 것을 눈치챘다.

아니, 그는 처음부터 그랬을 것이다.

이휘철의 장기 중 하나는 소소한 정보를 취합해 다른 진실에 도달하는 길을 개척하는 것이었고, 여기서 흘러나온 정보를 토대로 그 머릿속에선 얼추 최국현이 여기까지 온 경위에 관한 퍼즐이 맞춰져 있으리라.

'이미 나만 하더라도 방금 전 대화에서 그가 바쁜 짬을 내서 이제 막 서울로 왔고, 아직 최소정과 만나거나 연락하지 않았단 걸 알아냈으니까. 그리고 그렇게 해서까지 나를 만나야 했다는 것까지도…….'

이휘철이 씩 웃으며 입을 뗐다.

"조금 뜬금없는 이야기입니다만, 선생은 어디 최 씨입니까?"

말마따나 확실히 뜬금없는 이야기이긴 해서, 최국현은 어리둥절해하는 얼굴로 대답했다.

"×× 최씨입니다."

"현 자 돌림을 쓰고 계시오?"

"……예. 정확히는 ×× 최씨 ××파 ××대손입니다."

이 시대만 하더라도 '한집안 사람 인맥'이라는 것이 버젓한 자부심인 시기였다.

그 정도는 지방으로 갈수록 더했고, 같은 조건이라면 아무래도 같은 씨족 종파의 손을 들어 주는 것이 당연한 일처럼 여겨졌다.

'그런데 그걸 왜 묻는 거지?'

하지만 정작 나는 이휘철이 왜 그런 걸 물었는지 몰라 어리둥절했다.

'……그냥 사교적 회화일 뿐인가.'

어쩌면 너무 깊이 생각한 건 아닐까 하는 사이, 이휘철이 입꼬리를 올렸다.

"흐음, 이거 참 공교롭구려. 내가 아는 사람 중에도 ×× 최씨 ××파 사람이 있어서 말이오. 마침 현 자 돌림이면 댁에겐 아저씨뻘이 되긴 합니다만."

이휘철의 지인? 그야, 발이 넓기로 둘째가라면 서러울 이휘철이니 있긴 하겠지만.

그뿐만 아니라 우리에겐 남이나 다름없는 ×× 최씨 종가

와도 연이 닿아 있을지 모를 정도로.

이휘철이 웃음을 머금은 채 말을 이었다.

"아주 바쁘지만 않다면 서울 구경 중에 잠시 짬을 내어 함께 식사라도 하시겠소?"

정보가 없는 나는 둘의 대화를 따라갈 수 없었지만, 최국현은 얼떨떨해하는 얼굴 와중 무언가 짐작이 가는 바가 있는지, 희미하게 떨리는 목소리로 물었다.

"……그분이 누구십니까?"

이휘철이 씩 웃었다.

"우 자 돌림을 쓰고 있는 대호의 최 회장이오."

"……."

……대호 그룹 최중우 회장의 이름이 여기서 나온다고?

나 못지않게 놀란 건 최국현이었다.

그는 아무런 말도 못 하고 눈만 껌뻑이다가, 차마 목구멍에서 나오지 않는 말을 꺼내려 입을 벙긋거리곤 마른침을 꿀꺽 삼키듯 찻잔을 연거푸 들이켰다.

그 벌컥거림과 침묵 속에서 이휘철은 마치 최국현이 무슨 말을 할지 알고 있는 것처럼 차 한 모금으로 목을 축인 뒤 말을 이었다.

"어디까지나 가벼운 식사 자리일 뿐이니 너무 어렵게 생각하실 건 없소이다. 최 회장도 어쨌건 밥은 먹어야 할 테고, 그도 저를 아주 싫어하는 눈치는 아니니 박대는 하지 않을 것이오. 하하."

이휘철이 은근한 농담을 섞어 말하자 최국현도 어느 정도 진정이 된 듯 떠듬떠듬 말을 뱉었다.

"하, 하지만 어르신, 저는 고작, 지방에서 조그만 회사를 꾸리는 처지입니다, 어찌 감히……."

이휘철이 턱을 매만지며 최국현의 말을 잘라 냈다.

"어허. 그렇게 말씀하시니 이거 참 서운하구려."

"……예?"

이휘철의 입가에 걸린 미소와 달리, 그 눈매가 서늘해졌다고 느낀 건, 착각이었을까.

이휘철이 입을 뗐다.

"비록 제가 뒷방으로 물러난 늙은이라곤 하나, 선생은 지금 삼광 그룹의 전대 회장인 저와 차를 마시고 있지 않습니까."

"……아."

최국현은 저도 모르게 단말마를 뱉었다.

그 역시도 이번 만남을 부지불식간의 일이어서 자각하지 못했거나, 아니면 이휘철이 주도하는 이 자리의 분위기에 깜빡하고 만 것이 분명했다.

그는 지금 대호의 최중우 회장과 비교해도 전혀 꿀리지 않는, 오히려 업계 평가로만 따지자면 더하면 더했지 못할 리 없는, 대한민국 재계 서열의 한 손에 꼽히는 인물인 이휘철과 마주하고 있는 것이다.

이휘철이 눈웃음을 지으며 말을 이었다.

"나도 그대만큼은 아니겠지만 사람 보는 눈이 옹이구멍은 아니라고 자부하고 있어서 말이오. 기술직에서 출발해 오랫동안 기계 일을 하셨고, 국내 최고의 대학교에 따님을 보냈을 정도인 인물이니 남에게 소개해도 목이 떳떳하리란 생각을 했을 뿐이외다."

"……."

이휘철은 입가에 희미한 미소를 띠었다.

"더군다나 최 회장도 인물 됨됨이가 건실한 업체를 발굴해 그와 손을 잡는 걸 바라 마지않을 것이오. 선생도 일가를 이루고 있으니 잘 알겠지만, 기업이라는 건 어떻게든 이익이 되는 방향이면 양잿물도 들이켜는 법 아니오?"

순간, 나는 최국현의 점잖은 얼굴 아래 이글거리는 욕망의 불길을 보았다.

그리고 그건 이휘철이 의도적으로 끌어낸 불꽃이었다.

'이 순간만큼은 이휘철이 죄 많은 영혼을 노리는 악마처럼 보이는군.'

아니, 아마 크게 다르지 않을 것이다.

내가 아는 이휘철은 초면의 상대에게 마냥 선의로만 대하고 움직이는 그런 인물이 아니었다.

'초면에 국한된 것은 아니지만……. 대체 무슨 의도로 그

런 제안을 던진 거지?'

이후는 최국현의 대답 여하에 달린 일이었다.

이휘철은 상대의 욕망을 통해 그 사람이 누구인가를 재단하는 인물이었다.

분명 이휘철의 제안은 그 누구라도 혹할 법한 것이었고, 빈말이 아니라 그는 실제로도 최중우 회장과 제3자의 만남을 주선할 실행 능력도 갖추고 있었다.

거기에 최국현이 어디 최씨인지는 중요치 않았다.

설령 최국현이 대호의 최중우 회장과 동성동본이 아니라 하더라도, 빙빙 둘러서 비슷한 제안을 던져 왔을 터.

'아니, 어쩌면 이미 최소정을 통해 신상 조사를 끝낸 상태였겠지.'

최국현의 갈등은 길지 않았다.

그는 이내 입을 뗐다.

"어르신의 제안에 감사드립니다."

이휘철의 표정에 변화가 생기기 직전, 최국현이 말을 이었다.

"하지만 저에게는 과분한 이야기라고 생각합니다."

그 말에 이휘철은 눈썹을 씰룩이며 최국현을 보았다.

"과분한 이야기라니?"

그건 최국현이 뱉은 어휘 자체를 향한 물음이라기보단 '내가 방금 했던 말을 반복해야 하는가' 하는 뉘앙스였다.

최국현은 그 얼굴 위로 지금이라도 했던 말을 철회해야 하지 않을까 싶은 짧은 후회를 띄웠다가, 이내 마음을 다잡고 다시 입을 뗐다.

"어르신께서는 제 여식을 귀엽게 봐주셔서 제안을 해 주신 거겠지요. 하오나 어르신."

최국현이 말을 이었다.

"분명 제가 어르신을 뵙고, 또 대호의 최중우 회장을 뵐 기회는 두 번 다시 없을 것입니다만…… 저도 제 입장은 잘 알고 있습니다. 제가 꾸리는 회사의 연 매출은 아마 삼광 그룹에서 쓰는 사무용품 비용 정도에 불과하겠지요."

그 말은 비굴한 자조의 어조를 띠고 있다기보단 명확한 현실 파악에 기반을 둔 것이었다.

이휘철은 빈말로라도 부정하는 대신 가만히 고개를 끄덕였다.

"선생의 말마따나, 두번 다시는 없을 기회요. 그대도 사업가로서 일가를 구축하고 있으니, 이번 인연이 회사로선 도약의 계기가 되리란 것도 알고 있을 터인데?"

최국현이 고개를 끄덕였다.

"알고 있습니다. 어르신의 배려로 대호의 최중우 회장님과 안면을 트게 된다면 회사 입장에서도 이익을 안겨다 줄 수 있겠지요. 하오나."

최국현의 빈 찻잔에 이휘철이 차를 따라 주었고, 그는 묵례 후 말을 이었다.

"그러기엔 저는 늙었습니다."

"허어."

최국현보다 윗 연배인 이휘철이 턱을 긁적였다.

"그건 나더러 들으란 이야기요?"

이휘철의 말에 최국현은 쓴웃음을 지었다.

"아닙니다. 어르신께서는 저보다 훨씬 정정하시지요. 아무래도 늙어 가는 건 개인차가 있는 모양입니다. 개개에 주어진 시간이라는 것에 차이가 있는 것 같더군요. 제 경우는 하루하루가 다릅니다."

그 회한 어린 말에서 나는 눈앞의 이휘철이 처해 있는 상황을 떠올리지 않기 힘들었다.

'원래라면 이휘철도 이 시기, 이 자리에 있어서는 안 될 인물이지만……'

그것과는 별개로 확실히, 자세가 곧고 바른 이휘철과 다르게 최국현은 그 나이에 비해서도 부쩍 늙은 느낌이 물씬했다.

최국현이 말을 이었다.

"실은 은퇴를 고려하고 있습니다."

"흐음……."

"아이들도 이만하면 다 컸고, 모아 둔 돈도 조금 있으니 죽는 날까지 제 한 몸 건사할 정도는 됩니다. 이제는 일선에서 물러날 때도 되었단 생각이 들더군요."

이휘철은 묵묵히 찻잔을 들이켰다.

최소정의 말에 의하면, 그는 얼마 전까지만 하더라도 대출을 끌어와서라도 사업을 확장할지언정 은퇴는 고려치 않고 있었다.

하지만 내가 그녀에게 전언한 것이 계기가 되었는지, 최국현은 회사를 정리하는 것에 앞서 마음을 다잡고자 서울로 올라왔고, 나를 만났다.

이휘철이 찻잔에서 입을 뗐다.

"내 보기에는 그대도 아직 몇 년은 더 일할 수 있을 것 같소만."

"……그렇겠지요. 길면 10년 정도, 어찌 저찌 일할 수 있지 않을까 합니다."

"10년은 짧지 않소."

"예. 긴 세월이지요. 하지만."

최국현은 찻잔의 둥근 테를 엄지 끝으로 만지작거렸다.

짧은 침묵. 그는 망설임 끝에 다시 입을 뗐다.

"제 딸이 그럽디다. 졸업 후 고향으로 내려와서 제가 하는 일을 도왔으면 한다더군요."

"……."

"변변히 해 준 것도 없는데도 혼자서 잘 큰 아이입니다. 자식 자랑은 팔불출이라지만, 주위엔 염치없게도 자랑할 만한 아이지요. 해 준 것 없이 혼자서 국내 최고의 대학이라는 한국대학교에 턱 하고 붙은 아이입니다."

최국현의 담담한 말이 이어졌다.

"그만하면 능력도 있고, 아는 것도 많으니 분명 제 하고 싶은 일도 찾았을 겁니다. 그리고 그건 분명, 조그만 기계가 공 회사의 경리를 보는 일은 아니겠지요."

최국현이 고개를 들었다.

"저는 아비가 되어서 도움은 못 줄지언정 발목을 잡아서는 안 된다고 생각합니다."

근래 윤아름이며 공가희, 또는 조세화처럼 자식을 자신의 욕망에 이입하려는 케이스만 봐 와서인지, 최국현의 말은 내게 다소 낯설게 다가왔다.

'사실, 눈앞의 이휘철도 다르진 않고.'

이태석만 하더라도 그가 하고 싶었던 다른 일이 있었을지 모른다.

전생의 이성진도 그가 가진 부를 아낌없이 누렸을지언정, 정작 회사를 경영하는 일은 건성이었다.

'어쩌면, 내가 개입하지 않았더라도 최국현은 결국 사업을 그만두지 않았을까.'

하지만 괜한 짓은 아니었다.

내가 최소정을 통해 말을 전한 것으로, 최국현은 '사업을 접을 시기'를 잘 맞출 수 있었으니까.

IMF가 터지고 나서 사업을 접으면 때는 늦다.

'결과적으론 잘됐어.'

잠시 생각에 잠겨 최국현이 하는 말을 묵묵히 들은 이휘철이 어조를 고쳐 입을 뗐다.

"선생의 생각이 정 그러하다면 어쩔 수 없구려. 그럼 없던 이야기로 하겠소."

평양 감사도 저 싫으면 그만이라고 말하는 투였다.

"죄송합니다."

"죄송할 거까지야. 나는 선생이 자식 자랑하는 자리를 마련해 주려고 했을 뿐이외다."

이휘철은 껄껄 웃으며 농담으로 이야기를 매듭지었다.

그는 의식적으로 시계를 본 뒤, 그 시선을 다시 최국현에게 향했다.

"차나 한 잔 더 하려고 했건만 밤이 깊었구려. 변변치는 않으나 방 하나를 비워 두었으니 묵고 가시게."

"아닙니다, 더 이상 폐를 끼치는 것도 도리가 아닌 듯하고 옷가지도 호텔에 있어서⋯⋯."

"허허, 최 선생. 내 말하지 않았는가. 이 늦은 시간에 손을 떠나보내는 건 예의가 아니라고. 아니면, 그대는 내 얼굴에 먹칠을 할 셈이던가?"

그 은근한 강압에 최국현도 결국 두 손 들고 말았다.

"어르신의 뜻에 따르겠습니다."

"음."

이휘철은 흡족한 미소를 지으며 나를 보았다.

"성진이는 최 선생을 배웅하고 다시 서재로 오거라."

"예, 할아버지."

……이대로 빠져나갈 수 있길 바랐지만 쉽게 넘어가질 않는군.

서재를 나서는 우리 등 뒤로 이휘철이 말을 이었다.

"그럼 최 선생, 내일 서울 구경 잘하고 내려가시오."

비꼬는 건지 진심인지 모를 말이었다.

2층에 마련해 둔 손님용 방으로 향하면서, 최국현이 내게 말을 걸었다.

"정말로 자네 얼굴만 보고 돌아가려 했는데, 네 조부님까지 뵙고 말았다. 왠지 미안하구나."

"아뇨, 괜찮습니다."

나는 주위에 듣는 귀가 없는 걸 확인한 뒤, 슬쩍 말을 이었다.

"정말로 사업을 접으실 생각이신가요?"

최국현은 계단을 오르며 픽 웃었다.

"성진 군도 내 딸을 통해 그러길 종용하지 않았는가?"

"……."

그야 그렇긴 하지만.

나도 그가 이렇게 쉬이 결정을 내릴 줄은 몰랐다.

"신경 쓰지 말게. 비록 배움이 얕아서 국제 경기가 어떻단 건 잘 모르겠지만…… 덕분에 나도 깨닫는 바가 있었으니까."

"예?"

그는 계단 위의 나와 눈을 마주쳤다.

"부모 자식 간이란 건 어렵지. 자식이 바르게 자라고 엇나가지 않길 바라는 건 당연하지만, 그렇다고 거기에 내 꿈을 이입해선 안 된다고 생각하거든."

"……."

"결국엔 자식 잘되라고 시작한 일이 나중엔 본인의 욕심으로 바뀌어 버리지는 않았는가, 하는 것이야. ……그런 의미에선 자식도 부모의 마음을 헤아리지 못하긴 마찬가지지."

최국현이 쓴웃음을 띤 채 말을 이었다.

"성진 군은 아직 어려서 잘 모르겠지만 효라는 건 참 어렵다네. 착하고 올곧게 크는 걸 바라지 않는 부모는 없지만…… 부모가 자식에게 바라는 건 그런 게 아니지."

"……."

"물론 자식 딴에는 최선을 다한다고 생각하지만, 그렇다고 자식이 자신을 희생해 가면서까지 바람을 이뤄 주길 바라는 건 아닐세. 당시엔 최선이라고 생각하던 것이 돌이켜 보면 부모님은 그런 걸 바란 게 아니었단 걸 돌이키게 만들고 말아. 결국 나도 다르지 않았구나, 깨달은 게지."

그건 내게 들으라고 하는 이야기라기보단, 그 스스로에게 하는 말에 가까웠다.

하지만 한번은 부모님을 떠나보낸 나로서는 마냥 허공에 대고 떠드는 흰소리로만은 들리지는 않는 이야기였다.

최국현은 내 얼굴을 물끄러미 보다가 내 어깨를 툭 두드렸다.

"너무 깊이 생각하진 말고. 나이 든 아저씨의 헛소리니까."

"……아닙니다."

"나도 이만하면 오래했어. 이제 쉬어도 되겠지."

최국현은 그 말을 끝으로 입을 다물었고, 나는 더 이상 가타부타할 수 없어 얌전히 그를 방 앞으로 안내했다.

방은 이미 정리를 마쳐 두었다.

벽걸이 에어컨은 온도와 습도를 최적으로 맞춰 둔 상태였고, 햇볕에 말린 보송보송한 이불 위엔 최국현의 사이즈를 눈대중으로 잰 실크 잠옷이 놓여 있었다.

삼광의 손님 대접에는 부족함이 없다.

"세면대와 화장실은 방 안쪽에 있어요. 갈아입으실 옷가지도 있고요."

"으응."

최국현은 재벌가의 손님 대접에 잠시 어안이 벙벙한 얼굴로 고개를 끄덕였다.

"그럼 편히 쉬세요."

"아참, 성진 군."

방을 나서려는 나를 최국현의 목소리가 붙잡았다.

"네?"

"내 딸을 잘 부탁하네."

나는 미소 띤 얼굴로 대답했다.

"그럼요. 물론이죠."

달각, 문을 닫은 나는 잠시 문 앞에 서서 숨을 골랐다.

'아무래도…… 역시 그런 걸까.'

자식을 가져 본 적 없는 나는 부모의 마음을 모르나.

아버지의 마음을 어림짐작할 수 있는 기회가 없진 않았다.

전생의 나는 아버지의 일자리며 한성아의 거취를 두고 나를 조종하려던 이성진에게 굴복했다.

이를 뒤늦게 알게 된 아버지, 한익태는 늙고 병든 몸을 일으켜 내게 처음으로 손찌검을 했다.

「누가…… 누가 그런 걸 바라기라도 했느냐!」

아플 것도 없는 그 손찌검이, 어째서인지 무척 아팠다.

이후 나는 동생에게 아버지를 맡기곤 당신이 계신 병실에 발길을 끊었다.

그야, 당시엔 화가 났다.

나는 나를 희생해 가족을 지켰다고 여겼는데, 정작 아버지는 나를 힐난했으니까.

그 뒤로도 아버지는 오랫동안 누워 있었다. 나는 그 와중 내가 할 일을 했다.

결국 아버지의 입원비를 대는 것은 나였으므로.

그럼에도 나는 병실을 찾지 않았다. 언젠간 아버지도 내 마음을 알아주리라 생각했다.

아버지의 사후, 그 임종도 지키지 못한 상태로 장례식장을 찾아온 내게 성아가 무표정한 얼굴로 말을 붙였다.

「아빠가 오빠한테 유언을 남겼어.」

물려줄 재산이 있는 것도 아니면서, 하는 생각으로 물었다.

「……뭔데. 내 인장 필요해?」

성아는 고개를 저었다.

「그런 거 아니야. 때렸던 거, 미안했다고 전해 달래. 그리고 그 집에 들어간 것도.」

그 말에는 뒤통수를 얻어맞은 기분이었다.

내가 한 건 가족을 위한 희생이란 말로 포장할 수 있는 그런 게 아니었다.

내 딴엔 그것이 효라고 여겼으나, 그건 효도도 뭣도 아니었다. 나는 그것을 뒤늦게 알아차린 멍청이였다.

임종 직전까지 내게 미안함만 품었던 아버지의 장례를 치른 뒤, 나는 이성진과 관계를 끊었다.

이성진은 내 사퇴를 건성으로 받았다. 그에게 나는 고작 그 정도의 이용 가치만 있을 뿐이었고, 아버지라는 고삐가 사라진 내게 미련을 두지 않았다.

'······그렇다고 이성진의 미간에 총알을 박아 넣게 될 줄은 꿈에도 몰랐지만.'

후우.

나는 한차례 숨을 고른 뒤, 주먹을 꾹 쥐었다.

'이제 이휘철과 독대할 때인가.'

이것도 내가 자초한 일이니 별수 없겠지만.

나는 털레털레 계단을 내려갔다.

서재로 돌아오니, 이휘철은 크리스탈 잔에 브랜디를 따라둔 채 나를 기다리고 있었다.

알코올의존증이 아닐까 싶은 이성진과 달리, 이태석이며 이휘철 두 부자는 음주를 즐기진 않았으나 머리가 복잡해질 때면 이따금 한 잔씩 홀로 술을 찾곤 했다.

'위스키를 즐기는 이태석과 브랜디를 즐기는 이휘철 두 사람의 취향 차는 갈리지만.'

오늘 이휘철이 간만에 술을 꺼낸 건, 그로서도 이번 일로 머리가 복잡하단 방증일 터.

하지만 무엇을 두고 머리가 복잡한지는 알기 힘들었다.

이태석이 술을 마시는 걸 본 게 이휘철이 쓰러지고 회사 내부가 복잡할 때였으니 이휘철도 지금, 그 못지않은 내적 갈등을 술로 해갈하려는 것이 아닐까.

"앉아라."

"예."

그는 내가 자리에 앉길 기다리며 브랜디를 한 모금 마셨다가 툭 하고 말을 뱉었다.

"흥, 싱겁군."

여기까지 향이 훅 끼치는 최고급 코냑 브랜디를 스트레이트로 마시며 하는 이야기이니, 술에 대한 감상은 아닐 것이다.

'최국현을 향한 인물평이로군.'

이휘철이 뱉은 말은 면전에선 허허 웃으며 대했던 것과 달리, 가차 없는 평가였다.

그 무엇보다 자신의 욕망에 솔직하고, 그 욕망을 이루기 위해서라면 친인척, 심지어는 그 친자식에게도 냉혹한 판단을 내릴 수 있는 이휘철과 자식의 미래를 위해서라면 자신의 욕망을 저버리고 물러설 줄 아는 최국현은 상극이었다.

'이휘철이라면 최국현의 입장을 이해는 할지언정 공감은 하지 않겠지.'

그러면서도 이휘철의 입가엔 이 상황이 흥미롭다는 듯 미소가 한가득 걸려 있었다.

나는 가만히 앉아 내가 무어라 입을 떼길 기다리는 이휘철에게 물었다.

"할아버지, 만일 최국현 씨가 할아버지의 제안에 응했다면, 정말로 자리를 주선하셨을 건가요?"

이휘철은 손에 든 잔을 빙글빙글 돌리며 서서히 향을 번지게 하더니, 그것을 흠향만 할 뿐 마시진 않으며 대답했다.

"빈말은 하지 않는다. 그가 하겠다고 마음먹었다면 응당 자리를 마련해 주었을 것이야. 그것 또한 그의 복일 테니까."

"……"

이휘철은 비릿한 미소를 지으며 말을 이었다.

"뭐, 한편으론 그 정도밖에 되지 않는 인간이라고 생각했겠지만, 그 평가가 사태를 좌지우지하진 않겠지."

"……"

그는 브랜디를 한 모금 마시곤 잔을 내려놓으며 다시 입을 뗐다.

"여기까지 찾아올 정도면 담력이 없는 사내는 아니야. 또한 손에 들어올 금덩이를 버리는 것에도 적잖은 용기가 필요한 법이니. 특히 한평생 매진해 온 일을 접는다는 것에도 마찬가지로 적잖은 용기가 필요하다."

그리고 그 흥미가 최국현에서 나를 향해 옮아갔다.

"그리고 한편으론 그런 의사결정에 부추김을 넣은 사람도 있을 것이고."

그 꿰뚫어 보는 듯한 시선에 속이 뜨끔해진 나는 시치미를 뚝 뗐다.

"……무슨 말씀인가요?"

하지만 먹혀들지 않았다.

"감히 나를 떠보는 게냐?"

"아뇨……."

이휘철은 흥, 하며 코웃음을 쳤다.

"설마 이 할애비가 아무것도 모를 거란 생각을 한 건 아니겠지."

아무것도 모르리라 여긴 건 아니었지만, 그가 어디까지 알고 있을지는 모르고 있었다.

이휘철은 나를 뚫어져라 바라보며 입을 열었다.

"뭐, 생각해 보자면……. 아마 처음엔 너도 네 회사에 적잖은 도움을 주고 있는 최소정을 본격적으로 영입하려 말을 던졌을 것이다."

"……."

"최소정은 네 제안을 거절했겠지. 구실은 최국현의 말에 의하면 네 과외 선생은 대학을 졸업한 뒤 가업을 도우려 한 모양이니까, 그와 다르지 않겠고. 그때 성진이 너는 그 집안에서 하는 사업이 기계가공임을 알았을 것이야. 거기서 너는 최국현이 대출을 당겨 사업 확장을 꾀하고 있단 걸 알게 되고…… 너는 그 상황에 최소정을 통해서 개입해 최국현이 사업을 접게끔 권했을 게다. 어떠냐. 내 말이 틀렸느냐?"

이휘철의 말은 마치 처음부터 상황을 보고 있었던 양 정확해서, 표정 관리가 어려웠다.

'혹시 이휘철에게도 전예은 같은 초능력이 있는 건 아닐까?'

그야, 죽다 살아난 인간이니 대관절 무슨 초능력을 얻었을지 모를 일이고.

그런 시답잖은 생각을 떠올리고 있으려니, 이휘철이 나를 보며 싱긋 웃었다.

"네 표정을 보아하니, 정곡을 찌른 모양이구나."

"……예."

정보를 취합해 결론에 다다르는 것 역시 이휘철의 장기 중 하나였다.

이휘철은 득의양양한 얼굴로 입을 뗐다.

"어렵지 않은 유추다. 최근 네가 여기저기 오지랖 넓게 손을 뻗치는 걸 보고 있자면 너는 네 과외 선생과의 의리 때문에라도 이를 가만히 두고 보지 않았을 테니까."

그나마 이휘철이 내 행동을 선의로 포장해 준 건 달가운 이야기였다.

이휘철이 말을 이었다.

"최국현이 사업을 접고 은퇴하기로 마음먹은 건 오래되지 않았을 테지. 모처럼 서울까지 올라왔는데 내일 돌아가야 할 만큼 사안이 시급하다면 응당 일이 결정된 상황에서 어떤 만남이 예정되어 있을 것이고, 그건 아마 은행 대출과 관계된 일일 게야."

이휘철은 비릿한 미소를 지었다.

"그리고 최국현은 회사를 정리하기 전, 마지막으로 딸에게도 말하지 않은 채 감히 평생의 숙원 사업을 접으라고 말한 건방진 꼬맹이 얼굴이나 보려고 서울에 올라왔을 터. 거기서 나를 만난 건 순전히 내 변덕에 기인한 것이지만 말이다."

이휘철은 끌끌 웃으며 브랜디로 목을 축였다.

"뭐, 오는 길에 자가용을 끌고 오지 않았다는 것쯤은 한눈에 봐도 알 법하다. 그가 63빌딩 구경 운운한 걸 보면 기차가 아닌 고속버스를 탔을 게야. 기차로 오면 보이는 63빌딩이 이름만 그럴듯할 뿐 별로 볼 거 없다는 걸 알고 있을 테니까."

앉은 자리에서 거기까지 꿰뚫어 본 이휘철의 직관에는 크게 놀랐지만.

'교통수단 같은 건 별로 궁금하지 않은뎁쇼.'

평소 이상으로 말이 많은 이휘철을 보고 있으려니, 이휘철 부자가 평소 술을 즐기지 않는 건 단순히 술에 약해서가 아닐까 하는 생각이 들었다.

이성진의 알코올 분해 효소는 사모로부터 물려받은 모양이고.

나는 떨떠름한 기색을 감추며 물었다.

"정확합니다. 어떻게 아셨어요?"

"교통수단 말이냐? 그야, 지방에서 여기까지 장시간 운전하는 건 적잖은 체력이 필요하고 네 얼굴만 보고 가려 했다면 자가용을 몰고 왔겠지. 그 정도야 유추할 깜냥도 되지 않는다."

"……."

얼굴에 취한 티는 나지 않았지만, 정말로 브랜디 한 잔에 취기가 도는 모양인데.

왠지 집안에 선물로 받은 술병이 마개도 따지 않은 채 잔뜩 보관되어 있더라니, 그건 한 모금으로도 충분해서 그랬던 건가.

나는 얌전히 이휘철의 오해를 정정했다.

"아뇨, 제가 궁금한 건 그…… 할아버지께서 최국현 씨가 무리한 사업 확장으로 은행 대출을 끌어온 걸 알고 계신다는 점이예요."

이휘철이 '아, 그거' 하고 말하며 턱을 긁적였다.

"그야…… 대호의 최근 행보를 보면 최국현의 사업체에도 응당 무언가 제안이 갔을 것이니까. 거긴 규모는 작아도 제법 건실한 회사일 거다. 하지만 최국현은 대호의 수주 조건을 맞추기 위해 기계를 사야 했겠지. 네가 오기 전 명함을 교환했는데, 여태 상장도 하지 않은 규모의 중소기업이더구나. 회사가 증자를 하지 않는다면 돈을 끌어옴에 은행 대출만 한 것도 없지. 그러잖아도 요새 은행은 남에게 돈을 꿔 주지 못해 안달이니까."

"……최근 대호의 행보 말씀인가요?"

내 질문에 이휘철이 눈을 가늘게 떴다.

"정말로 모르는 거냐, 아니면 모르는 척하는 거냐."

나는 언뜻 서슬 퍼런 빛이 이휘철의 눈을 스치고 지나간 걸 느꼈으나, 태연을 가장했다.

"정확히는…… 할아버지께서 파악하고 계신 것과 제가 알고 있는 것 사이에 무슨 차이가 있는지 모르고 있을 뿐입니다."

나야 미래를 알고 있기에 대호 그룹이 무리한 사업 확장을 꾀하다가 무너져 내렸다는 것을 알고 있지만, 이휘철이 어떤 정보를 쥐고 상황을 재단하고 있는지는 모른다.

'심지어 이미 역사는 바뀌었으니까.'

이휘철은 픽 하고 웃었다.

"좋다. 그러면 한 수 양보해서 내가 아는 바를 알려 주도록 하마."

이휘철이 빙그레 웃으며, 말한 것과 달리 답을 내놓는 대신 내게 질문을 던졌다.

"국내 최대의 자동차 제조 회사가 어디냐?"

그건 대한민국 국민이라면 삼척동자도 알 법한 것이었다.

"그야…… 한대자동차입니다. 그 후발 주자로 대호자동차와 제아자동차며 이봉자동차가 큰 격차로 벌어져 있죠."

"그렇다. 한대 그룹은 여기저기 자잘한 곳에 손을 뻗치고 있지만, 그들의 주력 산업은 자동차지. 그로 인해 대한민국 재계 서열 1위라고 떵떵거리고 있는 거야."

1등이 아니면 만족하지 못하는 이휘철은 불쾌해하는 얼굴로 덧붙였다.

"물론 다른 분야에선 우리가 앞서고 있지만."

아, 예. 걱정 마십쇼, 스마트폰이 나올 때면 삼광이 1위를 차지할 테니까요.

이휘철이 어조를 바꿔 말을 이었다.

"한편 대호는 그 뒤를 쫓아가는 2인자에 불과하다. 그리고 2인자에겐 2인자 나름의 설움이 있지. 하지만 이미 격차가 벌어진 판국에 대호가 한대를 따라잡는 건 어렵다. 정상적으론 차이가 뒤집힐 일은 평생 일어나지 않겠지. 대호가 노력하는 만큼 그 이상으로 한대도 앞서가고 있을 테니까. 자, 여기서."

이휘철이 내게 물었다.

"1인자와 격차가 큰 2인자가 그 뒤를 따라잡기 위한 방법엔 무엇이 있겠느냐?"

초등학생이 할 만한—아니 애당초 초등학생에게 이런 문제를 던지는 것 자체가 이상하지 않나—대답이라면 경영의 질적 상승 및 신제품 개발이라고 답했겠지만.

이휘철이 그런 뻔한 답안을 원치는 않을 것이기에 나는 잠시 생각하다가 대답했다.

"2인자 이하의 동맹인가요?"

"그렇지."

이휘철이 고개를 끄덕였다.

"대호 측으로선 이봉이나 제아 측과 손을 잡으면 한대를 견제할 수 있을 거라 생각할 법하다. 마침 이봉은 엄청난 신상품을 개발 중이라며 약을 팔아 대는 중이고. 다만, 어떻게든 금일 그룹에 회사를 팔아 치우고 싶어 하는 제아는 그럴 생각이 없어 보이지만."

실제 전생에도 대호 그룹은 부채만 3조 4천억에 달하는 이봉자동차를 인수하는 과정에서 소화불량에 걸려 망했다.

그리고 이휘철이 말한 제아자동차는 1997년 IMF 외환위기 때 부도 처리가 난 후 한대 그룹에 매각된다.

'결국 근 미래에도 국내 자동차 업계는 한대가 압도적인 1위를 고수하게 되지.'

이휘철이 말을 이었다.

"어쨌건 대호 입장에선 거기에 더해 다른 2인자들까지 그러모은다면…… 업계 1위인 한대 측과도 제법 상대해볼 만하겠단 생각을 하지 않겠느냐?"

다른 2인자?

이휘철이 빙긋 웃었다.

"얼마 전, 대호의 최 회장이 만남을 청하더구나."

나는 눈을 껌뻑였다.

원래대로라면 이 시기 세상에 없을 이휘철이니 그건 역사에는 없었을 비공식 회동인 셈이었다.

'만일 대호가 이휘철을 통해 자금 지원을 약속받았다면, 판도가 달라지게 돼.'

여기에 직접적으로 언급되지 않은 금일 그룹까지 가세한다면…….

'……내가 아는 것 이상으로 파탄이 나겠는걸.'

나는 다급히 물었다.

"그분과 만나셨나요?"

이휘철이 끌끌 웃으며 고개를 저었다.

"만남을 청했다고 했지, 내가 거기에 응했다곤 하지 않았다."

"……."

"뭐, 하도 만나 달라고 간청하기에 내일 최국현을 데리고 만나 볼까, 생각은 했지."

……역시 이휘철이라고 해야 할까.

그가 최국현을 최중우 회장에게 소개하려 했던 건 단순히 충동적인 선의나 떠보기가 아닌, 모두 그의 계산 아래에 있던 이야기였다.

만일 이휘철이 그의 계산대로 최국현을 최중우 회장에게 소개했다면, 역사는 내가 아는 것과 다른 방향으로 흘러갔을지도 모를 일이었다.

최중우는 이휘철의 '지인'인 최국현을 삼광 그룹의 비호를 받는 바지사장으로 여기며 물심양면으로 지원했을 것이며, 최국현 또한 그 지원하에 대호가 부도나기 전까지 바짝 돈을 땡겨 올 수 있었으리라.

그 와중 이 일에 최국현을 소개한 삼광 입장에서는 손해 보는 일은 커녕, 오히려 이 '소문의 유출'로 인한 주가 상승까지 꾀할 수 있었겠고.

그렇게만 된다면 대호를 제외한 모두가 윈윈인 제안일 뻔했다.

'결국 최국현이 이휘철의 제안을 거절하면서 무산된 이야기가 되고 말았지만.'

이휘철로 하여금 술 한잔 생각이 간절하게끔 만든 건, 그런 그도 최국현이 그 '좋은 제안'을 거절할 줄 몰랐다는 계산 밖의 일 때문이었을까.

이휘철은 잔에 브랜디를 따르며 입을 뗐다.

"그런 상황이니 대호는 일이 성사되기 전 지분을 늘리려 어떻게든 몸값을 올려야 할 터. 그러자면 회계감사 전에 그 실적을 부풀릴 필요가 있지. 그 과정에 대호가 여기저기 침을 발라 두는 중이라는 건 이미 알 사람은 다 아는 이야기다. 그리고 그게 허울뿐이라는 것도……."

이휘철이 브랜디 병에 마개를 꽂으며 나를 보았다.

"하나, 반응을 보아하니 너는 관련해서 아무것도 모르고 있던 것 같구나."

"……."

내가 몰랐던 건, 전생과 다른 방향으로 흘러가는 현 상황이었지만, 나는 그 달가운 오해를 내버려 두었다.

이휘철은 잔을 빙글빙글 돌리며 말을 이었다.

"그러면 성진이 네가 최국현으로 하여금 사업을 접게 한 이유는 무엇이냐?"

이휘철이 간만에 술을 찾은 건 그런 손익계산 이야기 때문은 아니었다.

"어디 한번, 그 생각을 들어 보자꾸나."

그는 내가 처음으로 보는 취기의 빈틈 속에서, 내 역량을

재 보려 하는 중이었다.

나는 이휘철 앞에서 내가 어디까지 알고 있는지, 그 손패를 내놓아야 할 범위를 속으로 가늠했다.

'그리고 그건 이휘철이 상식선에서 납득할 수 있는 범주여야 할 거야.'

다행히도 내겐 이 몸에 들어와 지냈던 지난 몇 년간 꾸준히 받아 온 밥상머리 교육으로 체득된 지식이란 명분이 있었다.

'분명 이휘철은 밥상머리 교육의 와중 앞으로 있을지 모를 국가 부도의 날을 넌지시 언급한 적이 있었지.'

또 잘만 하면.

이휘철을 내가 계획 중인 일에 끌어들일 수 있을지도 모를 일이었다.

'이휘철을 제어하는 건 신중해야 할 테지만.'

언감생심 나도 내가 이휘철을 통제할 수 있으리라 생각하진 않는다.

설령 이빨 빠진 호랑이라 하더라도, 초등학생 하나쯤 찍어 눌러 죽여 버리는 것쯤은 아무것도 아닐 테니까.

나는 생각 끝에 입을 뗐다.

"저는 그저, 빚내서 사업을 해선 안 된다는 원칙을 떠올렸을 뿐이에요, 할아버지."

"흐음?"

이휘철은 한쪽 눈썹을 씰룩였다.

물론 그것만으로는 충분치 않다. 그는 한편으론 내가 생각하는 것 이상으로 나를 고평가하는 경향이 있었으니까.

나는 대답을 기다리는 이휘철에게 말을 이었다.

"들으니 할아버지의 예상대로 최국현 씨는 얼마 전 대호와 협력 업체로서 계약을 맺었더군요. 저는 얼마 전 소정 누나를 통해 최국현 씨네 회사는 대호에 납품할 부품 수주를 위해 새로운 기계 장비를 들이려 은행 대출을 받았다는 이야기를 전해 들었어요."

이휘철은 그럴 줄 알았다는 듯 고개를 끄덕였다.

"거기서 너는 금번 계약이 최국현으로 하여금, 그 회사가 감당하기 힘들 만큼 큰 먹거리라고 여긴 것이냐?"

"예……."

"흐음, 하지만 이는 어디까지나 네가 말한 원칙의 원론 중 하나에 불과하다. 무릇 사업가라고 하면 기회가 왔을 때 모든 자원과 노력을 일점 돌파하여 이를 잡아낼 줄도 알아야 하는 법. 일찍이 너에겐 자기자본으로 사업하는 일이 최선이라 말해 왔으나, 상황 여하에 따라선 모든 대출이 무슨 죄악인 것은 아니다."

그 와중 이휘철은 은근한 압력으로 나를 떠보는 것도 잊지 않았다.

'나 참, 방금 전까지만 해도 대호와 계약하는 것이 짚단을

짊어지고 불구덩이 속으로 직행하는 것인 양 말해 놓곤.'

하지만 이휘철이 요구하는 바는 그가 가지고 있는 정보의 토대 위에서 내린 결론이 아닌, 내가 가진 정보에서 결론에 다다른 과정이었다.

나는 떨떠름한 기분이 얼굴에 드러나지 않게끔 신경 쓰면서 말을 받았다.

"그것도 있지만요……. 저는 돈을 끌어온 출처가 어디냐에 따라선 신중할 필요가 있다고 여겼을 뿐이에요. 사실 저는 최국현 씨의 회사뿐만이 아니라 부채 비율이 자본의 200%를 넘어서는 다른 회사도 마찬가지로 경영이 건전하지 않다는 생각을 하고 있거든요. 설령 자금의 출처가 은행이라 하더라도 말이에요."

대다수가 보증하는 가장 대표적이고 안정적인 대출의 대명사인 은행이 마음에 걸렸다는 내 말에 이휘철은 눈을 가늘게 떴다.

"……은행이?"

"네. 게다가 공교롭게도…… 제가 알아보니 얼마 전부터 국내 은행들이 각종 종금사를 끼고 너나 할 것 없이 태국이며 인도네시아 금융시장에 뛰어들고 있더라고요."

비단 은행뿐이랴, 지금은 기업 내부에 속한 여러 펀드 기관들까지 황금의 땅 엘도라도를 찾아 떠나는 스페인 선박처럼 동남아시아라는 기회의 땅을 향해 돛을 펼치고 있었다.

이는 사실상 정부 주도의 돈놀이라고 말해도 아주 과장은 아니었다.

나는 이휘철의 계속해 보라는 눈짓에 마른침을 삼키곤 말을 이었다.

"하지만 할아버지도 아시다시피 현재 동남아시아 금융권은 거품이 잔뜩 낀 거잖아요? 그러다가 만일 태국 금융 시장의 거품이 꺼지게 된다면, 그때부터 은행은 부랴부랴 원금을 회수하려 할 거고…… 제1 타겟은 대출금을 거둬들이기 좋은 중소기업을 향할 거라고 생각했습니다."

"……크크."

이휘철이 가소롭다는 듯 웃었다.

"네 말은 즉, 태국이며 홍콩, 인도네시아 등지에 있는 금융시장의 거품이 무너지게 되면 은행이 각 중소기업의 채권을 회수할 거란 이야기 아니냐?"

"그렇습니다."

"그렇게 된다면 사태는 최국현의 회사에 국한된 이야기가 아니게 되겠구나. 그리고 그 과정에서 여러 중소기업의 부도가 일어날 것이고."

비단 중소기업뿐만은 아니지만 나는 가만히 고개를 끄덕였고, 이휘철은 그 눈에 실망한 기색을 감추지 않으며 술을 홀짝였다.

"그건 신중하다고 말하기보단 오히려 땅이 꺼지고 하늘이 무너질 거라 걱정한 기나라 사람의 우려에 가깝다."

"……기우인가요?"

어쩌면 너무 당연한 일이어서 이휘철 역시 간과하고 있는 문제였을지도 모른다.

은행이 무너진다는 건, 다시 말해 국가 전체의 위기로 확대될지도 모를 일이었다.

매사 신중하기 그지없는 이휘철도 그런 괴멸적 상황은 생각해 보지 않았거나, 아니면 국가 부도 직전에 내몰린 미증유의 사태를 앞에 두고 낙관했을지 모른다.

내가 그때 최국현의 사업 확장을 만류한 건 그저 대호의 실적 부풀리기 아래서 희생될 조그만 회사를 구원하기 위한 것이 아닌, 롯으로 하여금 범국가적 재난을 대비해 황급히 소돔을 떠나라 말하는 선각자적 성격마저 내포한 것이었다.

"그래, 기우다. 뭐, 하지만 아주 말도 안 되는 이야기는 아니겠구나. 만일 사태가 네 말대로 흘러간다면……."

이휘철도 그것을 깨달은 걸까, 내 말을 기우 취급하며 웃어넘기려던 이휘철은 일순 멈칫하더니 술잔을 내려놓고 표정을 딱딱하게 굳혔다.

"……그렇게 된다면, 대호가 분식 회계로 이런저런 일을 벌이는 것쯤은 아무것도 아니란 이야기가 되겠지. 대마불사
(大馬不死 : 바둑에서 큰 말은 죽지 않는다는 의미로, 여기선 대기업은 금융 위기에도 흔들리지 않고 굳건할 것임을 뜻한다)도 옛말이 될 것이야."

은행 부도는 국가 재난의 시작일 뿐이다.

IMF의 원인은 비단 태국 금융시장 붕괴 탓만은 아니다. 여기엔 다변적이고 복합적인 요소가 작용했다.

'물론 정부에서 선동하듯 국민들의 잦은 해외여행과 사치 때문은 아니지만.'

여기엔 엔화 가치의 절상, 한국의 OECD 국가 등록을 위한 다량의 외화 유출, 그에 따른 대외무역 양상의 변화와 사회 전반의 낙관적인 분위기와 달리 속에서 곪아 가고 있던 경상수지 적자 등 수많은 요소가 수반된다.

내가 예시로 든 태국 금융시장 붕괴는 단적인 경우 중 하나일 뿐이었고, 종합적으로 보자면 정경 유착 등 국내 금융시장의 모럴 해저드와 안일했던 정부의 실책 등이 맞물린 결과였다.

줄곧 '위기'라는 말을 입버릇처럼 달고 다녀서 그 호를 봉효가 아닌 '위기'로 바꿔야 한다는 농담까지 오가는 이휘철이었으나, 그런 그도 국가 부도의 가능성을 떠올리며 표정이 자못 심각하게 변했다.

그도 내 말을 곰곰이 생각하면서 이 일련의 연쇄 작용이 마냥 허황된 이야기는 아니라는 것을 깨달은 듯했다.

"거품이 낀 건 한국도 마찬가지인가."

혼잣말을 중얼거리는 이휘철은 술이 완전히 깬 듯 보였다.

전생엔 이 시기 존재하지도 않았던 이휘철이 앞으로 있을 일에 경각심을 가졌다.

이번 일이 앞으로 있을 이번 생의 역사에 어떤 영향을 끼치게 될지, 지금의 나로서는 예측하기 어렵다.

'뭔가가 변할까. 아니면, 역사대로 흘러가게 될까.'

아무리 이휘철이 거물 경영인이라 할지라도, 지금은 일선에서 물러난 이빨 빠진 호랑이에 불과했다.

그가 인맥과 재산을 동원해 가며 정계에 줄을 대던 것도 옛말이고, 지금은 그가 예전에 일으켰던 물보라의 옅은 파문만이 남아 잔물결을 일으키는 것이 고작인 것도, 잘 알고 있었다.

이휘철이 입을 뗐다.

"성진아."

"예, 할아버지."

이휘철이 나를 물끄러미 바라보았다.

"만일 네 말대로라면, 이는 국가 전체의 위기와 다름없는 이야기가 될 것이다."

"……."

"그렇다면 너는 여기서, 대체 무엇을 하고자 하는 거냐?"

순간적으로 나는 이휘철이 던진 말의 저의를 잡아낼 수 없어서 멈칫했다.

그 물음은 이 상황을 내다보고 있는 내게, 이 사태와 관련

하여 사업가로서 무슨 이득을 얻을 수 있는지 묻는 것처럼도 들렸고, 한편으론 미증유의 국가적 위기 앞에 국민으로서 어떤 의무든 간에 감수할 의지가 있는지 묻는 것처럼도 들렸다.

'이따금 생각하는 거지만, 이휘철은 내가 아직 초등학생에 불과하다는 걸 간과하는 것 같군.'

냉정하게 말해서, 이제 갓 중견기업으로 거듭나려는 회사 사장에 불과한 내가 국가적 재난을 앞두고 보신 이상의 무언가를 할 수 있으리란 생각은 하지 않는다.

설사 그럴 만한 의지가 있다 한들, 능력이 미치지 않는다.

그건 내가 삼광 그룹 전체의 경영을 좌지우지할 수 있는 위치여도 마찬가지일 것이다.

닥쳐올 피해를 최소화할 수는 있을지언정, 100만에 달하는 실업자와 3,000여 개 기업이 도산하게 될 그 사태 자체를 없는 일로 할 수는 없으리라.

'침묵이 길었어.'

나는 미동도 없는 이휘철의 올곧은 자세를 인식하면서, 어깨를 움츠렸다.

"저로서는 그저, 눈이 닿는 범위에서 리스크를 최소화할 방법을 찾을 뿐이에요."

"그중 하나가 최국현의 회사가 은행 부도를 맞지 않게끔 하는 일이냐?"

나는 고개를 끄덕였고, 이휘철은 쓴웃음을 지었다.

그에게 그럴 만한 목적이 있는 것이 아닌 한, 그의 생각하는 바가 표정으로 드러나는 경우는 몹시 드문 일이었다.

"가끔 생각하는 것이긴 하다만 성진이 너는 늘 그렇구나."

"예?"

"이따금 나도 깜짝 놀랄 만큼 대국적인 견지를 갖고 있으나…… 약간의 오지랖을 제외하면 결국은 네 스스로의 혹은 극소수 주변인의 보신만을 생각할 뿐이지."

"……."

그건 이휘철의 나를 향한 통찰력이 담긴 신랄한 평가였으나, 그렇다고 해서 그게 내 본질을 폄훼하거나 힐난하려는 느낌은 아니었다.

이휘철이 말을 이었다.

"그래서 너는…… 아니, 아무것도 아니다."

이휘철은 내게 무언가 사적인 것을 물으려는 듯하다가 입을 다물고 어조를 고쳐 말을 이었다.

"밤이 깊었다. 이만 들어가 보거라."

그 부드러운 축객령을 앞에 두고 나는 거기에 응하기로 했다.

'여기 더 붙어 있어 봐야 득 될 것도 없고…… 한편으론 이휘철도 이번 일로 생각할 거리가 많아 보이는군.'

어쩌면 그는 내가 나가자마자 비서를 불러 시중 은행의 동향을 알아보게 시킬지도 모를 일이다.

나는 일어서며 고개를 숙였다.

"예, 안녕히 주무십시오, 할아버지."

"그래."

돌아서서 서재를 나서려는 나를 이휘철의 목소리가 붙들었다.

"잠깐."

"예?"

고개를 돌리니 이휘철은 내가 전생과 현생을 통틀어 한 번도 본 적 없는 감정적인 얼굴로 나를 물끄러미 쳐다보고 있었다.

"……."

그 침묵 속에서 무슨 일로 나를 불렀는가를 묻기 전, 이휘철이 입을 뗐다.

"……회사 경영은 적성에 맞는 것 같으냐?"

혹시 최소정을 위해 회사를 접은 최국현을 염두에 둔 것일까?

설마.

나는 이휘철이 그렇게 감상적인 인물이 아니라는 걸 생각하면서 고개를 끄덕였다.

"예, 할아버지."

"……그래. 그러면 됐다."

이휘철의 이만 가 보라는 손짓에 나는 몸을 돌려 서재를 빠져나왔다.

나오기 직전, 나는 왠지 이휘철이 따라 둔 술을 단박에 들이켜는 모습을 본 듯했다.

다음 날 나는 핸드폰 문자메시지를 통해 조세광과 조세화 두 남매를 호출했다.

갑작스러운 연락이어서 응할지 자신은 없었으나, 두 사람은 의외로 내 부름에 순순히 응해 주었다.

'이왕이면 조세광도 한자리에 있어 주는 편이 안심이 되지. 설령 호출에 응하지 않더라도, 작전상 그도 내가 부르긴 했다는 걸 알아 둬야 하고.'

장소는 이진영에게 부탁해 시저스 2호점을 빌리기로 했다.

조세광과 조세화 두 사람도 알고 있는 장소인 데다가 서울 근교의 접점을 찾으려면 그만한 장소도 달리 없었다.

아니, 다른 장소도 있긴 하겠으나 아직은 나도 영 앤 리치 클럽에 본격적으로 가입되기 전이었으니까.

'이왕이면 이야기가 다른 곳에 새어 나갈수록 좋고. 지금으로선 거기가 최선이지.'

강이찬이 운전하는 승용차 뒷좌석에 앉아, 나는 주머니 속의 도청기를 만지작거렸다.

'그럼 이쪽은 이쪽 나름대로 분란을 조장해 볼까.'

4장

다른 사람에게 목소리가 새어 나갈 일 없는 시저스 2호점 안쪽 방에는 조세광이 탁자에 발을 올린 채 의자를 까딱이고 있었다.

"어떻게 된 게 초딩이 나보다 늦게 오냐?"

심지어 교복 차림도 아닌 게, 보아하니 오늘 하루 땡땡이를 친 모양이었다.

나는 그 맞은편에 앉아 인사 대신 말을 건넸다.

"아직 세화는 안 온 모양이네요?"

"뭐, 때가 되면 오겠지."

조세광은 귀를 후비곤 후, 하고 손가락에 입김을 불어 귀지를 날렸다.

"너 어제 세화랑 둘이서 골프 쳤다며?"

"네."

"어땠냐?"

나는 어깨를 으쓱였다.

"완전히 졌어요."

"크크, 그건 나도 들었지. 수영복 차림이 볼만했다던데?"

조세화한테 들은 건가.

"뭐, 내가 묻고 싶은 건 그런 게 아니라."

커피를 홀짝이던 조세광이 나를 물끄러미 쳐다보았다.

"혹시 내 동생한테 이성적인 호감 같은 걸 느꼈냐는 건데."

내가 조세화와 단둘이 골프를 친 것으로 인해 조세광은 무언가 단단히 오해하고 있는 모양이었다.

"에이, 그런 거 아니에요. 없어요, 그런 거."

"그런 놈이 내 동생 수영복 차림을 내기로 걸어?"

그걸 보고 싶단 생각은 추호도 하지 않았는데.

심지어 져 줄 생각이었고.

그렇다고 해서 내 수영복 차림을 만천하에 공개하는 취미가 있는 것도 아니지만.

"뭐든 내기를 거는 쪽이 재밌잖아요?"

"어쭈, 의외로 승부사 근성이 있는데."

"그 정도도 없으면 사업은 못 하죠."

조세광이 픽 웃었다.

"새끼, 거시기에 털은 났냐?"

"……."

"아, 맞아. 저번에 목욕탕에서 보니까 반들반들하던데, 크크."

남이사. 마음 같아선 주방의 피자 화덕 옆에 놓여 있는 삽으로 때려 주고 싶었지만, 나는 미소만 지어 주었다.

그런 내 표정을 보며 조세광은 시시하다는 듯 혀를 쯧 하고 차더니 툭 던지듯 물었다.

"우리 집 영감탱이 병문안도 갔다지?"

"아…… 네. 골프를 치고 난 뒤엔 조성광 회장님을 찾아뵀죠."

"집에 인사까지 드리는 사이, 뭐 그런 거냐?"

"……."

"흥, 의미도 없는 짓을. 어차피 오늘내일하는 영감탱이."

투덜거리는 조세광의 어조 속에서 나는 은연중 두 남매 사이에 조성광 회장의 차별 대우로 인한 서운함이 묻어 있단 낌새를 느꼈다.

"아버지랑도 만났다면서."

이어진 그 질문은 일견 가벼웠으나, 이번에도 역시 조세화를 향한 경쟁 심리 같은 것이 묻어 있었다.

'혹시라도 내가 조세화랑 괜찮은 사업을 시작하려는 건 아

닌가, 하는 우려가 섞여 있겠지.'

조세화를 향한 조세광의 심리는 복잡했다.

조세광에게 그녀는 남매로서의 정뿐만 아니라 경쟁 상대로서 느끼는 경쟁 심리 같은 것이 다분했다.

거기까진 '평범한 부류'였지만.

그 현시점의 표면적인 평범함과 전생에 파탄이 나다시피했던 두 사람 사이의 간극을 떠올리면 이미 그 단초가 마련된 일이기도 했다.

'불붙지 않은 폭탄인가. 조성광의 사후, 유언장 공개가 이루어지면 그 질투가 본격적으로 점화되겠지.'

나는 미소 띤 얼굴로 자연스럽게 그 말을 받았다.

"우연히 뵈었어요. 조성광 회장님의 문병을 갔다가 엘리베이터 앞에서 잠시."

"무슨 이야기라도 했어?"

"별 이야기는 나누지 않았어요. 워낙 바쁘신 분이어서 인사 정도만 주고받았거든요."

조세광은 '하긴' 하고 코웃음을 치며 의자를 까딱였다.

"……그러냐."

"네, 그리고……."

나는 일부러 말끝을 흐렸다가, 아차 하며 입을 다물었다.

"……그리고, 뭔데?"

"아뇨, 이건 세화가 오면 말할게요."

"흥, 싱겁긴."

조세광이 이미 어느 정도 정보를 알고 있으면, 나로서도 일이 편해진다.

얼마 안 있어서 교복 차림의 조세화가 주위를 두리번거리며 찾아왔다.

"여기."

조세광이 신호를 주자 얼굴이 마주친 조세화는 인상을 구기며 다가오더니 내 곁에 앉으며 생긋 웃었다.

"안녕, 어제는 잘 들어갔어?"

"응. 덕분에."

조세광은 그런 조세화를 보며 고개를 저었다.

"나한텐 인사도 안 하면서, 이건 무슨 온도 차이냐?"

"왜, 서운해? 우쭈쭈 해 줄까?"

"이게 미쳤냐?"

"탁자에 올린 발이나 치워."

"내 맘이다."

저러는 걸 보면 일견 평범한 남매처럼도 보인다.

조세화까지 합류하자 조세광이 나를 쳐다보며 물었다.

"그나저나 무슨 일이냐? 이 시간에 밥이나 먹자고 부른 건 아닐 테고."

역시 조세광, 눈치가 제법 빠르다.

나는 가타부타 할 것 없이 탁자 위에 도청기를 올려놓았다.

"응?"

탁자 위에 놓인 도청기를 본 조세광과 조세화는 어리둥절한 얼굴로 서로를 쳐다보았고, 나는 일부러 진지한 표정을 지어 보였다.

"이게 뭐냐?"

조세광은 탁자 위에 올린 발을 치우며 자세를 바로 했고, 그 물음에 나는 담담히 말을 받았다.

"도청기예요."

"……도청기?"

"도청기라니, 대체……."

조세화는 말끝을 흐렸고, 조세광은 무표정한 얼굴로 나를 바라보았다.

"……그래서, 이게 왜?"

"이 도청기는 회장님 병실에 설치되어 있던 거예요."

내 담담한 대꾸에 조세광은 눈을 매섭게 치뜨며 나를 노려보았다.

"뭐?"

눈빛만으로도 능히 사람을 잡아먹을 정도지만, 나도 산전수전 다 겪어 본 몸이다. 하물며 아직 미숙한 상태인 조세광에게 겁을 집어먹을 리 없다.

'그보단 화낼 대상은 내가 아닐 텐데?'

나는 조세광의 시선을 피하지 않고 똑바로 받았다.

'머리나 좀 식히라고 한마디 해 줄까.'

그때 조세화가 우리 둘 사이에 팔을 뻗어 가로막았다.

"잠깐만. 일단 사람 말은 끝까지 들어 봐야지. 성진이가 그걸 할아버지 병실에 설치했단 것도 아니잖아?"

"……."

조세광은 팔짱을 끼며 혀를 쯧, 차고, 조세화가 조세광 못지않은 진지한 얼굴로 나를 보았다.

"……그래서, 도청기? 그게 왜 성진이 너한테 있는 건데? 너네 병원이라서?"

아, 조세광은 방금 전까지 그렇게 생각했을지도 모르겠군.

나는 오해가 없게끔 두 사람에게 내가 도청기를 손에 넣게 된 경위를 설명해 주었다.

"……세상에."

조세화는 놀람 반 서운함 반이 묻어나는 얼굴로 말을 이었다.

"할아버지가…… 그럼 너, 어제는 왜 아무 말도 안 했니?"

나는 어깨를 으쓱였다.

"그야 이건 조성광 회장님이 내게 맡긴 거니까. 일단 내 손에 도청기가 들어온 이상, 그걸 어떻게 할지 여부도 내 선택과 책임이 되는데?"

내 대구에 무어라 반박하려던 조세화는 그 말이 정론이라는 생각에 미쳤는지 입을 꾹 다물었다.

그 대신 잠자코 있던 조세광이 끼어들었다.

"내용은? 들어 봤냐?"

"네, 그럼요."

"……그걸 네가 왜 들어 봐?"

이쯤 해서 나는 조세광에게 조금 강하게 맞서 주기로 했다.

이제는 더 이상 굳이 그 앞에서 실실거리며 웃어 줄 필요는 없어졌으니까.

"형, 지금 화를 낼 상대를 잘못 고르신 거 같은데요?"

"……무슨 소리냐."

"뭐긴요, 저한테 도청기가 들어온 시점에서 제가 선택할 수 있는 옵션은 여러 가지가 있었었음에도 불구하고."

나는 조세광의 시선을 똑바로 받았다.

"두 사람만큼은 굳이 이 자리를 마련한 제 진심을 알아주었으면 하는 겁니다. 아니면, 그냥 이대로 돌아갈까요?"

"지금 시비 거는 거냐?"

나는 어깨를 으쓱였다.

"머리나 좀 식히란 의미예요."

"……이 새끼가."

조세화가 황급히 끼어들었다.

"정말, 싸우지 마! 성진이 너 오늘따라 왜 그러니? 오빠도 지금 그럴 때가 아니잖아."

결국 조세광은 누구에게랄 것 없는 분노를 스스로 억눌렀다.

아쉽군. 조세광이 내게 손찌검을 한다는 선택지도 옵션에는 있었는데.

"……그래서 무슨 내용이었는데?"

나는 이어폰을 꺼내 도청기 단자에 꽂은 뒤, 두 사람에게 각각 하나씩 건넸다.

"그게 오늘 두 사람을 한자리에 부른 까닭이에요. 일단 들어 보시겠어요?"

조세광은 묵묵히 이어폰을 한쪽 귀에 꽂았다.

조세화도 대답 대신 자리를 옮겨 조세광 옆자리로 가서 한쪽 귀에 이어폰을 꽂았고, 나는 재생 버튼을 눌렀다.

"……"

"……."

청취 후, 조세광이 귓속의 이어폰을 빼냈다.

"내용은 별거 없는데."

"……그러게."

조세화의 맞장구까지.

이 상황에서 말투가 조금 부드러울 수 있었던 건, 남 없는 자리에서 흘러나온 조성광을 향한 조설훈의 진심이며 내 악의 없는 혼잣말을 들었기 때문이리라.

더군다나.

'거기에 이미 유의미한 정보는 없을걸.'

나는 어제 유상훈과 헤어진 직후 녹음실로 테이프를 가져가 조작을 가했고, 두 사람이 듣고 있는 건 원본이 아닌 수정이 가해진 판본이었으므로.

두 사람이 들은 내용은 조설훈의 안부와 내 혼잣말에 불과할 것이고, 핵심 내용인 조설훈의 통화 내용은 그가 자리를 옮겼다는 것에 기인해 들리지 않게끔 일부러 뭉개 두었다.

'경찰 운운하는 건 지금 두 사람에게 알려 봐야 나한테도 득 될 것이 없으니까.'

일단은.

조세광이 눈을 가늘게 뜨며 입을 뗐다.

"도청기의 존재와 내용을 알고 있는 건 누가 있냐?"

"지금은 저희 세 사람과 제 변호사, 그리고 조성광 회장님뿐이에요."

"……도청기를 설치한 인간을 제외하면, 말이군."

착, 하면 척이네.

조세광의 욱하는 성질머리는 둘째 치더라도 사태의 본질에 접근하는 직관은 제법이었다.

'그러니 되도록 일찍 싹을 잘라 두는 게 편한데.'

조세화가 어처구니없다는 듯한 어조로 끼어들었다.

"성진이 넌 이걸 네 변호사한테 말한 거니?"

그녀는 어저께 헤어질 당시, 내가 '변호사와 만날 약속이 있다'고 말했던 걸 떠올렸는지 원망 섞인 눈으로 나를 바라보았다.

"걱정 마. 변호사에겐 비밀 유지 의무가 있으니까."

"그래도 그렇지……."

조세화가 인상을 구겼다.

"그러면 성진이 너는 어제, 병원에서 도청기를 손에 넣자마자 없던 약속을 만들어서 네 변호사를 찾아갔단 거잖아?"

"그렇게 볼 수도 있겠네."

"말 돌리지 마. 이건 우리 가족 문제이기도 해. 할아버지께서 도청기를 맡겼다면, 당연히 나한테 알려 줘야 하는 거잖아."

나는 그 말에 빙그레 미소를 지어 주었다.

"그 가정사에 끼어들게 된 내 입장은? 이 일에 휘말리고만 내 입장도 고려를 해 주면 좋겠어. 이젠 나도 아주 무관한 입장은 아니게 됐거든."

"……너."

욱하는 조세화에게 이번엔 조세광이 냉정한 말씨로 끼어들었다.

"됐어. 넌 가만있어."

"그치만, 오빠! 상황이……."

"잠깐 닥치고 있으라고 했지."

"……"

한차례 찬물을 끼얹어 준 보람이 있군.

조세광은 팔짱을 낀 채 탁자에 몸을 바짝 붙였다.

"건방지긴. 내용은 이게 전부냐?"

"네. 들었잖아요?"

"……썩을."

조세광은 나직이 욕지기를 중얼거리면서 머리칼을 위로 쓸어 올렸다.

"상황이야 어쨌건 이성진의 입장도 이해 못 할 바는 아니야. 나라도 그랬겠지. 그야, 마음에는 안 들지만."

조세화가 조세광을 쳐다보았고, 그는 탁자에 팔을 괸 채 이마를 짚었다.

"야, 조세화. 어제 너 갔을 때 대기 당번 누구였냐?"

"……길태 아저씨."

으득.

조세광이 이 가는 소리를 냈다.

"그러면 도청기를 설치한 건 그 새끼겠군."

"……무슨 소리야?"

조세광은 설명하기 귀찮다는 양 손을 내저었고, 조세화가 고개를 돌려 나를 보는 바람에, 나는 엉겁결에 그 바통을 넘겨받았다.

"카세트테이프 용량을 생각해 보면, 장시간 설치해 두고 녹음하는 건 힘들지. 기껏해야 길면 1시간…… 안정적으로는 40분 정도가 한계고. 그러니 도청기를 설치한 사람은 때에 맞춰 도청기를 베개 속에 밀어 넣고 이를 회수하는 방식을 택해야 했을 거야. 이를테면…….”

“우리 아빠가 방문할 때처럼?”

나는 고개를 끄덕였다.

“맞아. 조설훈 사장님과 우리가 스치듯 방문했던 것을 생각해 보면, 그 사람은 아마 회수할 시간이 없었겠지. 그러니 내가 도청기를 손에 넣은 건 우연인 셈이야.”

“……잠깐만.”

조세화가 눈을 깜빡였다.

“그렇다면, 길태 아저씨는 지금 설치한 도청기가 사라졌다는 걸 알고 있겠네?”

“그렇지. 그래서 말했잖아, 이젠 나도 이번 일과 무관하지 않게 됐다고.”

“…….”

귀찮은 일을 내게 떠넘긴 채 잠자코 있던 조세광이 끼어들었다.

“여기서 길태 그 새끼가 도청기를 회수한 인물로 생각할 수 있는 사람은 이성진 너랑 조세화, 그리고 아버지 정도겠지.”

“아빠가?”

조세광이 코웃음을 쳤다.

"그 새끼는 도청기가 사라졌다는 것만 알 뿐, 그게 '언제' 사라졌는지 몰라. 그나마 아버지가 회수했을지 모른단 가능성이 너나 이성진에겐 방패막이가 되어 주고 있는 것뿐이고."

조세광이 비릿한 미소를 지었다.

"흥, 모르긴 몰라도 그쪽은 난리가 났겠지. 뭐, 어쩌면 아직 그 작자에게 보고를 하지 않은 걸 수도 있고. 만일 도청기가 없어졌다는 게 들키면 그냥 쪼인트 까이는 일로 끝나진 않을 테니까."

역시 꽁으로 그 윗자리까지 올라간 건 아니라는 것일까, 조세광은 아직 어린 나이임에도 그럴듯한 추리를 하고 있었다.

'이성진이나 조세광이나 나쁜 일엔 머리가 잘 돌아가지.'

조세광은 내 물끄러미 바라보는 시선을 어떻게 해석했는지, 피식 웃었다.

"뭐, 단순한 이야기야. 지금 우리 집안은 아버지랑 조지훈 그 새끼 둘이서 유산 상속을 두고 싸우는 중이거든."

조세화가 다급하게 끼어들었다.

"오빠, 지금 그걸 성진이한테 말하면……."

"왜? 성진이랑은 이미 한배를 탄 사이야. 집안의 치부 같은 건 감출 것도 아니지."

조세광이 히죽 웃으며 나를 보았다.

"안 그러냐? 만일 이성진 네 말따나나 네가 나를 적으로 돌리거나 남 일 보듯 중립을 취하려고 했으면, 날 여기 부르지도 않았을 테니까. 내 말이 틀려?"

나는 그 미소에 미소로 답했다.

"저도 제가 택할 수 있는 옵션 중에서 최선을 택했을 뿐이
에요. 신경 쓰지 마세요."

아무렴, '내게는' 최선이지.

나는 그 직후 미소를 거두며 입을 뗐다.

"그러면 방금 전 말한 길태 씨라는 분은 형네 작은아버지
인 조지훈 씨의 사람이란 거군요."

"그렇지."

조세광은 담담히 시인했다.

"상속 흐름이 깔끔한 너네 집안이 보기엔 별거 아닌 것 같
겠지만, 우리 집안 쪽 파벌 다툼은 금일 그룹 못지않게 복잡
하게 꼬여 버렸거든."

그는 목이 타는지 입맛을 다시며 탁자 위에 놓인 물을 컵
에 따라 벌컥벌컥 마셨다.

그사이, 조세화는 딱딱하게 굳은 얼굴로 입을 뗐다.

"파벌 다툼이라니, 그게 무슨 이야기야?"

"그것도 모르냐?"

조세광이 입가를 훔쳤다.

"병실 앞을 누가 지키느냐 하는 그것도 일종의 신경전이
야. 결국엔 작은아버지 쪽과 우리 아버지가 나눠서 맡게 되
었고, 결국엔 상황이 여기까지 오고 만 거지. 방금 전에 말했

듯 길태 그 새끼는 작은아버지 쪽 사람이고."

"……."

병실 앞을 지키고 서는 대기 인원의 인선에도 역학적 의미가 내포되어 있단 것에는 조세화도 질린 눈치였다.

'아마, 그냥 조직(?) 내에서 할 일 없는 사람들이 돌아가면서 하는 거라고 생각했나 보군.'

조세광은 그런 조세화를 보며 이죽거렸다.

"……아무튼 영감탱이가 죽고 나면 유산 상속 문제로 그룹이 한차례 흔들릴 거야. 이번 도청 건도 그 연장선에 놓인 일이었고. 뭐, 그쪽도 설마하니 영감탱이가 다 듣고 있단 건 예상하지 못했겠지만."

조성광 회장의 머지않은 죽음을 전제로 한 화제에 조세화는 불쾌한 듯 인상을 찌푸렸으나, 그녀도 이 자리에서 조세광의 화법을 문제 삼지는 않았다.

대신, 조세화는 화살을 내게 향했다.

"……그러면 성진이 네가 말한 옵션이란 건? 그리고 넌 거기서 최선을 택한 거라며?"

나는 고개를 끄덕였다.

"맞아. 여기서 만일 방관자로 남고 싶었다면 그냥 도청기를 아무에게도 알리지 않은 채 없애 버리거나 조성광 회장님의 변호사에게 맡긴단 선택지도 있었지. 그게 아니면……."

조세광이 끼어들었다.

"작은아버지를 찾아가거나."

조세화는 그 말에 입을 헤 벌렸다가 버럭했다.

"엑, 왜? 네가 작은아버지를 찾아간다는 선택지는 고려할
필요도 없는 거 아니야? 혹시 너, 작은아버지랑 아는 사이
였어?"

조세화가 분기탱천한 얼굴로 나를 보았고, 나는 조세화의
말에 대답하는 대신 조세광을 향해 어깨를 으쓱였다.

"뭐, 말씀대로입니다. 오히려 저에겐 그 편이 안전할 수
있겠지만, 그럼에도 불구하고 그러지 않았단 거죠. 형도 이
제야 제 진심을 이해해 주시는군요."

"……흥."

조세광이 입을 삐죽였다.

"그런데 너는 그러지 않았어. 그건 도청기에 녹음된 내용
을 듣고 판단한 결과지?"

"그렇습니다."

진지한 얼굴의 조세광과 달리, 조세화는 무슨 이야기를 하
는 건지 모르겠다는 양 고개를 갸웃했다.

"……왜, 내용은 별거 없었잖아. 이대로 그냥 아빠한테 이
도청기를 가지고 가서 전부 다 털어놓으면 안 돼?"

조세광이 손가락으로 조세화의 머리를 쿡쿡 찔렀다.

"야, 야, 너는 입으로 뱉기 전에 생각이란 걸 좀 해라."

"씨이……."

조세화는 조세광의 팔을 손으로 쳐 냈고, 조세광은 한숨을 푹푹 내쉬었다.

"에휴, 이런 빡대가리가 내 동생이라니."

아니, 소문대로라면 조세화는 네 동생이 아니라 고모뻘일 걸? 이 패륜아야.

'게다가 암만 그래도 중 1짜리한테 그런 수 싸움을 기대하는 건 좀 무리지.'

여기서 내 대화를 따라오는 조세광은 둘째 치더라도.

눈을 껌뻑이는 조세화를 두고, 조세광이 비릿한 미소를 지으며 나를 보았다.

"뭐, 이성진은 그런 선택지도 '옵션'에 넣어 두고 있었겠지. 하지만 그러면 이성진이 여기서 얻을 게 없잖아?"

"……성진이가 뭘 얻는데?"

어리둥절해하는 조세화를 보며, 조세광이 말을 이었다.

"저래 봬도 이 꼬맹이는 명색이 한 회사의 사장님이거든. 분명 이 상황에서 자신에게 이득이 되는 사안을 '비즈니스적으로' 고려했을 거야. 갖고 있는 카세트테이프도 한 개가 아니겠지. 안 그러냐? 이성진."

나는 미소로 조세광의 말을 받았다.

"그렇게 말씀하시면 조금 서운한걸요. 그래도 저는 두 분과의 의리 때문에라도 일부러 이 자리를 마련했는데 말이에요."

"……그래도 원본은 따로 있지 않냐?"

조세화의 물끄럼한 시선과 조세광의 압박.

나는 그 은근한 추궁을 앞에 두고 태연하게 거짓말을 했다.

"이 테이프가 원본이에요. 뭐, 사본이 없다고는 말씀드리지 않았지만요."

조세광이 픽 웃었다.

"……새끼."

다만, 그 욕지기에는 예전처럼 날 선 뉘앙스는 없었다.

나는 미소 띤 얼굴로 말을 받았다.

"물론 여기서 관건은 어디까지나 사라진 도청기의 행방이될 거예요. 정 내키지 않으신다면 세화가 한 말마따나 조설훈 사장님께 도청기와 카세트테이프 일체를 넘겨드린단 선택도 가능해요."

그렇게 말하며 나는 보란 듯 의자에 등을 기댔다.

"그래도 형이라면 모처럼 들어온 기회를 놓칠 사람은 아니라고 생각하는데요? 아, 혹시 제가 생각하는 것 이상으로 감정적인 분이셨나……."

"……."

일부러 도발을 해 보았으나, 조세광은 꿈쩍하지 않았다.

'이미 그 안에서 스위치가 들어간 모양이군.'

역시 일찍 싹을 잘라 두는 편이 좋겠어.

나는 어조를 부드럽게 바꿔 말을 이었다.

"하지만 형도 이번 일을 본격적인 사업을 시작하기에 앞서 괜찮은 기회라고 생각하지 않나요?"

"······후."

조세광이 픽 웃으며 컵에 담긴 물을 홀짝였다.

예상대로, 조세광은 내 간단한 블러핑에 속아 넘어가는 중이었다.

아직 이 시대의 조세광은 '도청기 내용 조작'이라는 옵션까진 생각에 미치진 않는 듯했다.

'그렇다고 해서 마냥 호락호락한 자식은 아니지.'

조세화가 눈을 가늘게 떴다.

"사업? 갑자기 사업이라니, 무슨 소리야? 지금은 작은아버지가 할아버지 병실에 몰래 도청기를 설치했다는 문제로 모인 거 아니었어?"

"나 참. 처음부터 그 이야기였어. '사업'도 그 연장선이고, 이 맹추야."

조세화에게 쫑코를 준 조세광이 나를 보며 말을 이었다.

"여기서는 잠시 한발 물러서는 편이 더 큰 이득을 가져올 거거든. 안 그러냐?"

나는 대답 대신 미소를 지었고, 조세화는 눈을 동그랗게 떴다가 미간을 찌푸렸다.

"아까 전부터 대체 무슨 소리야?"

"씁. 성진이 네가 설명해라."

그 말은 마냥 귀찮아서 내게 설명을 맡긴 것이라기보단, 그 생각에 확신을 갖기 위해서겠지.

'아무튼 하는 짓이 맘에 안 들어.'

나는 하는 수 없다는 양 우리 두 사람이 공유하고 있는 접점을 이야기했다.

"우리는 지금 조지훈 씨······. 그러니까 네 작은아버지 되는 분에게 이 도청기의 존재를 알려 주겠단 의미야."

"······뭐?"

조세화가 덜컹, 자리를 박차고 일어섰다.

"지금 그게 무슨 소리야? 작은아버지는 도청기를 설치한 장본인인데! 두 사람은 지금 그걸 당사자에게 돌려주겠단 거야?"

나는 담담히 조세화의 말을 받았다.

"그래서야. 게다가 어차피 도청기가 사라졌다는 게 조지훈 씨께 알려지는 건 시간문제고, 네 작은아버지는 도청기의 행방을 찾다가 그 시간대에 자리에 있었던 우리를 그 후보군에 넣겠지."

"······."

"한편으론 오히려 그렇기 때문에 돌려드리는 편이 좋아."

"······왜?"

"그야, 조지훈 씨 입장에선 네 아버지께 도청기가 가는 것보단 훨씬 나을 테니까."

한편으론.

조세광도 입 밖에 내지는 않았지만, 그 역시 '품질 문제로 인해 녹음이 되지 않은' 조설훈의 통화 내용이 아킬레스건이 될 수 있다는 것을 직감하고 있으리라.

그리고 조설훈의 통화 내용을 알고 있는 건 나와 유상훈만 있는 것이 아니었다.

'조성광 회장……'

조성광이 내게 도청기를 맡긴 건, 그로서도 조설훈의 통화 내용이 외부로 유출되길 원치 않았단 의미였다.

'그는 도청기에 모든 내용이 녹음되었으리란 전제하에 움직이고 있었지.'

여기서는 조성광의 본의를 해석해야 할 필요가 있었다.

우선은 그가 자리에 있던 조세화에게 도청기를 맡기지 않고 나를 택한 것.

애정결핍인 조세화라면 분명, 도청기의 존재를 이용하는 판단 대신 이를 조설훈에게 알릴 것이고, 그랬다간 분명 조광 그룹 내에 큰 파란이 일 것이다.

'조설훈으로선 조지훈의 만행을 두고 볼 까닭이 없으니 말이야.'

오히려 이 일을 공론화해서 조지훈 파벌을 와해시키고 이를 흡수하고자 하면 했겠지.

그러니 조성광은 제3자인 내게 도청기를 맡김으로써, 내가 그의 개인 변호사에게 도청기를 떠넘기고 이 일에서 손을 떼길 바랐을 것이다.

딱히 누군가의 편을 들 필요가 없는 조성광의 개인 변호사는 도청기를 받아 입을 닫을 것이고, 이후 도청기 건은 암흑 속에 묻히게 되리라.

즉, 말년의 조성광으로선 집안의 분열을 원치 않는단 의미였다.

'하지만 거기서 제3자인 나는 쓸데없이 조지훈의 의심과 원망을 사게 되겠지. 참 나, 병상에 누운 노인네까지 수 싸움에 포함해야 한다니.'

조성광이 간과한 점이라면, 나는 조광의 3세들과 얄팍한 우정을 공유할 생각이 없다는 점이었다.

'하긴, 그런 그도 내가 조광의 분열을 바라고 있단 건 알 턱이 없겠지만.'

그래도 이 일에 나를 이용하려 했단 점은 갚아 줘야겠고.

'그도 내가 조세광과 손을 잡을 줄은 몰랐겠지?'

오히려 조세광의 인물됨을 간파하는 건 내가 조성광보다 한 수 위였다.

조성광의 사후 일어날 일 중엔 몇 가지 확정 요소가 있다.

그건 뭐가 어찌 되었건, 조지훈은 조광 그룹 일부를 상속받게 된다는 것.

하지만 조세광은 그걸 원치 않았다.

조세광에게 조광은 오롯이 그의 것이어야 했다.

그리고 조설훈을 통해 그에게 이어질 예정된 유산은 조지훈에게 돌아갈 몫까지 일부라도 긁어모아야 성미가 풀리리라.

'조세광은 생각 이상으로 냉정하거든. 인정 욕구도 있고.'

물론, 이 모든 이야기는 '도청기에 녹음된 내용을 내가 조작하지 않았다'고 하는 원본을 전제로 삼은 것이다.

만일 도청기에 녹음된 내용이 내가 들은 원본 그대로인 '조설훈의 약점이 될' 여지가 있던 내용 그대로라면 어느 쪽이건 내가 유상훈의 변호사 사무실에서 고려한 선택지의 가설로 귀결될 것이나.

지금 도청기는 '존재 자체'가 문제가 될 뿐, 그 내용은 아무래도 상관없는 물건으로 남았으니까.

하지만 여기서 내가 '내용이 편집된 카세트테이프'라는 무기를 쥐고 독자적으로 조설훈이나 조지훈을 찾는단 옵션은 고려할 요소가 아니었다.

도청기를 잃어버린 조지훈의 입장은 둘째 치더라도 도청된 녹음본의 당사자인 조설훈은 '그 스스로 뱉은 말'이 무슨 내용인지 알고 있을 것이며, 만에 하나 여기서 부자연스러움을 느끼고 편집이 가해졌다는 낌새를 눈치챌 여지도 있었다.

'게다가 내 생각과 달리 조지훈의 끄나풀이 그대로 쪼르르

달려가 도청기의 분실을 일러바치지 않았다는 가능성도 생겨났군.'

가재의 습성은 게가 더 잘 아는 법이다.

내가 짐작하던 것과 달리 조세광이 뱉은 말 속에서 새로운 추가 옵션의 가능성이 생겨나고 있었다.

'만일 길태란 인물이 그에게 가해질 처벌이 두려워 일을 은폐한 채 전전긍긍하고 있다면······.'

그 하수인도 내 생각보단 충성스럽지 않았다는 것이 될 테고. 정말 그렇게만 된다면, 나로서도 달가운 이야기였다.

'결국 조지훈의 미숙한 리더십이 스스로의 목을 옥죈 셈인가.'

내가 신경 쓸 바는 아니지만.

조세광이 의자를 뒤로 까딱이며 입을 뗐다.

"맞아. 물론 그 전에 몇 가지 확인해 볼 건 있지만 그래서 이성진이 겸사겸사 방패막이로 나를 끌어들인 거지."

뒤이어 조세광이 고개를 저으며 엄지로 조세화를 가리켰다.

"······근데 그럴 거면 애당초 얘는 이쯤에서 빠져도 되는 거 아니냐?"

그럴 리가.

나는 빙긋 웃으며 조세광의 말을 부정했다.

"세화랑은 골프 내기로 빚이 남아 있거든요."

내 말에 여전히 어리둥절해하는 얼굴의 조세화를 뒤로하며 조세광은 픽 웃었다.

"수영복으론 부족했냐. 왜, 노예계약이라도 했어?"

나는 조세화를 보며 빙긋 미소를 지었다.

"비슷해요. 추가로 사업 컨설팅을 해 주기로 해서요."

……나는 이 일에서 조세화를 배제할 생각은 추호도 없다.

조성광의 사후, 그의 유언장은 조광 그룹의 지분을 (비록 가치에 구별은 두었으나)3등분하여 조설훈과 조지훈, 조세화에게 각각 나눠 분배한다.

세 번째 상속자의 존재.

그건 현시점에선 오늘내일하는 조성광과 그의 과묵한 개인 변호사, 그리고 나.

이 세 사람만 알고 있는 정보였다.

'그리고 그녀는 이번 일에서 누구도 예상치 못한 와일드카드가 될 거야.'

제 편을 들어 준다고 생각한 걸까, 조세광의 말에 화가 났는지 입을 꾹 다물고 있던 조세화는 조금 반색하는 표정이었다.

나는 그런 조세화를 조금 의식하면서 말을 이었다.

"그래서 이 자리에 세화를 부른 거예요. 따지고 보면 저는 부외자잖아요?"

조세광은 잠시 생각하다가 턱을 긁적였다.

"뭐, 엄밀히 따지면 그렇지. 이건 우리 집안 문제이니 말이야."

그가 생각하기로도 나는 어디까지나 이 귀찮은 집안싸움에 휘말린 입장에 지나지 않는다.

"그러니 저는 이번 일로 얻을 이득에 세화 몫을 분배해 주셨으면 해요. 저는 저대로 세화와 사업을 하면서 조그만 이익만 취할 테니까요."

"……."

조세광은 조세화와 나를 번갈아 보았다.

이윽고 조세광이 픽 웃었다.

"그러든가. 나하곤 상관없지."

조세광 입장엔 말마따나 부외자에 불과한 나보단 이 일로 그나마 혈육인 조세화에게 더 큰 이익이 갈 테니, 이는 오히려 반길 만한 제안이었으리라.

'내가 아닌 조세화 몫이라면 언제든 뺏을 수 있다는 생각일 테고.'

나는 조세화를 보았다.

"해 줄 거지?"

"뭐……."

조세화는 입을 삐죽이곤 팔짱을 끼며 의자에 등을 기댔다.

"상관없어. 이런 일 따윈 이제 아무래도 좋아. ……그럼 이제부턴 뭘 어떻게 하겠단 거야?"

"어쩌긴."

조세광은 픽 웃으며 말을 받았다.

"도청기 건으로 작은아버지를 협박해 볼 셈이야. 뜯어낼 수 있는 건 뜯어내야지. 그걸로 사업체를 받아 내도 좋고…… 아니면 그냥 현물을 받아 내는 것도 나쁘지 않겠군."

"……."

조세화는 질색하긴 했으나, 그에 관해 무어라 말을 하진 않았다.

일단 계획이 수립되자 조세광의 움직임은 망설임이 없었다.

"그 전에 일단……."

조세광이 핸드폰을 꺼냈다. 클램을 쓰고 있는 걸로 보아 녀석도 우리 고객님이라는 걸 알게 되었지만, 왠지 정은 가질 않는다.

"박길태 그 새끼를 불러내 봐야지."

"……길태 아저씨를? 왜?"

"도청기 담당자였잖아."

조세광은 무표정한 얼굴로 키패드를 꾹꾹 눌렀다.

"만약 도청기 분실을 보고하지 않고 아직까지 똥줄 태우고 있는 거라면 그걸 조금 이용할 생각이다. 이미 보고가 올라갔으면, 뭐 그건 그것대로 상관없고."

핸드폰에 귀를 가져다 댄 조세광은 자리에서 일어서더니

형식적으로 등을 돌렸다.

"응, 나야. 박길태, 삐삐 갖고 있지? 그 번호 알아내서 문자로 보내. ……응. 주먹 좀 쓰는 놈들로 대여섯 명 모아 두고……. 일단 대기시켜 놔."

조광이 합법적(?) 조폭 단체라는 걸 감출 생각은 추호도 없어 보인다.

통화를 마친 조세광이 고개를 돌려 나를 보았다.

"야, 이성진. 혹시 인적 드물고 조용한 곳 어디 없냐?"

이미 공범 의식이라도 확립된 건가, 묻는 말에 거침이 없었다.

"있어요."

그렇다고 대답하지 않을 나도 아니었지만.

"어딘데?"

문득 이럴 줄 알았으면 구봉팔을 대기시켜 둘 걸 그랬다고 생각하며 나는 Y구에 신축 중인 요한의 집 확장 시설 주소를 일러 주었다.

'비디오 녹화라도 돌려 두면 두고두고 써먹을 협박 거리가 될 텐데.'

조세광이 고개를 끄덕였다.

"응, 거기라면 괜찮겠군."

나는 '시체는 만들지 마세요' 하고 농담을 던질까 하다가 관뒀다.

조세광은 웃을지 모르겠지만, 조세화가 나를 경멸할 건 뻔하니까.

조세광은 티슈에 주소를 받아 적은 뒤, 문자를 확인하곤 삐삐 번호를 다른 곳에 옮겨 적었다.

거기서 나는 한 가지 조언을 던질까, 하다가 조세광이 어떻게 되건 상관없다는 생각에 관뒀다.

'일이 꼬여서 공멸해 주면 더 좋고.'

조세광은 이어서 삐삐 번호로 전화를 건 뒤, 음성 사서함에 목소리를 남겼다.

"조세광이다. 할 이야기가 있으니까 혼자 나와. 장소는……."

조세광이 말한 장소는 내가 알려 준 Y구 건축 부지와 영 딴판인 곳이었다.

'……내 조언 같은 건 필요 없었군.'

딸각.

핸드폰을 닫은 조세광이 등을 돌려 우리를 보았다.

"그럼 움직여 볼까."

"오빠."

"왜?"

"거긴 아까 전에 성진이가 알려 준 곳이랑 다른데?"

조세화의 물음에 조세광이 히죽 웃었다.

"나도 알아. 혹시 그놈이 작은아버지랑 이야기가 끝났을

지 모르니까 뺑뺑이를 돌리는 거지."

"……무슨 뜻이야?"

조세광은 무어라 설명하려다가 귀찮았는지 고개를 저었다.

"됐으니까 넌 성진이랑 움직여. 나도 곧 합류할 테니까."

그 말에 조세화가 눈을 흘겼다.

"……또 나만 쏙 빼놓곤."

"정 궁금하면 성진이한테 물어보든가."

조세광 안에서의 내 평가 기준치가 높은 듯했다.

'한편으론 나를 무턱대고 신뢰하는 중이군.'

머리가 굵어진 그라면 지금처럼 마냥 상대를 신뢰하지 않았겠지만,

조세광이 가방을 챙겼다.

"아 참, 이성진. 카세트테이프 복사본 있지? 그거 줘."

나는 가방 속의 카세트테이프 사본을 건넸고, 조세광은 주머니 속에 물건을 대충 찔러 넣었다.

"먼저 간다. 일이 꼬이게 되면 연락할게."

잠시 망설이던 조세화가 끼어들었다.

"저기, 오빠. 필요하면 나도 사람 부를까?"

"필요 없어."

조세광이 피식 웃었다.

"성진이 운전수 있잖아. 보통이 아닌 거 같던데 그 운전

수, 네 경호도 겸하고 있지?"

……그걸 알아보나?

분명 강이찬의 이력은 화려했지만, 나도 그를 무력에 이용한 적은 한 번도 없었는데.

'야성적인 본능 하나는 일품이군.'

적으로 두면 이만큼 까다로운 상대도 몇 없을 것이다.

그렇다고 같은 편에 두는 게 달가운 녀석인 것도 아니었지만.

"예에, 뭐."

"아무튼 그거면 충분해. 여간해선 피를 볼 일은 터지지도 않을 거고."

조세광이 자리를 뜨고, 한동안 입을 다물고 있던 조세화는 눈을 흘기며 나를 쳐다보았다.

"대체 무슨 일이야?"

"아, 삥삥이?"

조세화가 샐쭉한 얼굴로 대답했다.

"그것도 포함해서. 처음부터 끝까지."

"별거 아니야."

조세광이 말한 삥삥이라는 건 대상을 부르며 장소를 비비 꼬아 다른 패거리가 없는지 확인하는 방법으로, 혹시 박길태가 관련 일로 '다른 사람'을 부르지 않는가를 확인하는 절차였다.

'만일 사람이 따라붙는다면 그 규모로 조지훈이 이미 개입해 있는지도 알 수 있지.'

그리고 별다른 미행 없이 박길태 혼자 장소에 나타난다면 그제야 제대로 된 장소를 통보한다.

조세광이 말한 '일이 꼬이면'이라는 말은 박길태가 도청기 분실을 조지훈에게 보고했단 의미이기도 하고.

그렇게 되면 박길태를 배제한 채 조지훈과 협상에 나서면 된다.

약간의 번거로움만으로도 이쪽으로선 밑져야 본전, 잃어도 손해 보는 일은 없는 장사였다.

내 설명을 들은 조세화가 눈을 가늘게 떴다.

"성진이 너는 그걸 어떻게 아는데?"

어떻게 알긴, 업계에서 사용하는 별거 아닌 정석이니 알지.

하지만 그걸 대놓고 말할 수는 없었으니 나는 대강 얼버무렸다.

"뭐. 조금만 머리를 굴려 보면 알 수 있는 일 아니야?"

"……휴우."

조세화가 탁자 위로 엎드리며 고개를 돌려 나를 보았다.

"……어디서부터 잘못된 걸까."

그건 내 의견을 묻는 말이 아닌, 그녀의 혼잣말이었기에 나는 대답하지 않았다.

"나는 그냥 할아버지께 너를 인사시키고 싶었을 뿐인데……."

그렇게 말하며 조세화는 고개를 돌려버렸다.

조세화가 엎드린 채로 말을 이었다.

"다 지긋지긋해. 나를 바보 취급하는 오빠도 싫고, 멋대로 도청기를 설치한 작은아버지도 싫고, 작은아버지랑 싸우는 아빠도 싫고, 너한테 도청기를 맡긴 할아버지도 싫어."

"……."

"게다가 무슨 꿍꿍이속인지 모를 속이 시커먼 너도 싫어."

애꿎은 내가 왜? 네가 무슨 사춘기냐, 하고 생각했는데, 생각해 보니 사춘기가 맞았다.

조세화도 바보는 아니었으니―아니, 경우에 따라선 나이에 걸맞지 않은 통찰력을 발휘할 때도 있었다―조광 그룹 내부의 파벌 다툼과 유산을 두고 벌이는 다툼, 신경전 따윌 알고 있을 것이다.

'한창 예민할 시기에 집안싸움을 구경하는 건 별로 좋은 일은 아니지.'

조세화가 말을 이었다.

"그냥, 다들 싸우는 일 없이 사이좋게 지내면 안 돼? 이익이니 뭐니, 이제 전부 지긋지긋해. 짜증 나."

욱하는 걸 참기 힘들었는지, 말미엔 목소리에 물기마저 어려 있었다.

하지만 조세화의 모티베이션 하락은 내가 바라는 일이 아니었으므로, 나는 거기서 한마디 거들기로 했다.

"그래서 이 자리를 만든 거야."

조세화가 빼꼼 고개를 들어 나를 힐끔 보았다.

"……무슨 소리니?"

"세광이 형 앞에서는 그걸로 이익을 보기 위해서라고 했지만…… 사실 거기서 내가 얻을 게 뭐가 있겠어?"

"……없진 않잖아?"

나는 어깨를 으쓱였다.

"설령 있다고 한들, 내가 수고로움을 감내할 수준은 아니야. 그렇게라도 말하지 않으면 그 형이 움직이질 않으니까 그런 것뿐이지."

"……."

조세화는 잠시 생각하더니 고개를 도로 파묻었다.

"그러면, 방금 말한 그건 무슨 뜻인데? 네가 이 자리를 만든 걸로 모든 문제가 해결될 거라고 생각했니?"

"뭐어."

나는 잠시 생각하는 척을 하다가 말을 이었다.

"조금 자찬하자면 최소한 더 큰 싸움으로 번질 일을 막은 거라고 할 수 있지 않을까?"

"……."

나는 자세를 고쳐 앉았다. 그녀가 보고 있지 않더라도 부스럭거리는 소리로 분위기가 바뀌었단 건 인지했을 것이니까.

"일단 도청기의 존재 자체는 확정 요소야. 여러 정황 근거에 따르면 조지훈 씨가 병실에 도청기를 설치했단 건 분명하지?"

"……."

조세화는 긍정도 부정도 하지 않았다.

그건 판단을 유보하겠단 신중함은 아니었고, 남의 입에서 집안 이야기가 나오는 것 자체에 대한 언짢음이었다.

나는 조세화가 경청하고 있음을 인지한 채 말을 이었다.

"그리고 회장님은 내게 도청기를 맡겼고. 뭐, 그건 내가 믿을 만한 사람이어서는 아닐 거야. 말 그대로 부외자이니까 맡겼단 거에 가깝고……. 아니면 혹시 회장님께 따로 내 이야기 들려드린 적 있어?"

조세화가 엎드린 상태로 도리질을 쳤다.

"……그냥 조금. 건방진 꼬맹이라고 한 적은."

여전히 얼굴을 보이지 않은 채 새침하게 대꾸했지만, 그녀도 자신의 귓바퀴가 발갛단 건 자각하지 못한 듯했다.

나는 그걸 모른 척해 주며 말을 이었다.

"아마 회장님은 도청기를 맡기면서 내가 당신의 개인 변호사를 찾아갈 거라고 여기셨을 거야. 뭐, 생각해 보면 그게 합리적이긴 하지. 조지훈 씨는 도청기의 행방을 찾아 나나 너를 의심했겠지만."

어쩌면 베개로 조성광의 얼굴을 묻었을지도 모르지만, 거기까진 언급하지 않았다.

"……나한테 상의해 볼 생각은 하지 않았니?"

"너한테 말했으면, 넌 그걸 네 아버지께 말씀드렸을 거 같은데."

"……."

부정하지 않는 걸 보니, 조세화 스스로도 자신이 그랬을지 모른단 생각을 떠올린 모양이었다.

하긴, 혼자서만 끙끙 앓느니 조세화는 밀고를 통해 조설훈의 애정을 획하고자 했을지 모르고.

나는 고개를 주억거렸다.

"잘은 모르지만, 그랬다간 정말 큰일이 나지 않았을까? 게다가 회장님도 그런 걸 바라지 않으셨을 거야. 그래서 부외자인 내게 도청기를 맡기신 걸 테고."

나는 쓴웃음을 지었다.

"게다가 사실, 그때 스치듯 뵀을 뿐이지만 너네 아버지 되게 무섭더라."

"……너도 무서운 게 있니?"

"당연하지."

그제야 조세화가 고개를 들었다.

"……그러는 걸 보면 아직 애는 애네. 우리 아빠 그렇게 무서운 분 아니거든?"

픽 웃고 있긴 했지만 조금 울었는지, 고개를 든 조세화의 눈이 발갛게 부어 있었다.

'무섭지 않긴. 아무렇지도 않게 살인 교사도 할 인간인데.'

나는 그걸 지적하는 대신 어깨를 으쓱였다.

"특히나 만약, 나를 네 남자 친구 같은 거라고 오해하셨으면 더더욱 무섭지 않을까?"

조세화가 눈을 흘겼다.

"뭐? 듣자 듣자 하니까 이 꼬맹이가 못 하는 소리가 없네, 정말. 이 상황에 이상한 말 하지 마."

어쨌건, 조세화가 다시 빗장을 열었으면 그것만으로도 문제는 반 이상 해결된 것이나 마찬가지였다.

나는 어깨를 으쓱였다.

"아무튼 그래서야. 거기서 세광이 형을 끼워 넣은 건 나로서도 그나마 최선의 방법을 택한 거라고. 세광이 형도 조지훈 씨에게 얻어 낼 걸 얻어 낸 뒤론 이 일에 입을 닫겠지."

조세화가 입을 삐죽였다.

"하긴. 그치만 그래도. 그 앙금이 사라질 건 아니잖아? 작은아버지는 어쨌건 오빠나 나, 그리고 너를 달갑지 않게 여기실 거고…… 나중에라도 또 갈등이 불거질지 모르니까. 그러면 지금 하는 것도 어디까지나 임시방편이고, 앞으로도 쭉 이 일촉즉발의 상황이 계속된단 거잖아?"

"맞아. 근본적인 해결책은 아니지. 이 자리에서 그런 묘수를 떠올리긴 어렵고."

조세화가 흐음, 하고 한숨을 내쉬었다.

"……뭐, 작은아버지랑 아빠 사이는 예전부터 안 좋았으니까."

조설훈과 조지훈 사이의 그 해묵은 관계는 조성광 회장의 사후에도 한동안 지속될 것이다.

아니, 그뿐만 아니라 지금 같은 무해한 신경전이 아닌, 본격적인 분쟁으로 점화되리라.

'한편으론 집안싸움에 정신이 팔려 IMF 위기를 넘기기도 했지?'

인생사 새옹지마(塞翁之馬)라. 그러지 않았다면, 아마 97년 벽두를 밝힌 부도 뉴스엔 한보철강뿐만 아니라 조광도 떡하니 이름을 올렸을지 모를 일이었다.

나는 이를 모른 척하며 조세화의 말에 동조했다.

"더욱이 세광이 형도 싸움을 피하는 사람이 아닌 데다 근본적인 문제를 해결하지 않는 한은……."

"아니야, 됐어. 그만하면 충분해."

조세화는 아랫입술을 잘근 깨물었다.

나는 슬슬 밑밥을 던져 볼 때라고 생각하며 말을 이었다.

"그래. 그러면 우리가 어떻게 할 수는 없…… 아."

거기서 나는 좋은 생각이 떠올랐다는 듯 멈칫한 뒤 혼잣말인 양 중얼거렸다.

"뭐, 조금 어렵지만 해결책이 아주 없진 않은데…….."

그런 나를 보면서 조세화가 눈을 가늘게 떴다.

"……뭔데? 말해 봐."

"아니야. 내가 생각하고도 너무 이상론에 치우친 거라서. 못 들은 걸로 쳐."

그리고 자연스럽게, 조세화는 내가 쳐 놓은 덫으로 발을 들이며 끈질기게 물어보았다.

"듣는 것 정도는 상관없잖아?"

"흐으음."

나는 턱을 긁적였다.

"하지만 네가 여기 발을 들이게 되면, 빠져나갈 수 없게 될 거야."

"위험한 거니?"

"아니, 그런 건 아니야. 네가 원하지 않는 일일 수 있어서 그런 거지. 네 인생의 터닝 포인트가 될 수도 있는 일이고."

나는 팔짱을 낀 채 잠시 뜸을 들이다가 불쑥 물었다.

"세화 너. 나, 믿지?"

"엉?"

조세화는 순간 멍한 얼굴을 하더니, 의자까지 드르륵거리며 몸을 슬쩍 뒤로 내뺐다.

"무, 무, 뭐야, 갑자기."

"……."

내 시선을 받은 조세화는 볼을 긁적였다.

"믿……기는 하는데. 음, 믿는단 쪽에 가깝……나? 아마."

"그러면 믿는단 걸로 봐도 되겠지?"

"어, 응……. 하지만."

조세화는 망설이더니, 얼굴을 붉히며 고개를 끄덕였다.

"응, 믿어."

"좋아."

나는 가방을 뒤적여 가방 안쪽 수납함에 밀어 넣었던 카세트테이프와 워크맨을 꺼내 조세화에게 내밀었다.

"그러면 이거 들어 봐."

조세화는 어리둥절한 얼굴로 나를 보았다.

"……노래라도 불렀니?"

"노래? 생뚱맞게 웬 노래?"

"……아."

조세화가 이제껏 본 적 없던 새빨개진 얼굴로 고개를 푹 숙이더니 홱, 낚아채듯 워크맨과 카세트테이프를 가져갔다.

"별거 아니기만 해 봐, 진짜."

조세화는 투덜거리며 이어폰을 귀에 꽂았고, 재생 버튼을 눌렀다.

틀자마자 흘러나오는 소리에 조세화는 어리둥절한 얼굴로 나를 보더니, 이윽고 그 표정이 굳어 갔고.

이내 안색이 파리해지더니 내동댕이치듯 이어폰을 뽑아

탁자 위로 던졌다.

"뭐야, 이건! 아까 전에 들었던 거랑…… 다르잖아!"

그사이, 나는 물을 따라 놓은 컵을 조세화에게 슥 내밀었다.

"진정해."

"……."

무의식중에 물컵을 받은 조세화는 부들부들 떨리는 손으로 컵을 쥔 채, 나를 노려보았다.

배신감, 당황, 분노 등이 어우러진 얼굴을 보면서 나는 그녀가 막장 드라마 속 시어머니처럼 내게 물을 뿌리진 않을까, 생각했다.

'그걸로 진정이 된다면야, 물세례쯤이야.'

하지만.

벌컥벌컥.

조세화는 손에 든 물 한 컵을 싹 비우곤 탁, 소리 나게 컵을 내려놓으며 입가를 훔쳤다.

"속였구나, 너."

나는 일부러 담담한 얼굴을 한 채 고개를 끄덕였다.

"맞아."

내가 조세화에게 건넨 건 원본 도청 카세트테이프였다.

조세화는 차분하게 가라앉은 어조로 내게 따지듯 물었다.

"……왜 그랬어?"

"이유는 방금 전이랑 다르지 않아. 너에 대한 의리를 지키려 한 거지."

"……."

"믿지 못하겠다면 어쩔 수 없고."

"……아니야, 계속해."

내 거짓말이 탄로 난 것 같진 않다.

나는 대답을 이어 갔다.

"회장님이 나한테 도청기를 넘긴 건, 이 원본 녹음 속 대화 내용 때문이기도 해. 이게 조지훈 씨의 손에 넘어가면 그 자체로 큰 파장을 불러오게 될 테니까."

조세화는 무표정한 얼굴로 내 말을 받았다.

"……지금으로선 아빠 입에서 나온 말뿐이잖아? 또, 불법으로 도청된 내용은 법정 증거물로 기록되지 않는다고 들었어."

물론, 이것 하나만으론 법정에서 결정적인 증거품이 되거나 하진 않는다.

하지만 털어서 먼지 안 나오는 이불 없다고, 만일 '어떤 일'과 관련해 조설훈을 표적으로 삼아 수사에 들어간다면 뭐라도 나올 것임을 조세화도 모르진 않았다.

'그러니 조세화도 지레 겁을 먹어 그 방어기제를 세우고 있는 거지.'

나는 고개를 끄덕였다.

"맞아. 하지만……. 도청은 과연 어제 하루뿐인 일이었을까?"

조세화는 내 말에 무어라 대꾸하려는 양 입을 벙긋거렸다가 인상을 찌푸렸다.

조지훈의 도청은 어제오늘 일이 아닐 것이다.

반면, 우리가 손에 넣은 건 어제 녹음된 도청 내용 하나일뿐.

유의미한 정보라는 건 어느 한 가지만으로 구성되지 않는다.

정보란 결국 파편화된 여러 요소가 거미줄처럼 한 군집을 이룬 뒤, 그것에 상황과 정황이 맞아떨어지게 될 때 비로소 가치 있는 정보로 화하는 법이다.

"우리는 이것 외에 조지훈 씨가 가진 다른 정보가 무엇인지 알 수 없어."

"…….."

"어쩌면 조지훈 씨는 도청 테이프를 모아 두고 때를 기다리는 걸지도 몰라. 하지만 이 상황에 도청기의 존재가 발각되었다? 그 정보가 네 아버지에게 넘어갔을지도 모른다고 생각한 순간, 여태껏 모아 둔 도청 내용을 즉시 터뜨려 버릴지도 모르는 거야."

방금 그건 설령 가족을 경찰에 넘길지라도 회사를 차지하고 말겠단 조지훈의 도덕적 잣대를 비하하는 이야기였으나,

조세화도 거기에 대해선 신경 쓰지 않았다.

"……뭐, 작은아버지라면 그럴지도 모르겠네."

"그러면 너네 아버지도 가만있진 않으시겠지. 또, 그건 세광이 형도 염두에 두고 있는 일이고."

"……오빠가?"

"그래. 그래서 이번 일에 박길태 씨가 중요한 거야. 잘만 하면 내부자를 이용해 지금껏 도청해 온 카세트테이프를 회수할 수도 있으니까."

사실, 박길태의 존재는 그리 중요하지 않지만.

"……."

조세화는 고개를 떨어뜨리며 혼잣말을 중얼거렸다.

"……이번에도 나는, 혼자서만 아무것도 몰랐구나."

중1이 자책할 만한 일은 아니었다.

조세화가 다시 고개를 들었다.

"그러면 앞으론 어떻게 될 거 같아?"

"……여기서 이야기가 나왔듯 조지훈 씨는 일단 세광이 형이랑 손을 잡겠지. 어쨌건 이미 세광이 형 손에 도청기와 테이프가 넘어갔으니까, 마냥 없던 일로 잡아떼진 않을 거야. 그리고……."

일부러 말끝을 흐리며 말하기를 주저하자 조세화가 내 대신 말했다.

"작은아버지는 할아버지가 돌아가실 때까지 기다리겠구

나. 지금 아빠랑 정면에서 맞붙으면 승산이 없을 테니까."

"……그렇지. 유산 분배가 이루어질 때까진 조지훈 씨도 몸을 사리겠단 계산이 설 거야."

조세화가 한숨을 내쉬었다.

"결국 조광은 둘로 나뉘겠네. 우리 아빠 쪽이랑, 작은아버지."

"응. 아마도. 세광이 형은 그 와중 얻을 수 있는 이익을 취하는 게 최선이라고 판단한 거고."

조설훈과 조지훈, 두 사람에게 돌아갈 유산 분배 자체는 확정 요소였다.

문제는, 거기서 조세화가 생뚱맞게 그 유산 일부를 상속받게 된단 거지만.

'지금은 그녀가 알 필요 없는 정보지.'

조세화는 한동안 생각에 잠겼다가 물었다.

"그러면 그것도 근본적인 해결책은 아니겠구나? 오히려 조광이 둘로 쪼개지면 더 이상 신경전이 아니게 될 테니까."

"그렇겠지."

"……그러는 너는 뭔가, 다른 방안이 있다고 생각해서 내게 이 원본 카세트테이프를 준 거지? 상황이 그렇잖아."

나는 그 물음 속에서 조세화의 눈이 반짝이는 것을 보았다.

그녀는 지금, 현재 상황을 받아들이고 앞으로 나아가려 하고 있었다.

'조광 측 인물만 아니면 기특하다고 여겼겠지만.'

나는 희미하게 웃으며 고개를 끄덕였다.

"맞아."

"그게 뭔데?"

나는 잠시 뜸을 들였다가 대답했다.

"기업이라는 건 결국 오너의 의향에 따라 움직여. 경우에 따라선 회사의 주인은 주주들이라고 떠들어 대는 사람도 있지만, 결국 키를 붙잡고 있는 건 오너 총수 휘하의 임원들이지."

"……."

조세화가 움찔했고, 나는 그런 조세화를 정면으로 마주하면서 재차 말을 이었다.

"근본적인 해결책은 오너를 바꾸는 거야. 결국 이 모든 문제는 조광의 승계 구도 때문이니까."

"……."

"그러려면 회사를 지금처럼 오너 위주 경영이 아닌, 전문경영인 체제로 전환할 수 있게끔 더 잘게 쪼갤 필요가 있어. 회사 경영에 주식의 비중을 늘려서 오너 의존도를 낮추고 시장경제 원리에 맡기는 거지."

조세화는 눈을 가늘게 뜨며 나를 쳐다보았다.

"무슨 이야길 하나 했더니…… 아까 전 네가 한 말대로 지극히 이상론이네. 지금 나한테 그게 가능할 거라고 생각해? 설령 내가 '아빠, 회사 지분을 주주들에게 분배하고 경영권을 분리하면 어떨까요? 그러면 작은아버지랑 화해할 수 있을 거 같은데요' 하고 말한들, 아빠가 그걸 들어주시겠어?"

이게 비아냥거릴 줄도 아네.

나는 표정 관리를 하며 조세화의 말을 받았다.

"그래서 이 원본 카세트테이프가 필요한 거야."

"……이걸로 뭘 어떻게 해? 설마 경찰한테?"

"그럴 리가. 사람을 뭐로 보고."

나는 어깨를 으쓱였다.

"멀리 돌아가는 길이긴 하지만, 지극히 평화로운 방법이야. 그래서 세광이 형이 없는 자리에서 네게 알려 준 거고."

"……뭔데?"

나는 빙긋 미소를 지었다.

"세광이 형보다 한발 앞서서, 이 테이프를 조지훈 씨에게 주는 거지."

조세화는 눈을 깜빡이더니 나를 노려보았다.

"남의 집 일이라고 함부로 말하는 거 같은데. 설마 지금, 나더러 아빠랑 오빠를 배신하라는 거니?"

나는 황급히 손을 저었다.

"아니야, 그런 거. 이 테이프의 존재는 네 아버지께도 알려 드릴 거니까."

"아빠한테도?"

"응."

그 말에 매섭게 치켜뜬 눈매가 조금 부드러워지긴 했지만, 조세화는 경계하는 빛을 완전히 없애진 않은 채 입을 뗐다.

"······지금 말이 앞뒤가 안 맞잖아. 너는 도청기의 존재가 밝혀지면 아빠랑 작은아버지가 크게 맞붙게 될 거라고 하지 않았니?"

물론이다.

하지만 그건 조금 더 나중 일이고.

"맞아."

하지만 나는 시치미를 떼고 말을 이었다.

"모든 일엔 적절한 상황이라는 게 있지. 때와 장소를 바꾸면 같은 내용일지라도 결과가 달라지기도 해."

"무슨 이야기니?"

나는 손가락을 세웠다.

"만일, 여기서 공증인을 앞세워 회담을 끌어내면 어떨까?"

"······공증인? 공증인 누구?"

나는 빙그레 미소 지었다.

"조성광 회장님."

"······우리 할아버지?"

나는 고개를 끄덕였다.

"응. 거동이 불편하시긴 해도 의식은 또렷하시고, 필요하면 변호사를 통해 의사를 전달하면 될 테니까 말이야. 원래 형제 싸움은 집안 어르신이 중재하는 법 아니겠어? 흐음, 어쩌면 회장님이 내게 도청기를 맡긴 건 그래서였던 걸지도 모르겠네."

"으음, 그거라면⋯⋯."

납득한 양 고개를 끄덕인 조세화가 퍼뜩 고개를 들었다.

"아, 그러면 오빠는 어떡하고? 지금이라도 불러야 하나?"

"아니야. 형이 하는 건, 지금 일단은 보험으로 생각해 둬. 어쨌거나 가능한 한 도청 기록을 확보할 수 있다면 그게 최선이니까."

"⋯⋯정말이지."

조세화는 그제야 나이에 어울리는 미소를 지었다.

"너도 참 오지랖 넓구나?"

나는 그 미소에 미소로 답했다.

"뭐, 아직 골프 내기 내용이 남았잖아? 경영 컨설턴트."

"응? 그걸로 퉁 치려고?"

"⋯⋯당연히 퉁 쳐야지."

그렇게 분위기는 다시금 화기애애, 일견 모두가 윈윈 하는 길처럼 보이겠으나.

지옥으로 가는 길은 선의로 포장되어 있댔다.

조세화는 사안의 심각성을 모르고 있지만, 지금 조설훈에게 씌워진 혐의는 살인 방조 및 시체 유기 혐의.

아직까진 경찰 측의 한강 변사체 수사에 진척이 없고 오리무중인 상황이지만, 이제부터 하나둘 진상이 드러나기 시작하면…….

'조광 입장에선 꽤나 골치 아픈 상황으로 번지게 되겠지.'

거기서 내가 박상대와 유착 및 여러 정황 근거를 확보 중인 단서를 풀게 된다면?

'조광 부수기는 이걸로 끝.'

하지만 대호나 여타 대기업과 달리 의외로 건실한 경영을 이어 가는 조광이니 IMF 여파에 내부 분열이 겹친다 한들 하루아침에 폭삭 주저앉을 일은 없을 것이다.

'……최소한 이빨과 발톱을 뽑은 호랑이로는 만들 수 있으니까.'

나는 힐끗, 천장 구석의 CCTV를 살폈다.

'혹시, 보고 있나?'

일부러 여기로 찾아왔는데 말이야.

시저스 2호점의 관계자 외 출입 금지 구역.

이진영은 CCTV를 보며 커피를 홀짝였다.

브라운관 모니터 속에선 이성진과 조세화가 탁자를 사이에 두고 서로 마주 보며 무어라 이야기를 하는 중이었다.

"이번엔 조광인가 보네? 소개한 보람이 있어."

문득, 이진영은 브라운관 모니터 속의 이성진과 눈이 마주친 듯했다.

"······흐음."

이진영은 싱긋 웃으며 커피 잔을 내려놓곤 핸드폰을 꺼내 번호를 입력한 뒤, 폴더 끝을 귀에 붙였다.

"안녕하세요. 접니다, 이진영. 네. 혹시 통화 가능하세요?"

다음 권으로 이어집니다

훨씬 큰 대마법사

한시웅 퓨전 판타지 장편소설

거침없는 팩트 폭격으로
드래곤조차 눈치 보게 만드는
극강의 꼰대! 아니, 최강의 궁신이 나타났다!

유일하게 '신'이라 불리는 무인, 궁신 하철혁
자격을 시험받다 우화등선에 실패해
새로운 세상에서 눈을 뜨는데……

내공이 한 줌도 없다?

제로부터 시작하는 이세계 생활에 놀람도 잠시
처음으로 아버지라 느낀 존재가 살해당하고
그 뒤에 모종의 음모가 있음을 알게 되는데!

이세계에서도 궁신의 신화는 계속된다!
군필도 두 손 두 발 드는 FM 정신으로
안 되는 것도 되게 하라!

꿈의 도약, 로크에서 하십시오
(주)로크미디어에서 신인 작가를 모십니다

즐거운 세상, 로크미디어는 꿈을 사랑하고 도전을 두려워하지 않는 작가 분들의 참신한 작품을 기다리고 있습니다. 21세기 장르 문학계를 이끌어 갈 차세대 선두 주자 (주)로크미디어에서 여러분의 나래를 활짝 펴 보시길 바랍니다.

모집 분야 판타지와 무협을 포함한 장르 문학
모집 대상 아마추어 작가, 인터넷 작가
모집 기한 수시 모집
작품 접수 시 유의 사항
    1. 파일명은 작가명_작품명.hwp형식을 갖춰 주십시오.
    1. 파일에 들어갈 내용은 다음과 같습니다.
        — 성명(필명인 경우 실명을 밝혀 주세요), 연락처, 이메일 주소
        — 제목, 기획 의도
        — A4용지 1장 분량의 등장인물 소개
        — A4용지 2장 분량의 전체 줄거리
        — 본문
    1. 작품이 인터넷에 연재되고 있다면, 게시판명과 사이트의 구체적이고 정확한 주소를 기재해 주십시오.

선택된 작품은 정식 계약 후 출판물로 간행되어 전국 서점에 유통됩니다.
작가 분은 (주)로크미디어의 전폭적인 지원하에 전속 작가로 활동하시게 됩니다.
※ 자세한 내용은 로크미디어 홈페이지(rokmedia.com)를 참조하세요.

(03920)서울시 마포구 성암로 330 DMC첨단산업센터 3층 318호
(주)로크미디어 편집부 신간 기획 담당자 앞
전화 : 02) 3273-5135
www.rokmedia.com   이메일 : rokmedia@empas.com

활 쓰는 대마법사

한시웅 퓨전 판타지 장편소설

**거침없는 팩트 폭격으로
드래곤조차 눈치 보게 만드는
극강의 꼰대! 아니, 최강의 궁신이 나타났다!**

유일하게 '신'이라 불리는 무인, 궁신 하철혁
자격을 시험받다 우화등선에 실패해
새로운 세상에서 눈을 뜨는데……

내공이 한 줌도 없다?

제로부터 시작하는 이세계 생활에 놀람도 잠시
처음으로 아버지라 느낀 존재가 살해당하고
그 뒤에 모종의 음모가 있음을 알게 되는데!

**이세계에서도 궁신의 신화는 계속된다!
군필도 두 손 두 발 드는 FM 정신으로
안 되는 것도 되게 하라!**

기어코 무대로

공원동 현대 판타지 장편소설

"관심을 받으면 집중이 잘돼요."
사상 최강의 관종(?) 싱어송라이터가 나타났다!

데뷔 직전 사고로 인해 모든 것을 포기한 도원경
삼 년 뒤, 그에게 기적이 일어났다?

사람들의 시선을 받으면 능력이 발현!

너튜브 영상이 대박 나고
서바이벌 오디션 출연 제의까지?

도원경 사전에 더 이상 포기는 없다!
좌절을 딛고, 『기어코 무대로』!